# 大欅のある家で

半井澄子

郁朋社

大欅のある家で／目次

装丁／根本 比奈子

# 大欅のある家で

# 第一章　風　垣

## 一

五月という季節を折木透はこよなく愛する。樹々の若葉が初夏の陽光にキラキラと輝いて、その自然の巧まざる美しさ、新鮮さに見とれ、吸いこまれ、もう何もする気さえなくなってしまいそうだ。やがて訪れる長雨の日々を思ったところで、どうということはない。雨の日もまた――叶うならばしとしとと、荒ぶることなく降るたぐいがいいが――彼には心を澄ませてくれる御馳走なのだから。

ところが彼女ときたら、彼女瀬戸口玲子はそうした季節の機微などには殆ど関心を抱かないようで、どうして無関心でいられるのか折木には理解しがたいのだった。

「雨の音っていいものだ。静かに聴いてごらんよ」

いつか彼がそう言った時、玲子はひどく陰鬱な表情で応えたものだ。

「あなたって、どうかしているんじゃない？　こんな厭なお天気をそんなふうに感じられるなんて！」

それなら蒼空に覆われた雲ひとつ見当たらないような日はどうかと言えば、やはり彼女の浮かぬ表情に変わりはない。

折木はなんでも割合素直に受け入れてしまう性質《たち》らしく、いや、受け入れているかどうかは疑問だが、ただ、それならそれでいいではないかといったふうに物事を受け止めている。玲子は逆に、何にでも抵抗を覚えるらしく、激しく弾ねつけて止まない。

初めの頃、折木は自分が男であり、彼女は女性なのだし、また、性格の相違ということもあろうなどと大して気にもしていなかった。しかし、瀬戸口家の人たちに接するにつけ、どうやらそんな単純なものではなさそうだと思い始めたのである。

瀬戸口家の人々、それは玲子の両親、兄と弟、そして祖母から成るごくありきたりな家族構成で、玲子はそんな家庭の娘として在った。折木は彼女のどこに惹かれたのだろう。確かにその深く澄んだ黒曜石のような瞳は、人を惹き込まずにはおかない潤みを帯びた妖しい光を放ってはいたが、しかし一方で激しい拒絶の色を漂わせていたではないか。いずれにしても、出会いの一瞬に、折木はその瞳にいすくめられてしまったのだった。

その出会いからすでに五年を経ている。しかし折木は今でもあの時に受けた深い想いをそのままに抱き続けているのである。玲子はまだ二十歳にも到っていなかったのだが、いわゆる美少女といったイメージではなく、落着いた大人びた静けさと、どこか鬱屈したものを裡に秘めたその表情には翳りが隠せなかった。

茶道のことはよく知らない折木だが、老女の小柄な躰にしては大きめな掌の所作を見つめているうちに、玲子のことを気にしながらも次第に落着いた気分になって、腰を据えてしまった。

「庭の欅の木は見事ですね。ずいぶん古いのでしょう?」

「はい。私がこちらへ来ました時からああして在りますの。どのくらい経っておりますやら。冬は陽が家の中へ入らないで困ります。いっそのこと伐ってしまったらと思いもするのですが……」

「伐る? それは惜しいですよ」

「ええ。もちろん、そう簡単に伐り倒すことなぞできません」

「やはり愛情が……」

「そうした気持ちは私にはそれほどありませんけれど。なにしろ玲子の父親が頑固でして、伐ってしまうなぞ、とても考えられないらしいのです。……あの人は生まれてこの方、この家から離れて暮らしたことがないのですから」

「それでは、あなたはもっと以前からここに?」

「いいえ。私は玲子の兄が生まれた時に手伝い方々来たのですから。それもほんの一時期のつもりが、もう、三十年余りになってしまいました」

「はあ。あの、それでは……」

「ええ、私は玲子の母親のほうの。ですから姓もちがいます。あの頃は、近くに万屋《よろず》が一軒在るばかりの田舎でした。それに土地柄もあるでしょうが、とにかくこの家の家風とでも言いましょうか、そうしたものが、それまでの私どもの生活とはとてもちがいすぎましてね。どうにも厭なものでした。

ある時、折木は躊躇《ちゅうちょ》しながらも瀬戸口家の勝手門を潜り、敷石を伝って玄関先に立った。薄暗く、相当な奥行きの家屋の、どこからともなく現われたのは玲子の祖母だった。何度目かの対面であった。彼は落胆をあらわにしていたのだろう、質素な、しかしきちんと和服を着こなした老女は、

「申しわけございませんね。遠方をせっかくお見えになりましたのに」

と、ひどく済まなそうにていねいな口調で言った。

「いえ、別に約束していたわけではありませんから……」

折木は恐縮してしまった。

「ほんとうにわがままな娘で……」

彼女は、まだ彼を気の毒がっている様子だった。

折木は辞そうとした。

「まあ、お茶でも。今日は誰もおりませんの。よろしかったら、どうぞお上がりになって」

玲子が不在では仕方ない。この人と相対して何を話せばいいのかと思うそばから、もしや、そうこうしているうちに玲子が帰宅するかもしれないという期待が、ついと彼を捉えた。

どこがどうなっているのか分かりにくい家うちを、老女の誘うままに彼はついていった。廊下を鍵の手に二度折れて、離れのようになっている建物の一室（そこは茶室だったが）へ通されると、待つように言い置き、老女は姿を消した。茶室と言ってもそう凝ってはおらず、むしろ質素なくらいになんでもない造りである。

「あまりよいお菓子がなくて……」と言いつつ再び現われた老女は、さっそく茶を点て始めた。

兄弟たちに出会ったのだった。

# 二

　武蔵野の面影がまだそこここに残っているその地に、瀬戸口家はどっしりと居を構えていた。古い家であった。欅や樫の大樹が庭に聳《そび》え立っていて、その張った壮大な枝振りを見上げていると、武蔵野という土地柄をよくは知らない折木も、ある感銘を覚えずにはいられなかった。もちろん、ここに玲子が起居しているのだという想いもあった。しかし、単純に樹木そのものが呼び起こす感動があったのだ。

　また、彼のように、子供の頃から転々と居を移してきた者にはない土着性といったものを強く感じ、その風景とそこに棲む人々と、すべてが彼の生活とは異質なものに思われ、その異質さゆえに突き放してしまうのではなく、惹かれる面があった。

　折木は現在は都会の片隅に、たった独りしがない日々を送っているが、かつて家族と共に海辺の街に棲んだこともある。あの光に溢れた地に較べれば、武蔵野という所はなんとしっとりと、また陰鬱さの拭えない所でもあろうかと思う。

折木自身、暗鬱な日々のさ中にあって、希求して止まなかったものは、人にしろ何にしろ明るくおおらかなものであったはずである。玲子はそれに反していた。しかし彼は否も応もなく惹きつけられてしまったのだ。彼とてそれまでに恋を知らなかったわけではない。が、玲子に対する感情とは較べようもないものだった。彼女の不可思議な魅力、それはおそらく当人も気づいていないかもしれないが、その後、延々と彼女との絆を断つことができず、絡み取られ、引きずられ続けてきている状態こそが、計らずも、彼にとっての玲子という女の魅力を示していたのであろう。

折木と玲子の絆、彼女に言わせれば「そんなものは何一つない」ということになろう。五年間、玲子は彼を心からは振り向こうとはしなかったのだし、そして現在でもそうなのだから。

おかしなことに、折木は気も狂わんばかりに玲子の躰を欲しながら、接吻どころか指一本触れようとしなかった。彼女が拒むことが予想されたからと言えばそのとおりだが、たとえ機会が与えられても、彼は容易にはそうした行為に出られなかったにちがいない。玲子が彼を好いていないのをよく承知していた。だからと言って彼女を諦めるとか、彼の彼女に対する想いは、そういったたぐいのものではなかったのだ。ただ、ひたすら彼女を見続けているしかなかった。彼女から眼を逸らすことなど考えられなかった。

時には玲子は共に話をしてくれ、公園や美術館に一緒に出かけることもあった。彼女にとっては退屈凌ぎのほんの気紛れにすぎなかったろう。それも折木がかなり執拗に誘ってのことである。しつこく、そう、彼は彼女の家まで、彼女が在宅かどうかも確かめずにやみくもに出向いていったことも屡々だった。案の定、玲子は留守のことが多かった。そんな時に、彼は彼女の祖母に会い、母親に、また現在でも少しも馴染めませんけれど」

老女の、年恰好に似合わず可愛いと言っては失礼だが、そんな声音とそのことば遣いの綺麗さに折木は好意を持てる気がした。よく喋っているわりには煩さやなれなれしさがなく、むしろ生まじめな硬ささえ感じた。


茶を喫した折木は、帰宅しそうもない玲子をこれ以上待つのが憚られてきた。いま、もし彼女が帰ってきたら、上がりこんでいる彼に対して露骨に厭な顔をするにちがいなかった。

彼女に逢える悦びと、彼女に不快な表情をされる時の辛さを避けることの、そのどちらを選べばいいのか彼には決しかねた。

結局、折木は帰途についた。茶の木に狭まれた小径を行きながら、向うから玲子が、辺りの陰鬱な空気をふり払うように颯爽と歩いてくるのに出会うかもしれないなどと、彼はまだ未練がましく思い続けているのだった。


〈玲子には恋人がいるのだろうか〉

彼女を追いかけずにはいられない男は多く存在するだろうし、そうあって不思議はないのだが、折木はそのことで傷つかない。彼女に好きな男があったとしても、彼にとっては大した問題ではないのだ。もちろん無視しきるのは難しいが、しかしそれがどうしたというのか。彼が想っているのは玲子であり、その彼女と関わりのある者すべて、彼の注目の対象であると同時に、無きに等しい何者でもない人たちでもあったのだ。

ただ玲子という女だけが折木の裡に厳然と場を占めていた。尤も、彼女の家族に対しては、彼は最初の頃こそまったく思いを致すこともなかったのだが、次第に関心を抱くようになっていた。それも、玲子の裡の未知の部分に突き当たるにつけて、その背後にある彼女を取り囲む人たちを、また彼女を育んだ風土といったものを思わずにはいられなくなったからかもしれない。あるいは逆に、瀬戸口家を訪れる度に様々な事柄を知らされ、そのことが、そこに生活する玲子を浮き上がらせたということだったろうか。

玲子は、その家族について殆ど折木に話してはくれなかった。彼もまた同様で、自分の両親やら兄弟やらといった存在や、その状況をわざわざ口にしようなどとは思ってもみないことであった。現在でこそ彼は独り暮らしだが、それも勝手でしていることであって、大体、生まれてこの方、それぞれが遠く離ればなれになるようなこともなく、延々と続いている家族などというものは、いつでもそこに在るものとして改めて思うこともなかったのだ。

しかし、玲子の場合は少し異なっていたようだ。彼女は肉親に対する無関心から話さなかったのではなく、関わり合いがありすぎて、どうにも身動きがとれない程であったゆえに口を噤んでいたのではないかと、彼はずっと後になって気づき始めたのである。

玲子に嫌われているにもかかわらず、折木の瀬戸口家訪問の回数は増して、われながらよくも愛想が尽きないものと思ってはいたのだ。彼は何かに憑かれたように、そして、まるで義務のようにその行為を止めなかった。玲子が不在とはっきり分かっている時ですら彼の脚は、あの光の淡い武蔵野の地へと向かっていたのだった。

　折木は、瀬戸口家の客の一人としての位置を得たつもりでいたのだろうか。もしそうだとしたら、玲子の祖母がそれには大きな役割を果たしていたと言えよう。この人だけは、彼のような者にも警戒心を抱かず内輪の話をしてくれ、もちろん親密にというわけではないが、少なくとも実に自然に接してくれていたのだ。

「あなたは、きっと明るいご家庭でお育ちになったのでしょうね」

ある時、玲子の祖母は折木に言った。

「はあ、別にどうということもない……」

「どうということもない、それこそがいいのですよ。この家なぞは、どうにも致し方がございませんの。皆それぞれ勝手で、一家の団欒なんてものは久しくございません。こうして穏やかに会話もできないのですから。一家の柱が、なにしろ何万人に一人という人ですからねえ」

「……？」

「いえ、何十万人に、と言ったほうが当たっていますでしょう。私もこの歳まで生きてきて、ああした人には初めて遭遇しましたよ。あ、もう一人おりました。私の舅です。よく似通っていますよ。疾《と》うの昔に亡くなりましたが、あの人にもひどい目に会いました。私もよくよく運が悪いのか……」

瀬戸口家の当主、つまり玲子の父親がどういう人物なのか折木には見当もつかないが、老女の話からうかがい知ったことは、彼は若い頃父親を亡くし、極貧の中にあって相当苦労し、それもあってか金というものを何よりも尊しとし、言い方によっては守銭奴になり果てているということだった。

かつては農業をしない限り値打ちのなかった土地を広く持っていて、現在では余裕綽々たるものなのに、その守銭奴ぶりはなんら変わらず、むしろ拍車をかけているくらいで、しかも、その井の中の蛙ぶりや性格の激しさは、とても口に言い尽くせるものではない、といったところだった。

「困ったことに、玲子の兄がまたどうにも手がつけられませんの。父親が父親なら息子も息子ということでしょうか……尤も、こちらのほうは父親とは正反対にお金を湯水のように遣うばかりで、何を考えていますのやらさっぱり分かりません。まあ、色々お話ししてしまって玲子に知れたら大変ですわ。どうぞご内密に。あの娘も激しいところがありますけれど、案外思いやりがあるのですよ。それにしても、あなたがこんなに想ってくださっているのに、どうしてなのでしょうね」

「玲子さんを責めることはありません。僕が勝手にしていることですから」

「玲子には好きな方でもあるのでしょうか。あなたに伺うのもなんですけれど……母親なら何か少しは知っているかもしれませんよ。でも、母親も仕事で家を空けていますから、大変なのですよ。私の子だから肩を持つというわけではありませんが、ほんとうによくできた心根の優しい娘なのです。それが瀬戸口のような者と結婚して可哀想でなりません。なんの因果でしょう、母娘してひどい目に遭遇《あ》わされてしまうなんて……」

老女は、眼前の折木を忘れてしまったかのように独り嘆じているのだった。その居住まいは実にきちんとしていて、しかし、よく見れば足袋にはていねいに継ぎを当てているといった具合だが、質素な中にも崩れを感じさせない。

「あなた、煙草は？」

「はい、ありますから」

「まあ、いいじゃありませんか」

老女は紙巻煙草を折木にすすめ、自らは傍らの箱から煙管を取り出し、刻み煙草を詰めこむとスパッスパッと喫い始めた。これだけは、彼女の印象とは少し異なった感じを彼に与えた。そんな彼の表情を見てとったのか、彼女は言った。

「もう長いのですよ。煙草だけは止められません。主人が亡くなってから覚えました。数えの二十九歳の時でしたか……」

「そんなに若くてお独りに」

「ええ、ええ。四つの娘を残して主人はあっけなく逝ってしまいました。心臓が悪かったのですから、どうにも手の施しようがございませんでした。覚悟はできていましたが、私もきっと寂しかったのでしょうね。それ以来煙草とのおつきあいが始まってしまって……玲子も喫いますでしょう。まだうら若い娘がよくないですよね。あの娘の母親は煙草の煙の匂いをかいだだけで咽せてしまうくらいですから、玲子はどうやら私に似てしまったらしいのです」

あまり健康そうではない玲子の躰を思えば、止めたほうがいいに決まっているが、折木は一度もそのことを口にしなかった。

「よけいなお世話よ」

と一言のもとに弾ねつけられてしまうにちがいなかった。

そうした老婆心は若い彼女には最も疎ましいはずである。しかし、そのことよりも、折木は、玲子が煙草に火をつける時の仕種（彼女は決して他人に火を差し出されるのを好まなかった。それは嫌われている彼にかぎらず誰からも）や、口元へ持っていく折の感じが好きだった。常よりも大人びて、周囲にどんな人々がいようとも、彼らとはまったく無関係に彼女は深い孤独のさ中に在るように見えた。

玲子自身は残念にもその時の自分の様を知らないのだ。折木が思わず見蕩《と》れているのに気づくと、彼女は極端に不快な表情になって煙草を揉み消し、つと席を立って彼を置き去りにしていったこともある。彼は追うに追えず、冷えたコーヒーを啜りながら不覚にも涙を堪えられなかった。ただ、その時も玲子を恨むなどという気持ちは更々なく、ひたすら自身のふがいなさを責め立てていたのだった。

「どうかなさいまして？」

老女の澄んだ声にはっとして、折木は、もうそろそろ暇乞いをすべきと立ち上がった。

道々、折木はふっと思った。それは老女が先刻、玲子は自分に似たらしいと言ったことばからだったが、玲子の顔貌は、そう口にした祖母にも、また母親にはもっと似ていなかった。しかし、その父親にも、ちらっとではあったが、彼は出会っていて、その限りでは似ているとは感じられなかった。兄や弟とも殆ど兄弟とは思われないくらい似通ったところは見当たらなかった。それなのに、この人たちそれぞれがどこか共通のものを備えているようであり、血を分け合った一つの家族と見なすのは決して難しいことではない気もしていたのだ。

そのことを証明するかのように、いま、向うからやってくる学生鞄を提げた青年が、折木にはすぐ玲子の弟と分かったのである。

「こんにちは」

「あ、こんにちは。もうお帰りですか?」

瀬戸口次郎は、いかにも頭の切れそうな引き締まった口元で挨拶を返した。

「え、ええ」

折木は冷汗をかいていた。

「姉貴、またいなかったんでしょう。いい加減人を馬鹿にしていますよね」

「いや、そんなことはないですよ」

「なんでああいうふうなんだろう。ひどく気紛れなんだから……あなたも、もう放っておいたほうがいいんじゃありませんか。僕は嫌いなんです、めちゃな人間は」

「お姉さんは少しもそんなふうじゃないと思いますよ。私が勝手にしていることで、むしろ筋が通っている。自分の気持ちを偽らないのだから」

「僕はあなたにも言っているんですよ。そんなに想われる価値のない女を、なぜあなたは気が違ったように、失礼！　追い駆けるんです？　あまり誉めたことじゃないですね。生意気なようだけど、もっとまともな女性をまともに愛したらいいのに」

「まとも？　君、まともって、何を指してまともって言うんです？」

「そりゃ、まともはまともですよ。瀬戸口の家じゃ、みんな普通じゃないんだ、親爺を筆頭に」

「……」

「あなたは、そういう僕もその一員じゃないかと言いたいんでしょう。そうです、確かに僕もあの家の者ですよ。しかし、僕はちがいます。これから帰っていくのがあそこかと思うと堪えられそうにないんですから。血こそ繋がっているけれど、僕はあの人たちとは関係のない人間と思っているんです」

「わたしには意見がましいことを言う資格はないが、君のお祖母さんにしても、とてもいい方じゃないですか」

「ええ、おふくろはもっといい人ですよ。そんなことは百も承知です。いい人すぎるとどうしようもないってことが、あなたには分かりますか？　ああいうのを見ているのは腹立たしいものです。とにかく、あなたがわざわざ彼らに巻き込まれることはない、あの家には関係なくて済む人なんだから。一度あなたに言っておきたいと思っていたんですよ。それじゃ」

次郎は重そうな鞄を片手に、折木の鼻先を躰を傾《かし》げて去っていった。その肩の辺りには怒りが漂っているようだった。

〈生まじめなんだな〉

折木は勝手にそう思いつつ、駅のほうへのろのろと脚を向けていた。

人家がまばらで、一面の畑と雑木林が点在する風景はやはり寂しすぎた。ただ、黒土だけは眼にしているだけで気持ちのよいものだった。この黒土を、玲子は、幼い頃にはおそらく裸足で踏みしめて跳び回っていたこともあったのだろう。そして、その黒土は現在もこうして変わらずに在る。それだけで充分ではないか。自分のように転々と居を移して、その場所〳〵限りの根無し草のように生きてきた者には、生まれてこの方、その土地から別の地へ移り住んだことがないなんて、なにかしら凄いことのように思える。もし自分がそうあったなら、生きるということへの執着心も、もう少し、強くなっていたのではないだろうか。

彼はそんなことをぼんやり考えていた。

〈いずれにしても、彼女が苦しむことはない……〉

玲子がなにかに苦しんでいる、そう思いこんでいる自分に折木は驚かされた。なにも根拠とするものもないのに、また、いつも彼女がそんなふうに見えていたわけでもないのに、それをまたなぜ……それこそ自分の勝手な想像ではないか。しかし、彼は玲子に手を差しのべたかった。何がそうさせているのか彼自身にも分からない。彼女への愛からにはちがいなかろう。そして、彼女の裡になにかの翳りを無意識のうちに感じ取っていたからかもしれない。

# 三

折木は都会の片隅の間借りの部屋へ戻った。机と本棚がかろうじて置かれているばかりの殺風景なその部屋で、彼のすることといったら、敷きっ放しの布団に潜りこむのが精々であった。

大学を押しだされるようにして卒業したのは、六〇年安保闘争が終結をみた頃。それから三年が経つ折木は、未だに就職する気はなくダラダラと日を送っていた。もちろん、どこからも仕送りなどあろうはずもないので、飢えを凌ぐために何かしらはしていた。たとえば、塾の雇われ講師になって適当な受持ち時間を持ったり、機械製品の説明書の翻訳まがいのことをしたり、不器用な彼にできることといったらそのくらいのことだった。したがって暇はたっぷりとあった。その時を彼は玲子のために費やしていた。現実に彼女と会える場合は少なかったが、それでも常に彼女のことが頭から離れず、共に在るのと同じ気持ちでいたのだ。あるいは、時間を彼女のために取っておいたと言ったほうが当たっているかもしれない。

玲子が折木のほうに向いてくれるまでは、彼には何もする気がなく、すべてはそれから始まるのだと以前は思っていたところがあるが、現在ではそれもちがうようだ。何も彼もがすでに始まっているのだし、玲子がどうあろうと、たとえ永久に彼を振り向かなかったとしても、それで自分の人生が変わるとは考えていない。

第一、折木は卒業年度に、友人たちが就職を当然のこととして奔走しているのを目の当たりにして、不可思議にさえ思えたものだった。ところが彼らにすれば、実家にこれといった財産らしきものもないのに就職しようとしない彼を、変わり者という烙印を押して封じ込めてしまうより他になかったようである。しかし、折木はたとえ就職したとしても、それは彼の人生の一部分に過ぎなかったろうし、彼はそのことに真剣になれなかったまでなのだが――。

眼を閉じていると、「あなたは何も知らないんだ」と言った瀬戸口次郎のことばが引っかかってきた。確かに折木は何も知らないのだが、一体あの家に何があるというのだろう。暴君で守銭奴の父親、優しく献身的な母親、善良すぎる祖母、一風変わっているらしい兄と生まじめな弟、そして何を考えているのか掴みどころのない玲子。そこにあるのはまさしく家族ではないか。それを次郎が嫌うのは、やはり青年の潔癖さがそうさせているにちがいなかろう。

自分にもかつて同じような思いがあったものだ。いま考えれば、詩人肌の曲がったことの許せない父親であるのに、それゆえに、母親に苦労をかけているといった反発心があってか、憎しみさえ抱いていったのだった。

玲子の父親の瀬戸口剛が暴君だといって、現に娘の玲子などかなり自由にふるまい、それが通っていることからして、それほどひどい人物でもあるまい……。

折木はそんなことを思い巡らせているうちに、もう一度瀬戸口家を訪れてみようと思い立った。戻ってきたばかりでまた……まさしく異常と思われるかもしれないが、そんなことは大して気にはならなかった。夜なら玲子も帰宅しているだろう。そうだ、これまでなぜ昼間ばかり訪ねていったのか。彼女の学生生活は終了していたが、まだその延長のような形を続けていて、在宅がけっこう多いと思われたからなのだが、昼日中、若い娘が家内にじっとしているのもおかしい。夜ならば……しかしそう考えたからといって、彼は玲子に逢えると期待していたわけではない。ただ、彼女の家の辺りへ再び行ってみたかったのである。

すっかり陽が落ちた頃、折木は部屋を出て、駅近くの食堂で夕食を済ますと電車に乗った。途中私鉄に乗り換え、玲子の家が在るもよりの駅で下車すると、すでに夜のとばりが降りていて、駅から北へ向けて十五分程歩いていく道には外灯もなく、人影も殆ど見当たらなかった。闇の中にひときわ黒々と重なり合っている遠くの森が、まるで見知らぬ地へ来たように昼とは異なった印象を与える。

〈これが夜というものなのだ!〉

折木が迎えていた都会のネオンのまたたきや、また騒音があとを絶たない夜々は、彼の眠りの浅さと同様、どっぷりと浸りきることのできないまやかしのもののような気がしてくる。ずっと昔、あれはどこに住んでいた頃だったか、まだ子供だった彼にも夜があった。しかし、記憶が遠すぎて夢の中の夜だったような気もする。

小径の両側の茶の木がカサカサッと音を立てた。小さな動物でも隠れていたのだろう。折木は一瞬緊張し、脚を止めた。

「家の中に木菟《みみずく》の子が飛び込んできて、鴨居の端に止まったまま眼をキョトキョトさせていたり、庭に雉子《きじ》が降り立ったことも、つい最近まであったのよ。子供の頃には、夕方には蝙蝠《こうもり》がたくさん飛び交って、それを合図に家路についたものだった」

いつだったか玲子がそう話していたのを思い出した。

小川に架かる石橋までくると、玲子の家の欅が通りのほうへ張り出しているのが見えた。瀬戸口家は闇の中に鎮まり返っている。やってきてしまった折木は、しかし、すぐには閉ざされた門扉を押すことが憚られて、南側の柊の垣根の周囲を巡っていた。元々、入っていくつもりはなかったのかもしれない。瀬戸口家の人からではなくとも、近隣の誰彼から怪しまれはしないかと、彼はさすがに気が咎め、知らず足音を忍ばせていたのだから。

突然、垣根の内からの人声が高くなった。間をおかず獣が発するような呻き声と「ヒエーッ」という悲鳴と、まだ他にも別の声が入り混じって、同時にドドドッという音が闇に向けて拡がった。

折木はとっさに垣根の窪に身をひたとつけて息を凝らしていた。誰かが庭へ転がり出てきた気配で、それを追うようにドタドタと乱れた足音がする。またその後をひたひたと小刻みな足音が――。

「止めて！　止めて下さい」

押し殺した女の声が軽うじて折木の耳に達した。躰をぶつけて争っている気配に、彼は柊の葉の隙間から庭の闇に向けて眼を見開く。黒い塊がうごめいている様子だが、それも、こんもりとした滝木の陰になってはっきりしない。しかし、その辺りから獣の唸り声ともつかない声が発せられ、再び「止めて！」という悲鳴にも似た声が重ねられた。いや、それより闇にきらめくものを捉えたほうが先だったが。彼はそれが刃物であることに気づき、自分のいる場所も忘れて飛び出そうとしたが、脚が地にめりこんでしまったかのように思うように動かない。

「わたしを殺してからに……」

ふり絞った掠れ声は細く尾を引いて闇にかき消えた。

すると、光るものがスッと地に吸いこまれ、一人が玄関のほうへ去っていった。

「――さん、さあ、立って。家へ入りましょう」

二つの塊はもつれ合う気配で、先に去った者とは別のほうへ去ったようである。後には闇の沈黙だけが残った。

折木は何を見たのだろう。眼をギュッと瞑った瞬間に瞼の裏によく火花が散るように、あれは闇の中に一瞬仄《ほの》見えた自然の織りなした何かの現象だったのか。しかし、人の姿こそ明確ではなかったが、ことばはあったのだ。

相変わらず垣根から身を離せず、根方にしゃがみこんだままの折木は、あれは玲子の家の人たちにはちがいないのだと、気を鎮めてそのことを思うと今更に体中に戦慄が走った。声の主は玲子の母親だ。あとは父親と兄か弟……玲子は不在なのだろうか。家内からはもうなんの物音もしてこない。

帰途に就くしかないと心に決めて、折木は漸く立ち上がり、垣根に沿って少し戻り、家の表へ廻りかけた。その時、誰かが家の中から出てきた。門灯を過った氷りついたような横顔は玲子のものだった。彼女は門の所に立って暫く動かなかったが、やがて庭のほうへ廻っていった。彼は喉元を抑えて呼びかけなかった。彼女は庭を徘徊している様子で、そくそくとした足音が、彼の立ちつくしている所まで地を伝い通ってくる。

澄んだ蚊細い歌声が不意に聞こえ始めた。

もちろん何の歌かは判然としないが、確かに呟き声ではなく彼女は歌っていたのだ。消え入りそうなその歌声は折木の胸を圧し潰した。そして、彼女の思ってもみない場所に自分という者がいて、彼女の様子をうかがっていることに深い罪の意識を覚えつつ、彼は息をつめて時を待つしかなかった。

その夜、折木は終電車で漸く部屋に戻った。ひたすら闇の中をかきわけてきたような気がしてならなかった。玲子の家に一体何が起こったのか。それとも、いつもあんなふうなのだろうかと堂々巡りをしつつ、彼はなんら確としたことは掴めないままにいっそう玲子を救わなければならないと、彼女にとっては有難迷惑かもしれないことに思いを凝結していった。

## 四

玲子に逢えなくても、また瀬戸口家を訪ねて彼女の祖母と接したなら、何か訊けるのではないかと思ったが、折木はすぐには実行に移せずにいた。

結局、彼は例によって玲子の都合も無視して、日時と場所を指定した手紙を投函した。これまで、こういうやり方で彼女が現われたことはわずかしかなかったのだが、こちらの勝手なのだからと、失望こそすれ彼女に腹を立てるようなことはなかった。万が一出向いてくれれば、他のすべてが徒労に帰しても少しもかまわないといった心境で、彼はいつも便りをしていたのだった。

そして、玲子が現われるまで、時刻を過ぎても待っているからとつけ加えるのが常だったが、そうした態度を彼女がどんなに厭がっているかに気づかない彼であった。

今回も望みはあまりなかった。折木は広場の噴水に眼をやりながら、時刻よりも三十分も前からベンチに座っていた。昼間の熱気が徐々に冷め、その余韻が躰に快く、人びとはそぞろ歩いている。

折木は、夜、玲子を誘ったことが皆無だった。意識してそうしたわけではない。ただ、彼は太陽と風が好きで、また何よりも自然が自分の肉体に添っていると安心できるのだった。喫茶店などの狭苦しい箱の中は、どうにも息苦しくてやりきれなくなってしまうのだ。それで玲子にはいつも戸外を指定していた。

ところが彼女は自然には眼を向けず、と言うより拒否しているようなところがあった。したがって、たまに現われる時、彼女は風に吹かれながら不機嫌に口を噤《つぐ》みがちだった。何度も同じ経験をしていながら、彼はそのことを忘れ去ったかのように彼女の好まないことをする。彼女を愛しているなら、彼女の好むようにすべきなのかもしれないが、彼は彼女に自然の佳さを知ってもらいたいと希うのだ。それを自分の押しつけであると思っていない。

玲子は予期に反して現われた、それも意外に早く。折木は少年のようにおどおどして、彼女に対する術《すべ》を知らない。彼女は遠くから彼を認めていて、近づいてきながらちょっと歪んだ表情をした。

「やあ」

折木は適当なことばもすらりと出てこない。玲子は明らかに嬉しくはなさそうなので、どうやって彼女の気持ちを和らげたらよいのか、そのことばかりに彼は気をつかう。が、とにかく、彼女は待ち人が彼だと知っていてやってきたのである。彼はそれだけで満足していた。

「何か……」

話でもあるのかと玲子は言おうとしたのだろう。

「ここに座りませんか」

折木は慌ててベンチを示した。そして、正面きって何の話かと問われそうになるのを危うくきり抜けた彼は、むろん先の夜、あの瀬戸口家の庭にかいま見た事柄がいったい何だったのかを知りたかったのだが、彼女を前にしているとほじくり出すようなことは口にできそうもなかった。

「このあいだ、家へ見えたのでしょう?」

玲子のほうから言われて彼はハッとした。闇に紛れて垣根の根方に潜んでいたのを、彼女に見破られていたのかと一瞬思ったのだ。しかし、同日の昼間の訪問を、彼女は祖母から告げられていたのだった。

「伺いました」

「そう」

玲子はそれきり沈黙した。

「弟さんにも道で会いましたよ」

「そう、何か言ってて？」

「いや、別に。まじめそうな青年ですね」

「まだ、子供よ」

「そうでもないんじゃないかな。なかなかしっかりしている感じで……」

「小さい頃から見てきているから、きっと」

「何を？」

「いろいろと……でも、解っていないのよ、まだ」

「そりゃ、若いから」

折木は自分でも何を言っているのか明確でないままに、ありきたりの受け応えをしつつ玲子の表情をひそかに見やった。その瞳は燃えるように輝いているにもかかわらず暗い。

「いい所へ連れていってあげますよ」

浮かない顔の玲子を、折木はスカッとさせてやりたかった。ところが彼女は彼と一緒にいるとなおさら浮かなくなる。まさに彼女の不機嫌さは彼の存在ゆえと思いたくなるくらいなのだ。

「けっこうよ」

「それなら、君の行きたい所へ」

「わたし、どこへも行きたくないわ」

「まあ、従いていらっしゃい」

折木は玲子に対して決して強引な態度を示せないはずなのに、こうした時のやり方には有無を言わせないところがあったようだ。


二人は公園を抜けてビル街の一角に出た。玲子は浮かない表情をあからさまにして、それでもどこかへ紛れ去ろうとはせず、折木のあとに従いてきた。彼は、とあるなんの変哲もない灰色のビルの裏口のドアを押して、裏階段をズンズン上がっていった。

「どこへ行くの？　エレベーターはないの？」

玲子はもう我慢ならないといったふうに、階段の途中で立ち止まってしまった。

「屋上ですよ」

「何かあるの？」

「とてもいい気持ちなんですよ。もうすぐだから」

重い扉の向うは、ベンチ一つ置かれていない殺風景な屋上である。絶え間のない小刻みな音と、それに重なって、時折ドドドッと思いついたように大きな音を立てている空気調節か何かの機械があるだけの、このビルに働く人たちでさえ滅多に上がってくることはないであろう無人の場所である。

「来てごらんなさい。風が吹きつけてさっぱりしますよ」

折木は両手を広げて、大して広くもない空間を風に向かって駆け出した。出入口の凹みに立っていた玲子は突然嬌声をあげた。

「奴凧《やつこ》みたい！」

衣服に風をはらんだ折木の姿は、確かに彼女の表現どおりなのだろう。玲子が声を立てて笑っている。その笑いは刺を含んだものなのに、彼はなおも、その、おそらく滑稽以外の何ものでもないであろう姿を誇示し、両腕を水平にして辺りを旋回し続けた。

「止めて！」

玲子の声が風に千切れた。

「君もやってみたら？　誰もいないんだから」

折木は止めるどころか、彼女をも仲間に引き入れようとする。

玲子は首を激しく振り、眼に見えているかのように風を睨む。そして、彼に向けて再びヒステリックな声を叩きつけた。

「止めて！」

彼女は奴凧と評した彼の背中に、彼ではない何かを見ているのか、その眼には恐怖の色が漂っていた。

「どうかした？」

折木は扉にへばりついている玲子に近寄っていった。彼女はくるりと背を向けると、扉を引いて建物の中に入ろうと必死になっている。が、扉が重すぎるのか、風圧が強いからか、彼女の力では開きそうにない。彼女はめちゃくちゃに扉の把手を扱っていた。

「もう、降りてしまうの？」

折木は彼女の気持ちが解せない。

「わたしが風を嫌いなこと、忘れてしまったの？　分かっていてわざとこんな所へ連れてきたのね」

玲子を完全に怒らせてしまった。確かに折木はそのことを忘れていたわけではない。彼には、自分が好むことは他の人もまた好むだろうといった勝手な思いこみをする傾向があるようだ。それも、玲子の場合はことに、何かにつけて知らされていながら、やはり自分がこう思うと、もう、そうとしか考えられなくなってしまうのだ。

「故意に、そんな……」

折木は相手に何かを強制したり、また相手を矯正しようなどという気はまったくないのだが、ただ、たとえば、なぜ風を好まないのか、それが不思議でならないのだった。

「とにかく、ここを開けて！」

玲子は怒鳴った。折木が仕方なく命令どおりにすると、彼女はものも言わずに階段を駆け降りていった。彼が後を追って階下に降り立った時には、彼女の姿はすでに雑踏の中にかき消えていた。

なんのために玲子を呼び出したのか。彼は自らの愚かさを省みることも忘れて、ただただ落胆し、力の抜けていく足元を漸く支えているばかりだった。

人混みをぶつかりぶつかり歩きながら折木は、先刻の自分の奴凧姿を見て、玲子が罵った折に見せた異常なと言ってもいい様子はなんだったのか、どうしたというのかと考えていた。すると、ごく自然に彼女の兄の像が浮かんできたのである。彼に会うべきなのかもしれないと折木は思った。そして、それは決して不可能なことではなかった、彼が在宅してさえいれば。これまでにも一度ならず顔だけは合わせていたのだし、それらの時、少しもぶっきらぼうな態度には感じられなかったのだから。

（会って、少しでも話ができれば……）

といって、折木はすすんでそう望んでいたわけではない。むしろ逆で、玲子の家内に首を突っこんでいかなければならない理由などないはずと、放ってしまいたい気持ちも一方であった。すでに重苦しい気分に陥っていることがそれを示している。

玲子の兄啓一郎は定職に就いていないらしい。何をしているのかは知らないが、彼女よりも大分歳上のはずだから、その堂々たる体躯と共に立派な大人にはちがいなかった。口を利いたことはなかったが、出会ったかぎりでは、優しみのある、どちらかと言えば温顔な、いや容貌がそうなのではなく、全体から受ける印象がそうしたものだった。だからこそ折木は、あまり気がすすまないにもかかわらず、ある種の気安さみたいなものを抱いて彼に会おうとしたのだろう。そしてその機会は、彼が出向いていくより前にあっさりとあたえられたのだった。

## 五

「あの、玲子さんの……」

都会の雑踏で偶然見かけた玲子の兄に、折木は迷う間もなく声をかけていたのである。こうしたことは偶然とは言えないのかもしれない。いつでもそうした機会はその辺に散らばっているもので、もし、そのことにまったく無関心でいる時ならば、あっさりと見過ごされてしまうものだろうから。

折木に呼び止められた啓一郎は怪訝な顔をした。

「折木です。玲子さんの友達の」

しかし、彼はまだ合点がいかない様子だ。

「時々お宅へお邪魔して、お会いしたこともありましたが」

「そうでしたか？」

「あ、失礼。それでは覚えていられないのかもしれない」

「いやあ、そう言えば、と言いたいところだが、この前会った同じ場所で、つまり家で会えばすぐに思い出しますがね。それで妹がどうかしましたか？」

「いえ、別に。ここのところ、ちょっとお逢いしていませんから」

ビルの屋上に折木を置き去りにして怒っていってしまった折の玲子の姿が過ったが、それを打ち払うように彼は重ねて言った。

「お急ぎですか？」

「いいや、用事はないんですよ。ただぶらついていただけだから」

「ああ、僕も同じです。それではどこかで休みませんか？」

「君は休みたいんですか？」

啓一郎がまっすぐ折木の眼を見つめたので、彼は一瞬胸を衝かれ、「まあ……」と上擦った声を発していた。

啓一郎は肯いた。しかし自らは先に立とうとせず折木を見ている。慌てた彼は周囲を見回して、こんな街中では喫茶店にでも入るより仕方ないと思い、眼についたドアを押して啓一郎を促した。

薄暗い場所に向かい合って座ると、折木は啓一郎に威圧されてしまい、何かを訊き出そうなどということはとても大それたことに思えてきたのだ。威圧といって、別に啓一郎が尊大な態度をとっていたわけではなく、どこがどうというのでもないが、ただそこにいるだけで、折木の裡の何かがちがってきてしまうようなのである。

「何にします？　僕はコーヒーを」

ウェイトレスが傍らに立って、早く注文をといった自堕落《じだらく》な風情なので、折木はつい啓一郎を急かせるような口調になってしまった。

「酒、もらおうか」

「酒って、ウィスキーでも？」

うさんくさげなウェイトレスの表情と口ぶりである。

「何でもいい」

「ハイボールなら……ストレートは昼間は出さないんですよ」

とウェイトレス。

「仕方ない、それ」

「明るいうちから、いいんですか？」

「君は案外うるさいことを言うんだね」

「いや、ただ……」

「どう、君も」

「僕は駄目なんです、酒はいっさい」

「や、酒の味を知らないのか」

「体質的に受けつけないらしいんですよ」

「そりゃつまらないね。そういっ人は玲子には合わないんじゃないのかな」

「そうでしょうか。酒も飲まないような男は、ということですか」

「そういったものでもないが、しかし、生まじめな堅物はどうもね。玲子のようなのは難しいよ。そう、おいそれとは靡かないだろうな。兄貴の俺から見たって、あれはいい女だぜ。尤も、少々きつ過ぎるところがあるが」

「僕はきついくらいの女性のほうが好きなんです。なよなよとした、いやペチャペチャとした、声の高すぎるような、一見女らしい感じの女はごめんですよ。手や足のぽっちゃりしているようなのは」

「ほう、すると玲子はぽっちゃり型じゃないわけだ」

折木は頭に血がのぼってしまった。確かに玲子の手足はぽっちゃりしていない。もちろん触れたこともないのだが、見るかぎりでは、むしろ骨っぽく大きめなほうである。小さな可愛らしい手よりは、スッと伸びた大きな手のほうが、そこから様々なものが生み出されそうな気が彼にはするし、また、ある種の精神性が感じられて、感覚的に好きなのだ。が、いま彼が赤面しているのは玲子の手足がどうのということより、たとえ彼女の兄であろうと、彼女についてあれこれ話し合うこと自体に対してだった。

コーヒーとハイボールが置かれた。啓一郎は、折木がコーヒーにミルクを入れてかき混ぜ、漸く一口喉を潤した時には、すでにグラスを空にしていた。そしてウェイトレスを手招きして二杯目を頼もうとしている。

「相当いけるようですね」

「酒なんて、美味くもなんともないんだよ。俺にとっては水のようなもの、と言って、水は美味いもんだがね」

「そう、水はこの世で一番美味しいものと思っていますよ、僕も」

「ああ、君も。それじゃ、酒が水のようなものとすれば、わざわざ酒を飲む必要もないわけか。君は案外賢いのかもしれないいな」

啓一郎の顔色にまったく変化は見られないが、いくらか饒舌になっているようで、折木もついその調子に乗せられていきそうだったが、間もなく、自分自身は喋りすぎてはいけないのだと気づいた。つまり、啓一郎の機嫌を損ねるような態度はとるまいと。それは、ともすると啓一郎が突然豹変するのではないか、という危惧の念をふっと抱かせられたからでもある。

折木が漸く落ち着きを取り戻してみると、たとえば啓一郎の、煙草を喫うに到るまでのきわだって緩慢な動作は、ちょっと異様に感じられたし、それよりも彼の瞳が気になった。喋っている間は生き生きとして光を放ちすぎるくらいなのだが、沈黙すると、その深い色合いは瞬く間に沈殿していき、その双方がめまぐるしく往来しているのだ。


「この辺にはよく来られるんですか？」

折木はなにげなさを装って訊いた。

「よく来ますよ、昼も夜も」

「仕事か何かで……」

「ははあ、仕事ね。君はどういう意味で仕事って言ってるの。働いて金をもらうっていうことでなら、ずっと以前には少しそういうこともあったが。どうも、そういうのは俺には向いていないんだな。こうやって徘徊することが俺の本当の仕事の一つでもあるんだよ。当人は仕事をしているつもりなんだが、誰もそうは思わないらしいね。君もその口だろう」

「いや、なんとなく分かる気もしますよ」

「そうかね。妹のことがあるからって、俺におもねることはない」

「そんなんじゃありません。実は僕も似たようなものですから。ただ、現実にお金を得ないと餓死してしまいますからね。それで最低のところをなんとか確保してはいますが」

「食っていかなければならない……なるほど。俺はそういったことは殆ど考えたことがない」

「あなたには、その必要がないからでしょう」

「そうなんだ。働く必要がないのに働け働けって、周りから毎日やかましく責めたてられてるがね、まるで働かざる者人にあらずといったように。ことにひどいのが一人家にはいますよ。一円でも多く外から持ってくれれば、それが自分の得にならなくっても喜んでいるといった手合いの人間が。ところが、こちとら持ち出す一方だから、これには我慢がならないんだろうな」

「持ち出せるものがあるから」

「そうでしょうに。なんにもなけりゃ、俺だってなんとか金を得ようとするだろうから。いや、そうともかぎらんな。金のために働くくらいなら餓死したほうが増しかもしれん」

「……」

「君は死ぬのが怖いかね？」

「はあ、そりゃあ」

「俺だって怖くないことはない。しかし、彼らは死んでいったんだぜ。命令一下でいとも簡単に」

「は？」

「あれさ、〝大君の勅《みこと》かしこみ今日よりは火玉とかわりて吾は征くなり〟、〝身はたとい煙とともに消ゆるとも七たび生まれ君に尽くさん〟」

啓一郎は声を大にして謡うようにしたので、周囲の客たちの視線が一勢にこちらへ向けられた。彼はそんなことはおかまいなしだ。あるいは、まったく気づいていないかのようでもある。

「君、分かるかね、凄いじゃないか」

「特攻隊ですか？」

「お天ちゃんのためにっていうのはあんまりいただけないが、誰のためにだっていいじゃないか。何かのためにあんなに素直に死ねるなんて！　もうすこし俺も早く生まれていたらなあ、俺は不運な男だよ」

「しかし……」

本当にそれだけの理由で、彼が自堕落（?）な、あるいは虚無感のようなものを抱いてしまったのだろうか。戦争に征ったわけではもちろんなく、むしろ、多感な年頃を過ごしたであろう戦後の影響のほうが強かったのではないかとも折木には思われるのだった。

「しかし、何だね？」

啓一郎は、キッとした顔つきになった。

「いえ……」

折木は険悪な雰囲気に陥るのを恐れてことばを濁したが、そもそも、こんな会話くらいでそういった不安を覚えるのも、どこかおかしいとも思っていたのである。

が、現に啓一郎と話していると、のんびりと心おきなくというわけには到底いかず、こちらとしては意に介さないようなちょっとしたことで、大げさに言えば、たちまち彼の逆鱗《げきりん》に触れてしまいそうな感じが常に折木を圧していたのは事実である。ちょうど、たった今まで機嫌よく声を立てて笑っていた幼な児が、まったく突然に火のついたように泣き出し、そこまでいかなくても、むずかって、その原因が何にあるのか、どこにあるのか滅法分からないといった場合とよく似ていた。

「そろそろ出ましょうか?」

折木は、過日の夜の瀬戸口家のあの異様な光景について、なんら訊き出せなかったことが心残りだったが、その思いをふりきって自分から口にした。すると啓一郎は立ち上がろうとする彼に追い縋るように、

「もう少し、いいじゃないか」

とうって変わって気弱に、むしろ頼みこむように優しく言うのだ。

「君は玲子のことを話したいんじゃなかったの。あれのことはなんにも……」

「いえ、そんなつもりは」

「無理しなくってもいい。君は惚れているんだろ？　しかし君は玲子のうわべしか見ていないんじゃないのかね」

「そんなことはありませんよ」

「いいや、あれは、いざとなったら何を仕出かすかしれやしない。俺のこと、包丁持って追っ駆け回すことだってあるんだから」

折木は一瞬ギクリとした。それでは先の晩、闇の中でキラリと光ったあの刃物を手にしていたのは彼女だったのか。まさか……「わたしを殺してからに」という声を聞いたではないか。あの声は母親のものにちがいなかったのだ。

「玲子が包丁なんぞ持つはずはないと思いたいだろうね。ところがこれがほんとうなのさ。尤も、あれがそんなことをするのは俺のためにということらしいから、その純情さを俺は買ってやっているがね。しかし、もう一人のほうはそうじゃない。そっちときたら、憎しみのあまり時には俺を殺したく

なるらしいんだよ」

「もう一人？」

「そうさ。あいつは、なんとかかんとかしてちびちび貯めた金や、命がけで守ってきたとやらの財産を、俺がなんの苦もなく減らしていくのが口惜しくってしょうがないんだな。自分の金を遣われるくらいなら、子であろうとなんであろうと抹殺したほうが増しだと思っている輩《やから》さ」

「やはり、あの夜は……」

折木の呟きは途中で喉の奥に取りこまれた。もし、彼が覗き見をしていたなどと知れたら、どんな目に遭《あ》わされるかしれないと思うと、啓一郎の聞き取れなかった様子に彼はほっとした。しかし、考えようによっては、家内のことをこうして隠そうともしない啓一郎のことだから、他人に何を知られようと、どうということもないのかもしれないのだが。

「君、玲子の母親に会ったことあるかい？」

「ええ、一度だけ。でも、玲子さんの母親って、もちろんあなたのでもあるわけでしょう？」

「俺のおふくろじゃない」

「と言うと、玲子さんとは腹違いの……」

「とんでもない。玲子とは歴《れっき》とした兄妹だよ。俺はあの女の息子からとうに降りてしまったんだ。マリアですよ、あの女は。皺が深くって老けて見えたろうがね。夫から金をろくに渡されないもんだから、けんめいに働いているんだぜ」

「それでは、失礼ですがあなたもブラブラ、いや、自分のことばかり考えていられませんね」

「だから、あの女の息子じゃないって言ったたろう。マリアの息子が俺じゃ申しわけないからな。時には、俺はあの女の働いて得た金さえ掠め取るか巻きあげるんだぜ。もちろん、そんなのは雀の涙のようなもんだから、家の置物やら女らの着物まで片っ端から質に入れているがね」

折木には、ちょっと想像がつきがたいが、玲子が包丁を持ち出すのも無理はないと次第に思い始めてきた。

「立ち入ったことを訊くようですが、お金をそんなに、何に使うんですか？」

「さあ、金なんてものは君、いくらあったって足りゃしないもんなのさ。そうは思わないかね」

「しかし、僕なんか、それは最低の生活ですが、家賃と食費と、あと少しあれば、それでけっこうやっていけますが」

「それは君が生活している証拠だよ。俺には元々そんなもんはないからね。ただ、生きているだけなのさ」

「僕も同じようなものですよ」

「ちがうな。君は玲子と一緒になりたいと思っているんだろう。将来を考えているわけだ。しかし君、結婚なんて面倒なことは止めておいたほうが身のためだぜ、玲子にかぎらずさ。特にあれは難しいよ。第一、あれは結婚なんぞおいそれとはしそうにないな」

「……」

「まあ、君の勝手だが、これから先、ずいぶんと無駄な時を過ごすことになるかもしれんな。尤も、どんな時間だって殆ど無駄なようなものなんだから、どう過ごそうとおんなじってことだろうがね」

折木はなにやら奇妙な気がしてきた。どこかで似通った感覚を味わったことがある。これはなんだろう、そう思いつつ啓一郎に対していると、彼は立ち上がり、出口のほうへ進んでいこうとしているではないか。

「もう、出よう」と言ったのかどうか、啓一郎は気の趣くままにといったふうに背を見せている。折木はすぐに彼のあとについていかなくてもかまわない、と言うより、もう少しここに残っていたい気がしたが、引きずられるように足早に追っていた。

レジで会計をしようとしている啓一郎に、「僕が」と折木は口を挿んだ。啓一郎はふり返りざま彼を見据え、恐ろしい形相をした。

表に出ると、啓一郎は寸刻前とは別人のように優しみのある気弱な表情になり、「じゃ」と言って、その大きな躰のわりには頼りなげな様子を見せて去っていった。

西陽に染まった街を折木もまたのろのろと歩み始めた。

「——放っておいたほうがいいんじゃないですか。あなたがわざわざ巻き込まれることはありませんよ。あなたは家には関係なくて済む人なんだから——」

折木は思い出していた、玲子の弟のことばを。その感覚は、彼女の兄のことばから受けたものと同質のものである。ことばそのものも内容も異なるが、相通じるものが確かにあった。二人共に彼を玲子から遠避けようとしている。彼女のためなのか、それとも彼のためになのか。

しかし、玲子当人が折木を好いていないのだから、いまさら遠避けられるという意識は彼には強くない。あるいは、彼女からというよりは瀬戸口家からなのかもしれないとも思った。

〈自分が何かいけないことでもしただろうか。そりゃ、玲子に快く扱われないのなら、自分があの家に近づこうとすることも、また、あの家の人たちが他人の自分を受け入れなければならない理由もないにはちがいないが……〉

そう考えていくと、折木は躰の中を冷たい風が吹き抜けていくような寂しさを覚えて仕方ない。彼はこの都会で元々一人ぼっちのくせに、改めてたった独りにされたような、ひどく心細く頼りない気持ちに陥り……それなら、もう何年も離れている肉親のところへ戻ったらという思いが掠めないでもないのだが、あの人たちは不思議に彼の心を惹かないのだ。

折木は現在はむろんのこと、ずっと以前から、そう、子供の頃から勝手気ままにやってきていたが、それを戒める者もいなかったし、自由に解き放たれていた。彼の家族はみなそうで、互いに殆ど干渉し合わず、これといった問題も生ぜず、それぞれに付かず離れずといったぐあいに淡々としていた。情が薄いとか冷たいとかいうのではなく、それがごく自然のものだったのだ。したがって、彼には家族という意識は希薄であった。

やはり彼は玲子にとり憑《つ》かれていて、それに付随して彼女をとり囲む人たちへも傾斜していったのだろうか。彼には自身の気持ちが掴みかねた。

## 六

折木はアルバイトも休み、部屋に閉じこもって何をするというでもなく半月余りを過ごした。食事もきちんと摂らず、まるで半病人の態だった。この大都会にはこんなに多くの人びとがひしめいているにもかかわらず、誰一人訪れてくる者もいなかった。

考えてみれば当然のことだった。すでに友人たちはそれぞれ会社勤めなどをしていて、かつてのような気軽な往来は次第になくなっていたし、会いたければ、お前は暇なんだろうから、そっちのほうから会社へでもどこへでも訪ねてくればいいだろう、ということなのだろう。もちろん、彼はいま、誰に会いたいということもないし、何をしたいということもない。だからこそ、こもりっきりでいたのだから。

しかし、玲子にだけは、いつでも逢いたい気持ちに変わりはなかった。彼女からの便りを手にしようなどとは思いもしなかったが、現実に彼女からなんの音沙汰もなく、折木がはたらきかけなければそれきりになってしまう自分たちの間柄に、限りない虚しさを覚えずにはいられなかった。が、彼を好いていない彼女が、なぜ彼に音信をしなければならないのかを考えれば、それも仕方のないことと思ってもいたのだ。

他の人たちからの手紙はもちろん、葉書一通、いや、区役所などからの事務的な用件ですら彼を必要としていなかったようである。

滅入《めい》りがちな気分をふり払うように折木は腰窓を開け放ち、久しぶりに万年床を上げ、擦り切れた畳に胡座《あぐら》をかいて外に眼をやった。

前の家の屋根の隙間からほんのわずかに覗くだけの灰色の空。あとは何も見えない。樹木の影すら見当たらないのだ。それが当たり前として暮らしていた自分が信じられないくらいであった。尤も、窓外を眺めやるようなことも滅多になかったのだし、独房にも似た、硬い壁ばかりに囲まれた無味乾燥なこの場所は、はじめから人の棲む所ではなかったのだろう。

それにつけても、玲子の棲む武蔵野のあの一帯が折木を惹きつけて止まない。〈行ってみよう〉、彼は突如そう決めると、いや、そんなふうに意識する以前に、もう出かけようとしていた。

玲子に逢えるかもしれないという期待は抱いていなかった。あのビルの屋上から彼女が怒って走り去ってから一か月が経っていた。一か月も彼女に逢わず、手紙も出さず、むろん武蔵野の家辺りへ行ってみることもなく過ごしたことはこれまでになかった。その間、一度だけ彼女の兄に出会っていたことで埋め合わされていたのか……彼女と繋がりがあるということだけで。

瀬戸口家を訪ねることにわだかまりはなかった。玲子の兄や弟から言われたことばを忘れたわけではなかったが、〈だから、どうだというのだ〉という開き直った気持ちではまったくなく、何をどう忠告されようと、この時、彼は訪問を止めようとは思わなかっただけである。

石橋の辺りから玲子の家の垣根が見えてきた時、ああ、まだなんの変わりもなくああして在ったかと、折木は自分でも不思議なくらい感動していた。赤ん坊の頃から家族共々転々としてきた彼には、故郷といってないようなものなのだが、おそらく、少しは長く住んだ地を後にして以来、そこに初めて戻った時には、こんな気持ちであろうかと想像された。

道端から例の大欅を見上げ、勇気づけられる思いで折木は玄関先に立った。思いがけず玲子が現われた。一瞬彼女の裡を過ったものは、しまった！　彼と分かっていたら顔を出すのではなかったといった困惑だったにちがいない。

「しばらく」

彼は努めて明るく言った。

折木が用事があって来たのではないことは分かりきっていたから、何の用かとも訊けない玲子は、陰鬱そのものの表情を隠さなかった。自分という人間は、彼女に対してなんと罪深いことをしているのだろうかと、この時ばかりは、自分勝手で鈍感なくらいの彼も、さすがに己れの行為を省みないわけにはいかなかった。

玲子が、折木を玄関に置き去りにして家の奥深く隠れてしまっても、文句は言えないと彼は思った。しかし彼女は「どうぞ」と低く呟くように言った。家に上がれと言うのである。彼女の祖母ならいざ知らず、玲子自身が彼にそんなふうに対してくれるとは意外だったので、彼はドギマギしてしまった。

鍵の手になった廊下を玲子は先に立ち、いつぞや彼女の祖母に案内された茶室に通された折木は、釜の近くに座った彼女と対座した。玲子に茶を点てる様子もなく、そうかといって部屋から出ていくでもなく沈黙を守っていた。そのうちあの老女が現われるのではないかと折木は救いを求めるような気持ちになっていた。しかし、いつまで経っても誰も姿を見せない。

「この間、そう、もう大分前になるけれど……」

折木は言っていいのかどうか判断のつかないままに口にしかかっていた。

「兄にお会いになったんでしょう？」

いきなり玲子が言った。

「ええ、そうです、街中で偶然に。聞いたんですね」

「時には、わたしとはいろいろ話すこともありますから」

「何か言っていましたか？」

「いいえ、別に」

「お兄さんは、お酒が強そうですね」

「逆ですわ。弱いんです、お酒にすっかり飲まれてしまうほうですから。急に饒舌になって勝手にしゃべりまくったんでしょう？」

「それほどでもありませんでしたよ」

「何か気づきませんでしたか？」

「何を……」

「それならいいんです」

玲子に口を噤まれるのを恐れて、折木は何か答えなければと焦った。

「見かけとはちがって、ちょっと神経質なように感じはしたけれど、でも、良い人だと思ったな」

「良い人、そう、根はよすぎるくらいなんでしょうね、きっと。暴れたりさえしなければ」

「暴れる？」

折木の表情に、玲子は口ごもったが、やがて静かに話し始めた。

「暴力を振るうんです。でも、誰を傷つけるというわけでもないんです。それどころか、親妹弟に対して乱暴をはたらいたことは一度もありません。ただやみくもに暴れるんです、自分でもどうにもならないらしくって。雨の中を飛び出していって地面に転がり、泥まみれになって身悶えして大声をあげて泣いたり……」

「そんなふうにはとても見えなかったが」

「ええ、よその人には想像もつかないでしょうね。わたしだって、ふだんの兄に接している時には、あれはみんな嘘だったのだと思いたくなることもしょっちゅうですから。きっと薬の後遺症もあるんでしょう」

「薬？」

「ええ、十代の頃から覚醒剤を……ずっと荒れ続けてきたんです。それで躰を、いえ心身共に目茶苦茶にしてしまって。そうなったのには様々な理由があると思うんですけど、一つには無理解な父のせいも大きいんです」

「そう言えば、あの時特攻隊の話もしていましたが」

「ええ、まあ。でも。あれは自分をカバーするためのこじつけなんでしょうね。いずれにしても仕事を持つどころじゃないんです、働きたくたって働けないんですから。それを父は少しも解ってあげないで、なにがなんでも働かすの一点張りなんです。ですから今度のようなことに……」

「……？」

「兄は死に損なったんです。いま、病院にいます」

「どうしてそんなことに」

「ブロバリン錠を飲み過ぎたんです。眠れないと言って日頃から使っていましたけれど、今度は一度に一瓶も。誤ってなのか、それとも……いえ、死にたいなどと言ったことはありません。でも、分かりません」

「しかし、助かってよかった！」

「ええ、母などはそれは気が変になったかのようでした。現在も付きっきりでいますけれど」

「そう、それで皆さん、いらっしゃらないんですね」

「いいえ、父はいつもどおり仕事です。兄に会いにも行きません。祖母も別の用事で出かけました」

「玲子さんひとり」

折木は意味もなく口にしてから初めて、この広い家に玲子と自分の二人きりでいることを意識にのぼらせた。

「そのとおりよ」

玲子は急に口調を変えた。いつもの彼女に戻った感じだ。茶室に在ったせいか、それとも兄の事件に捉えられて沈みこんでいたからか、それまでは声音も低く改まった調子だったのである。

実のところ、この時玲子は、兄が自殺を図ったのではないか、ということ以外、何も考えられなかったのだ。他の家族のことさえ殆ど心になく、まして傍らにいる折木のことはなおさらで、ただ、ことばだけが意味を持たず口をついて出ていたのである。

「あなた、わたしを抱いてもいいわ」

折木は体中の血が逆流しそうになった。

「何を言い出すんです、冗談はやめてください！」

彼は玲子の眼をまともに見られず、漸くそれだけ言った。

「わたしがいいって言っているのに、厭なら別にいいのよ。これ、どこかで聞いたような台詞ね。でも、こういう時は誰でも同じようにしか言えないものだってこと、よく分かったわ」

「お兄さんのことがあって、どうかしているんですよ、きっと」

「そんなこと、あなたにとっては、どちらでもいいことでしょう」

「ちがう。僕は……」

「あなたは私に何を求めているの、どうしようっていうの」

「僕はただ……」

折木は、永い間玲子に何を求め続けてきたのか、正面きって言われると答えようがない。彼女のすべてが自分のほうへ向いて欲しいと欲ばっていたのかもしれない。

「馬鹿らしいわ。こんなことで言い合うなんて」

玲子は明らかに苛立っていた。

彼女の憤りをどう鎮めていいのか分からない折木は、と同時に、このまま何事もなく過ごしてしまったら、永久に彼女を取り戻せない気がした。実際にはそこまで考える前に、彼の掌は玲子の肩に掛けられていたのだが。

薄いブラウスを通して息づいている肉体が、玲子のものであることに彼は驚き、体中の血が駆け巡り、震えを抑えられなかった。

彼女は眼を閉じ、静かに横たわり、彼のなすがままになっていた。下着を剥ぎ取られた裸身は、彼女の麗しいが翳りのある、時に病的にさえ見える容貌とは不釣合に、若々しく健康美に輝いていた。彼は息を呑み、自分の躰が汚らわしく感じられて、彼女に接していくことが憚られた。そして、この神聖なものを、たやすくけがしてはならないという思いが頭をもたげ、彼は身動きができなくなってしまったのである。

彼女は無表情に起き上がった。


玲子の弟の次郎が帰宅した時には、折木たちは居住まいを正し、何事もなかったかのように茶室に対座していた。玲子は怒ってはいないようだが口を利かなかったし、折木にしても、少しのことばも発する気がしなかった。玲子が自分に身を投げ出してくれただけで彼は充足し、心が凪《な》いでいた。

「誰もいないのかと思った」

ちらと覗いた次郎に、茶も点てずに鎮まっている折木たちに何か察するものがあったのかどうか、その表情からはよみとれない。彼は折木に視線を投げ、彼と眼が合うと心なし会釈の形をとり、すぐに「姉さん！」といくらかきつい口調で呼びかけた。

「いいのよ、折木さんはもう知っているのだから。これから行くところ」

「出かけるんですか」

折木は自分でも間の抜けた感じなのが分かった。

「ええ、兄の病院へ」

「ああ、それなら僕も……かまわないだろうか」

「なんで、あなたが兄貴と会う必要があるんです？」

次郎は気色ばんだ。

「……」

折木はたった今の玲子とのことで心が弛緩していたのだろうか。確かに次郎の言うとおり、出過ぎたことかもしれないと気づいた。

「折木さんは帰られるわ。それで、次郎さんはどうするの？」

「もちろん、一緒に行くよ」


折木は何か言い残したことがあるような気がしていた。言い残すというより、玲子と自分がそれぞれに別の方向へ向かうことが納得しがたい気分に捉えられていたのだ。それでも、彼女のことばどおりにしか動けない自分を認めざるをえなかった。

病院へ行くという姉弟と途中までででも同行したかったのだが、結局、折木は先に瀬戸口家を辞し、駅へ向けて歩き始めた。独りあの灰色の部屋に戻っていくことを思っても、それほど気が重くならないでいられるのは、やはり横たわった玲子の姿の生々しい記憶に包まれていたからであろう。彼女の温もりが、滑らかな肌が、柔らかい息づかいが彼を包囲していて、駅で切符を買う時も、電車の中でも、彼は自分のしていることに殆ど意識を置かず、自分の部屋に無事帰ってこられたのが不思議なくらいだったのである。

それから一週間、折木は記憶の中の玲子を抱いて過ごした。そして待った。彼女からの便りを、あるいはなんらかの連絡を。もちろん彼からは直ちに手紙を出していた。返事を求める類のものではなかったが、なにかしら言ってきてくれるものと思いこんで疑わなかったのだ。彼は彼女の声だけでも聴きたかった。これまでのように自分のほうから訪ねていけばいいのだとは思っても、なぜか躊躇《ためら》わせるものが彼の裡に芽生えていて、すぐには実行できないでいた。あれ以来、自分たちの間柄に特別の変化が生じるはずと期待していたのではない。ただ、玲子が身をゆだねようとしてくれた事実を大切に思うあまり、彼は用心深くなり、執拗であってはいけないと抑制心がはたらいていたのかもしれなかった。

○月○日○時頃来るように、とのぶっきらぼうともいえる玲子からの葉書を手にした折木は、そこに過日の彼とのことを匂わせるようなものは何一つないにもかかわらず、待った甲斐があったと思った。

その日、折木は胸を張ってとまではいかないが、とにかく晴れがましい気分で出かけていった。あるいは、この前のように玲子独りが家に在って……そう漠然と思いこんでいたのかもしれず、玄関に出てきた人が彼女の母親であることに面喰ってしまった。

「お待ちしていました」と言われて、例の茶室へ導かれると、そこには一家が勢揃いしていたのである、この家の主を除いて。

「どうぞ、あちらへ」

正客の位置を示されて折木は尻ごみの態だったが、誰も、玲子でさえが何も口添えをしてくれないので観念して畏まった。

釜にはすでに湯が滾《たぎ》っていて、玲子の祖母が点前をするようである。折木の隣席には啓一郎がどっかと席を占め、畳の角を隔てて玲子、次に次郎、そして末席に母親が座った。客は折木一人である。そこに、彼が勝手になんらかの意味合いを汲んだとしても無理はあるまい。言うまでもなく玲子とのことである。この場合、自分が少なくとも瀬戸口家に受け入れられていると思わざるをえなかった。

考えてみれば、これまでも別に冷たいあしらいを受けたことは一度もなかったのだ。まあ、玲子には冷たい態度をとられたこともあったが、それはあくまでも彼女と彼の間だけの問題であり、兄や弟の忠告にしても冷淡なものではなかったと思える。彼はやや緊張がとけ、周囲を見回す余裕も出てきていた。

「今日はどうもお招きにあずかりまして」

折木らしくもない挨拶をしていた。一同はていねいなお辞儀を返した。

「よくいらっしゃいました。私がお招びしたのです。私も喜寿を迎えましたので、いつお迎えがくるやもしれません。人さまの前でこうしてお点前をさせていただくことも叶わなくなることでしょうし」

「先生はまだ大丈夫ですよ、百歳までだって」

揶揄するように言ってニヤリとしているのは啓一郎だ。彼は退院して、すっかり恢復したらしいと、折木は座高の高い彼の肩先へ眼を向けた。

「調子に乗るなよ、兄貴」

次郎がいやな顔をする。

「いいじゃないか。せっかく先生が点前を披露するってのに、ぶち壊さなくっても」

「啓一郎さん、先生って言うのはお止めなさいね」

母親が静かにたしなめた。

「どうして？　いつもあの人だってそう言っているのに。ねえ先生」

「お父さんは昔の誼《よしみ》で仕方ないのよ。おかしいにはおかしいけれど」

「ひとつ家で、そんなふうに称《よ》ばれるのはあまり気持ちのいいものじゃありませんけれど、今となってはどちらでもかまいませんよ」

玲子の祖母は淡々としている。

「いえね、母さんが昔、お茶の師匠をしていたものですから、その時の……」

「お母さん、そんなこと言ってとり繕うことはない」

次郎がピシャリと母親のことばを折った。

沈黙を守っている玲子に向けた折木の視線を、彼女は無表情に見返しただけだった。彼女が彼を招《よ》んでくれたのではなかったのだと今更に思った。しかし、父親は抜けているが、瀬戸口家の集まりに彼一人が加わっていることに、やはり意味はあるのだろう。誰も反対しなかったからこそ、気づまりではあるが、とにかく今ここにいられるのだと思わざるを得ない。玲子の祖母に感謝すべきなのだろう。枯れた掌で茶を点てつつある当の老女は、三昧境にあるかのように深く己れの所作に没頭している。

ひと巡り茶を喫した後も、何とはない話に一同席を立たずにいた。時折、こうして一家での集いを設けているのだろうかと、折木のこの家族に抱いていたイメージがいささか崩れかけてきていた。崩れるといってもほうへではない。各々がバラバラで……というふうに思いこんでいたのは、玲子の祖母や兄弟の口ぶりから察してのことだったが、どうやら一概にはそう言いきれないものがあるようだ。


「朝鮮の青磁のお茶碗を、この間からずいぶん探しているのですけれど見つからないのですよ。あの人がどこかへしまったか、捨ててしまったかしたのではないかしら」

「まさか捨てたりはしないでしょう。母さんのしまい忘れでは……」

と母親が遠慮がちに言った。

「でも、いつかのように、こんな物と思って勝手に始末してしまったのではないかと」

「兄貴がまた質に入れたんじゃないの？」

と次郎が口を挿んだ。

「何を言うか！　罅《ひび》が入っていたっていうじゃないか。そんな物、質種にはならないさ」

「分からないよ。高価な物なんでしょう、お祖母さま」

「ええ、まあ」

「それなら、あの人が捨てるはずがないじゃないか」

「分かりませんよ。価値が分からない者にとってはただの古ぼけたお茶碗ですから」

「あり得ることだな。しかし先生、耄碌《もうろく》しちゃったんじゃないの」

「私は耄碌なんぞしてはいません。とにかく、あれは京城《ソウル》時代の大切な記念の品なのですから」

「新婚時代のでしょう？　そりゃ大変だ！」

啓一郎が茶化した。

「母さん、わたしももっとよく探してみますから」

母親はなんとかまるく治めようと額にうっすらと汗を滲ませている。

「お祖母さまにも、結婚生活をしていた時があったのかなあ」

感心したような次郎の表情は意外に子供っぽい。

「当たり前ですよ。今でこそお髪《ぐし》も薄くなってこんなになってしまいましたけれどね」

「いいえ、母さんは年齢よりはずっとお若いわ。身嗜《みだしな》みもきちんとしていらっしゃるし、わたしなどよりよほど気を遣っていますもの」

母親は心から言っているのはちがいないが、見方によっては皮肉っぽく聞こえなくもない。

「なにしろ、ミクロゲンパスタだからね」

と啓一郎が自分の眉を指先でなぞりながら続けた。

「クリームをペタペタ塗って、気持ち悪いくらいのものだって言ってたよ、あの人が」

「いやなことをおっしゃる。よくもそんなことが！」

　老女は見る見る顔面に血をのぼらせている。

「気にすることはないのよ、母さん。啓一郎さんはわざと言っているのに、すぐ本気になさって」

「ほんとうのことさ。しかし馬鹿正直だからな、先生は」

「ええ、ええ、私はまっすぐですよ。ですからこんな思いをするのですよ、この歳になってまで」

「それもこれも自らの為せるわざだから仕方ない。娘をあんな人間に押しつけたんだからねえ」

「私は、あの人のことばを信じたまでですよ。それを嘘八百並べ立てて……これほどとは思いもよらなかった」

　老女は身を捩るようにして言った。

「世間知らずだったってことだな。しかし、それじゃ先生より娘が可哀想ってもんだ。あの人のほうが一枚どころか何枚も上手だよ」

「啓一郎さん、お止めなさい」

　母親は蒼い顔をしている。

「親の言うとおりになる娘も娘さ。自分がいやでもそう言えない人なんだから。ま、似たり寄ったりの母娘だね」

「そりゃそうですよ。長い間二人で穏やかに暮らしてきたのですから。ただ、ちがうところは、私は恨みを忘れられないけれど、この娘はとても諦めがいい点なのですよ」

「そうかな、そうふるまってるだけじゃないの。そこんとこを見抜けないようじゃ、母親としてちょっとどうかな」

「啓一郎さん、もう止めて。お客様がいらっしゃるのに。あなたには分からないこともあるのよ」

「いいじゃないか。この界隈じゃ、あの人のごうつくばりぶりを知らない者はないくらいなんだし、折木君をこうして招んだからには、いまさら隠すのもナンセンスですよ」

「兄さんのしょうがなさもね」

と次郎。

「いやなことを言う。だからお前はでくの坊なんだよ。せっかくの場をぶち壊すもんじゃないぜ。お前は俺が調子に乗っていると思ってるんだろう。そうさ、調子づいてるさ。それを支えてくれるようじゃなきゃ、まだまだ修行が足りないってもんだ」

「兄貴にはつき合いきれないな、まったく」

「そうだろうな、お前には。所詮、次郎はあの人の子だよ」

「兄貴だって同じじゃないか」

「しかし俺は似てるところはこれっぽっちもないぜ。金遣いは荒いしな。第一、髪の毛は房々してる、そこだけでもすでにちがうよ。お前のように頭がコチコチだと、そのうち禿げてくるさ、あの人そっくりにな。そうでしょう、折木さん」

啓一郎のことばに釣られて次郎の頭髪に眼をやっている折木は、さぞ馬鹿面をしていたことだろう。そのことに気づくと途端《とたん》に玲子が気になった。彼女は殆ど口を利かずにいたのだが、皆の話をうわの空にしていたわけではないのは彼にも分かっていた。しかし、実のところ何を考えているのか見当がつかなかった。彼は彼女逢いたさに訪問したのだったが、未だに彼女と会話らしきものを交わしていないのである。

折木は曖昧に相槌《あいづち》を打ったりするばかりだったが、それでも、いつの間にかこの家族の中に引きずりこまれた感じで、それも玲子と打ちとける一つの道でもあろうと、別にいやな気もしないでいた。しかし、肝心の彼女が少しも話に加わってこないのは寂しい。そんな彼の心の裡を察してかどうか、啓一郎は、

「玲子はお茶を点てないのかい？　せっかく折木君が来ているというのにさ」

と話を移した。

「今日はお祖母さまがお招びしたんですもの、わたしの出る幕ではないわ」

「ひねくれてるね、お前も」

「そんなんじゃないの。そういうふうにしか取れない兄さんこそ情無い」

「こりゃ辛辣《しんらつ》だね。そうだよ、お前は賢いからな。さすがの俺も玲子には頭が上がらないんですよ。折木君、君もそうなんでしょう」

「はあ、あの……」

折木はしどろもどろになったが、事実そのとおりなのである。彼女と自分の関係は出会った初めからそうであり、今後も変わらないだろうと思った。

「なんとでもおっしゃって！　おふたかた」

玲子はさらりと言ってのける。

「玲子ちゃんには気品がありますでしょう、孫のことを言うのもなんですけれど、鍋島藩のご指南役の流れを汲んでいるのですから」

玲子の祖母が不意に言った。

「古いな、先生は。しかし、そんなら次郎はどうか知らないが、俺にだってその血が流れてるはずだろうに」

「そりゃ、まあ。とにかく父親のほうは、関東の医者を兼ねた漢方薬売りといったところだったのでしょうから」

「だから言っただろう、俺はまるっきりあの人に似たところがないって。そうなんだよ、どうしたって近づけないものがあるんだな、生理的にもね」

「都合のいいほうへばかり解釈するのは、兄貴らしいよ」

と次郎は憤然としている。

「そらそら、参ったろう。どうやら次郎にはあの人のほうの血が濃いらしいから」

「お父さんにだって良いところはありますよ。何よりも勤勉ですし……」

複雑な面持ちで母親がとりなすように言った。

「そう、勤勉！　こいつがどうもやりきれない。自分がそうだからって、他に押しつけるこたあないんだ。皆でこうしてお茶を喫んだり、ちょっと話をしてたって、凄い怠け者って思うんだぜ。せっせと日がな一日働きさえしてりゃご機嫌なんだからな」

「確かにそうだけど、兄貴などは少し見習ったほうがいいんじゃないか」

「それとこれとはちがうよ」

「ちがわないさ、いい歳してグータラ、グータラ」

「ビ・サイレント！」

啓一郎は突然ビクッとするような大声を発した。険悪な雰囲気に陥りそうで折木は落着かなくなってきた。ところが、どこかおかしいのである。啓一郎にはどことなく憎めないところがあって、本来なら、人を威圧せずにはおかないその堂々たる体躯までが、この人の善良さを示す手助けをしているように見えるのである。

「旗色が悪くなると、すぐそれだから」

次郎が臆せずに吐きだした。

「しつこいな、分かってるさ」

「口ではね。いつも、そうやって収めようとするけど、いい加減にしたほうがいい」

「生意気な口利くな、俺は兄貴なんだぞ。お前は自分のことをちゃんとやってれば、それでいいんだ」

「そんなことは、兄貴らしいことをしてから言ってもらいたいね」

「分かった、分かった。次郎は融通がきかないな。こういう席じゃ、もっと別の話がいくらでもあるだろうに」

「そうね、啓一郎さんも、まだ日が経っていないことでもあるし……」

「お母さんは相変わらず甘いんだね。この間のことだって何がなんだか分かりゃしない。もっともっと心配かけるために仕掛けたことじゃないの？」

「それはちがうわ」

玲子が思いがけずキッとなって言った。

「もういいから、いいから」

啓一郎はふと気弱さを見せた。やはり触れられたくないのだろう。ところが、皆でいくら楫取りをしているようでも、いつの間にか話が啓一郎のほうへ向いていってしまうのである。

折木が先刻から解せないのは、啓一郎にしても他の者にしても、決してこの席を立とうとしないことだった。それは、一応客である彼の手前もあるにはあるだろうが、ここまできては、彼のことなど殆ど気にしていないとも取れたのだから。

「てんでんばらばらなのですよ」

以前、そう言っていた玲子の祖母のことばとは裏腹に、ある種の結束すら感じられるのだった。

## 七

長廊下をドスドスと足音が近づいてくる。皆一斉に押し黙り、見る間に張りつめた空気に包まれた。

ぼんやりしていたのは折木だけである。

「お父さんよ」

母親がさっと立ち上がった。と、もうそこへこの家の主人が姿を見せていた。

「すみません、ちっとも気づかなくて」

母親は蚊細く言って俯いている。

「昼間から何をしているんだ！」

「ええ、あの……」

「見れば分かるでしょう、お茶をいただいているんですよ」

案外強く次郎が言うのに継いで玲子もまた、「お父さんもいかが、一緒に」と言った。

「くだらん！」

「止せよ、もうお開きにしたほうがいいぜ」

と啓一郎はそわそわしている。

「お客様がいらしてるんですよ」

妻に言われて初めて父親は折木を認め、急に険しい表情を緩めた。

「玲子さんのお友達、お会いになったことありますでしょう」

「やあ、そうだったかな」

折木も啓一郎と同様、腰を浮かせかけていたのだ。

「どうぞ、どうぞ、そのままで。よくいらっしゃいました。それではわたしもいただくかな」

啓一郎と次郎が眼くばせをしている。一同の緊張が解けた感じではある。それにしても、この家の当主はなんと愛想のいい表情をするのだろう。どう見たって、皆が言うようないやな人物でもなさそうではないかと折木は思う。しかし、そう思うそばから、どこか信頼しきれないものを淡く感じてもいたのだ。それは、そのわざとらしいくらいに相好を崩しているところに、かえって、何かありのままではない不自然さをよみとっていたからかもしれない。

「啓一郎さん、お席をずらせて」

母親の指示に従って、父親は折木のすぐ側、今まで啓一郎の座っていたところに座を占めることになった。

「玲子のボーイフレンド、いいじゃないですか。しかし、こんな堅苦しい場所ではつまらんでしょう」

「いえ、そんなことはありません」

「ま、膝を崩しなさい。形式ばることはない」

「そう、ごめんなさい。気がつきませんで……」

母親が自分の落ち度のように言いながら、老女の点てた茶を夫の前に置くと、彼は無造作に啜り終り、すぐにも折木に話しかけてきた。

「仕事は何を？」

「はあ、いろいろと」

「いろいろ？」

「定職は持っていません」

「それはよくないな、ちゃんと一つ仕事を続けないと。これは大事なことですよ。なんなら、どこかへお世話しましょうかな」

「止めといたほうがいいよ、他人のお節介をやくのは。好きなようにしているんだろうから。ねえ、折木君」

と啓一郎。

「お前なんぞの口を出すことじゃない。ま、それはともかく、若いんですからな。これからをよく考えたほうがいいですよ」

「はい、ありがとうございます」

「ところで、ご家族は？」

「皆、別の所に棲んでいます」

「それではお一人で。そうでなくちゃ。よその者はみんな独立独歩だ。親に頼るなんぞはもってのほかのことですからな」

明らかに啓一郎を意識してのことで、その眼には憤りがあらわだが、憐れみの色もうかがえなくもない。

「とにかく働くことです。わたしなんぞは若い頃から働きづめに働いてきたもんですよ。だから、親の代からの土地でもなんでも増やしこそすれ、これっぽっちも減らすことはなかった」

「また自慢話か。あんたは偉いよ。食うものも食わずにキリキリしてきたんだろう」

啓一郎は、いつもなら面と向かっては決して口にできないようなことばを、気弱さを押して吐きだしていた。客の折木の手前、肩肘張っていたのである。

「何を言うか！　いまに分かる。お前のような者は歳をとったら惨めなもんだぞ。わたしなんぞは老てあるもんです。妻にだって後顧《こうこ》の憂いのないようにちゃんとしてある」

「俺はそんなに生きちゃいないよ。もうすぐご期待に添えますからね」

「いい加減なことを言うな！　出任せばかり。まったく困ったもんです。いい歳をしてこれですからね。出来損ないが」

「あなた、それはあんまりですよ」

「ありのままを言ってるんじゃないか。お前が甘いからこういうことになったんだぞ。これは叱るってことを知らん奴ですからな。ボーッと暮らしてきて、激しいものが一つもない。喜怒哀楽の感情に乏しいんですよ」

「そんなことはありません。この娘《こ》はじっと我慢しているだけなのです。おっしゃるとおり、私どもは穏やかに言い争い一つしたこともなく暮らしてきたのですからね。それをなんですか、ここへきてからは何一つ自由にさせず、言いたい放題言って！」

玲子の祖母が見るからに口惜しそうに口を挿んだ。

「母さん、止めてください。いいのよ」

「親が親だからな」

当主は一見ばつが悪そうに、しかし、皮肉っぽい一言を放った。

「そう、先生がいけないんだよ。こんなところへ大事な娘を嫁にやったのがすべての始まりだからね」

と啓一郎はまたまた、日頃陰で言っていることを思いきったように言ってのけた。

「啓一郎さん、あなたの口にすることではありませんよ」

母親は困りきった様子である。

「どうして？　俺には関係ないっていうの。とんでもない、大ありだよ。母さんがここへ来ていなけりゃ、俺はこの世に生まれてなかったろうからね。こっちこそいい迷惑さ」

「兄貴は何を言っているんだ。子供のようなことを」

「へえ、次郎は生まれてきてよかったって思ってるのかい？　そうだろうな、なにしろ優等生だからね。それが優等生の賢《さか》しらさ加減を示してるんだよ。お前には引っかかってくるものがなにもないんだ。分かるかな、俺の言ってることが」

「分からないとでも思っているの。現実を見てよ。兄貴のようにクダクダ言ったたって始まらない」

「分かったようなことを言いくさって！　玲子はどうなんだ？」

「兄さん、お母さんが……」

そう言って玲子は啓一郎の口を塞ごうとした。母親の様子を見れば、これ以上もう何もいえないはずと彼女は言いたかったのだと折木は察した。そしてそのことは、

「しかし、そうやっている先生には色気があるなあ。若い女なんかよりよっぽど」

と啓一郎が唐突に話を逸らせたことからも、まちがいではなかったようだ。

「馬鹿なことを言いなさい」

玲子の祖母は恥ずかしげである。

「じっさい、気持ちが悪いくらいのものだ」

斜めに視線を老女に向けた父親が、表情を歪ませて呟いた。

「よくもそんなことが……」

と言いつつ、端正に正座していた老女の茶杓を持つ掌が、逆上したかのように抑えようもない震え方をしている。

「母さん！」

母親が優し気な面持ちを辛そうに引きつらせて遮ると、老女はハッとしたように顔を背けた。

「そうだよ、あの頃の先生の凛とした美しさは、そんじょそこらの人には見られないもんだったからね」

と啓一郎はまだ止めない。

「知ったようなこと言って！」

と次郎。

「知ってるさ。俺の赤ん坊の時から一緒なんだから。もの心ついた頃の先生は女盛りだったさ。俺は子供心にも素敵な女だと感じていたよ。それに、もっと若い頃の写真だって残ってるじゃないか。お前も知ってるだろうに」

「兄さんも次郎も、何も知らないのよ」

玲子が怒りを抑えたように言って顔をそむけた。

「なんだよ、それ」

「なんでもない。もういいじゃないの」

「玲子は俺より後から生まれたんだぞ。お前が知ってて俺が知らないことなんかあるもんか」

「そうね、そのとおりよ」

何か言いたいことがあるのを玲子は自ら抑えこんでいるようだった。

「なんだか引っかかるが、ま、いいや。とにかく俺は、この人みたいに気持ち悪いなんて感覚は持たないね。色気があるっていいことだぜ。人間てのはそういうふうじゃなきゃ、いくつになったって。そう思わないかね、折木君」

「はあ……」

折木は、玲子が何を言いたかったのか気になってなま返事をしていた。いつだったか彼女が、母親より先に祖母と父親が知り合い懇意になっていたということや、その頃の祖母と父の間に、ある種の感情が流れていたらしいことを匂わせていたのに、この時になって思い当たったからだ。

「人のことなどあれこれ言う資格はないよ、兄貴には」

「何を！」

「だってそうじゃないか。人に講釈するくらいなら、なんで今度のようなあんな目茶なことをしでかすのさ」

「馬鹿！　次郎には分かってないんだ。色気が失くなりゃ死んだほうが増しだってこと。男だって女だっておんなじさ」

「そんなのおかしいよ。色気ばかりが必要なことじゃない」

「だからお前はガキだって言うんだ。色気ってのを額面どおりにしか受けとれないんだからな。俺をはじめ、この家にゃ色気のあるものなんかいやしないさ。唯一の例外が先生だよ」

「啓一郎、いい加減にしろ、ペラペラと」

父親は苦虫を噛み潰したような表情を隠そうとはしなかった。

「他人がいるからって気取ることはない」

「もう酒を飲んだのか」

「ごらんのとおり、お茶をいただいてるんじゃありませんか。ええ、酔いましたよ、先生のお点前は格別ですからねえ」

逃げ腰になりながらも半面で、啓一郎は、あんたなんかちっとも怖くはないんだぞといったふうに平静さを装っていた。

「ほんとうに、お祖母さまのお茶は美味しい」

玲子の言い方は、一切を無視したひんやりとしたものだった。

「まあ。ありがとう。もう一服いかがですか?」

老女は折木に訊いているのである。

「はあ、それではいただきます」

「君、無理しなくってもいいんですよ」

「無理なんてそんな」

母親が立って水屋へ行ったらしく、再び入ってきて、新しい茶碗をすっと老女の側においている。その所作は目立たず、一同に殆ど気づかせない配慮がある。

「今日は先生の喜寿の祝いか何か知らないが、俺の快気祝いでもあるわけだろう？」

啓一郎は誰にともなく問うた。

「いい気なもんだね、さんざん騒がせておいて。一体どういうつもりなんだ、兄貴は」

「うるさいっ！　お前なんぞは、俺があのまま逝っちゃったほうがよかったと思ってるんだろう」

啓一郎は、薬という誘惑に対して自分でも抗いようもなく、長い間暗い穴の底に落ち込んで這いあがれずにもがいているうちに、やがて這いあがろうとする気力も薄れてきてしまって、もう、どうなったってかまいはしないといった捨て鉢な気持ちに陥っていたようである。

「そう思いたけりゃそれでもいいさ。僕だけじゃないよ、みんな案外同じ思いかもしれないからね」

「そうだろうよ。そんなことは言われなくたって分かってるさ」

「ちがいます！　みんな、どんなにあなたのことを心配していたことか……」

母親は、その血の気の失せた顔を凍りつかせて、危うく泣き声になりそうなのに堪えていた。

「馬鹿だな、お母さんは！　すぐ本気にして。兄貴だって、そのくらいのことは分かっているんですよ。分かっていてわざと言うんだ」

「いいや、少なくとも誰かさんは、俺のことを死んでくれりゃよかったと思っているにちがいないのさ」

啓一郎の物言いはまじめとも冗談ともつかず弛緩したものだったが、その口調とは裏腹に躰は一瞬硬直していた、と見たのは折木の思い過ごしだったろうか。ストップモーション・フィルムがすぐまた動き始めるのにも似て、彼は相変わらずしゃべり続けている。

折木は遅ればせながら、たとえば老女と父親、父親と息子、兄と妹、兄と弟、母親とその母親……そうした様々な関係が絡み合い一つの輪を成している、その一人ひとりを意識してうかがってみる。そして強く感じたことは、この一家の各々が、それぞれにいかに強烈な個性を持っているかということであった。むろん、目鼻立ちがどうのということではない。が、たとえば眼が一様に生きていて、それは、死の淵を潜ってきた啓一郎でさえもが、決して無気力な眼差しではなかったのである。強い光がどの瞳にも見られた。また、引き締まった、言わば、表情や肉体に力がこもっているとでも言えようか、闘志、あるいは挑戦的とも取れそうなものが感じられた。

折木は自分の顔など久しく眺めたこともないような日常だが、それでも、ぼうとした画然としない容貌であることは子供の頃からよく承知していた。彼の肉親たちも大方そうで、彼よりももっとどうということのない平凡な、よく言えばゆったりとした、要するに自然の為すがままに委せた顔立ちをしている。それが当たり前と、とり立てて家族を見直したこともなかった。今、こうして瀬戸口家の人たちを眼前にしてみると、その相違に改めて驚きをさえ覚えるのだった。

それでは、この人たち同士がよく似通っているかと言えば、そうではなく、玲子と母親とに共通な、これが親娘というところは殆ど見受けられない。また玲子の祖母と母親にしても同様で、まして父親と母親は元来が他人ゆえ、対照的なくらい異なっているのだ。それでいて、全員にどこかしら相通じるものを見出し、これが家族というものなのかと、折木は、この茶室にどういうわけか坐っている、異端者としての自分を感じないわけにはいかなかった。

折木は心細く、潜りこんで行っても行っても弾きだされてしまいそうな寂しさに襲われていた。玲子に救いを求めたかった。元々、彼にとっては彼女さえいればそれでよかったのだから。しかし彼女は、あの過日の二人の間に起こったことを忘れてしまったかのように、何の反応も示してくれないのだった。

〈あれは、玲子の兄の命が取り止められた悦びのあまり、その祝いに彼女が自分に振る舞おうとしてくれた気紛れな好意にすぎなかったのだろうか。それは自分でなくてもよかったのであり、ちょうどあの時、自分が偶然居合わせたからそうしようとしただけのことなのだろうか〉

そう思い始めると折木は胸苦しくなり、とても堪えられそうになく、茶碗を投げ飛ばし、大声をあげて茶席を這いずり回りたい衝動にかられた。彼はもう何を話しかけられても頭に入らず、いつかの夜かいまみた恐ろしい光景も、彼がみつめているのを承知で、彼を寄せつけまいとする、この一家の作為ではなかったかとさえ疑われてくるのだった。

一同のドロドロとした、そのくせ、あっけらかんとした声高な話し声が、遠くのほうから聞こえてくる。そればかりか、つい今し方《がた》までいがみ合い、罵り合い、憎しみ合っているようにしか思えなかった彼らが、ドッと笑い合ってさえいるではないか。

折木は、そこに他を決して寄せつけない確乎《かっこ》とした絆を見た気がしたのだった。

# 第二章　湾曲した光

## 一

記憶の箱から決して除去されないだろうあの瀬戸口家での茶会から、どのくらいの時が経っていたろうか。ふり返ってみて、折木が玲子の面影を追っていることに変わりはなかった。

彼女が自分に身をゆだねようとしたのは、やはり現実のことではなかったのだ。彼女を想うあまりの勝手な妄想にすぎなかったのだ、と彼は熱っぽく朦朧《もうろう》とした頭で殆どそう決め始めていた。

そうでなければ、その後の玲子の冷たさ、いや、冷淡というのではなく、心ここに在らざる、空虚とでもいうのか、そんな感じを受けるはずがなかった。

一体、玲子はこれまでに人を好きになったことがあるのだろうか。恋をしたことがあるのだろうか。

折木は人の心を詮索するのを好まないほうだが、その彼が疑心を抱いてしまうくらい彼女の心がよめないのだ。言ってみれば、感情の発露といったものが感じられないのだった。

折木は、相変わらずの狭苦しい下宿部屋にひっくり返って、暗たんたる思いで地図状にできた天井の染みを凝視めるばかりだった。

一方、そんな彼を無視しているわけではないが、玲子の裡では、折木という青年は、殆どその存在の重みを下ろしていなかった。

彼女は本格的に勤めを始めていた。そして、兄啓一郎のことが片時も心から離れることはなかった。しかし、そういった理由はおいて、彼女は折木とは別の相手に恋をし、そして失恋という、この感情の生き死ににをさえ左右してしまう魔力にとりつかれてしまっていたのである。

その青年と十八歳の時に出会って以来、すでに五、六年が経っていた。ひと目で燃えあがった、胸を撃ち抜かれた恋だった。——そう、以下は五、六年前の彼女をとりまく事々である。玲子が大学生になって間もなくのある日の、演劇研究会の部屋でのことである。初めて足を向けた彼女は、その部屋の開いているドアの傍らに立った。すると、室内にいる二、三の学生を隔てて奥の椅子に腰かけていたその人がふり返った。そのキラキラとした黒い瞳が艶を帯びて微笑んだ。

玲子は会則などを訊こうとして出かけてきたにもかかわらず、その人ではなく他の人と二言、三言ことばを交わしただけで逃げ腰になっていた。

〈なぜ、あそこにもっと居なかったのだろう〉と悔まれたが、自然な態度でいられるはずもなかったのだ。逃げだした彼女は大学構内をそこここと彷徨《さまよ》い歩き、これから始まる授業への出席のことなど吹きとんでしまっていた。

それからの日々は、すべてその人を中心にして廻り始めた。と言っても、彼とかかわりを持つことのないままにである。勇を鼓《こ》して再び、三たび部室を訪れても、彼と出会うことはなかった。その影すら見当たらなかった。彼のことを誰彼に訊くこともできず、部員同士の会話の端々から、あるいは会報などによって自ずと分かってくるまでは、玲子に彼を識る何の手立てもなかった。

漸く分かったことは、その人が旅に出ているらしいということだった、戯曲を書くために。しかし、学生である。そんなに長い間旅をしているわけもないではないか。玲子が思うのに、彼は始終、あるいは毎日でも部屋に顔を出している他の人たちとはまったく異なっていたということである。

〝逢えない故になおさら〟ということばを地でいく玲子は、想いばかりがどこまでも膨らんでいった。その一方で、気分が萎えて、どうにも自身手をやくほど暗い穴に落ちこんでいった。その人に逢えたとして、それでどうする、どうなるということは考えの外だった。ただ、ひたすらあの黒い瞳を見たかった。いや見据えられていたかったといったほうが当たっているかもしれない。

しかし、彼はなかなかその黒い上衣に白い丸首シャツのすっきりとした姿を現さなかった。

雑然とした部室にその人の姿がないことは分かっていても、玲子は何かに引きずられるように、しかも恐る恐る近づいていってしまうのだった。そして、自分が何のためにこの部に席を置いたのかも

忘れて、そそくさと引き返そうとする。そんなある時、

「何か用事があったんでしょう?」

所狭しと重なり合っていた部員の中の一人に声をかけられた。

「いえ、特には」

「まあ、いいじゃないですか。少し話していきませんか」

「ええ……」

玲子の気の向かなそうな様子を察したのか、「なんなら外へ出ましょうか」とこだわりのない明るい口調で誘われた。その口ぶりは、家ではむろん、彼女の周りではあまり出会わない類のものだった。

玲子がどうとも返答をしないうちに、彼は部屋を出て先に立って歩き始めた。背後でなにやら囃したてる声がしたが、彼は無視して、玲子がついてくるものと思っているのだろう、ふり返りもしなかった。そして広い大学の構内を通り抜け、小路を隔てて奥まった露地にある茶房へと導いた。土間に、小ぶりだが黒光りのした分厚い木製の卓と椅子が、どっしりと居心地よさそうに配置されていた。

「ここ、知ってるでしょう」

「はい。でも、入るのは初めてです」

「そう。ここへくれば僕たちの仲間とか、知ってる者の誰かしらに大概会えるんですよ」

と言い、現に彼は「よー」などと手をあげて挨拶を交わしている。

向かい合ってはみたものの、何を話すということもなかった。しかし彼はまったく気にしてはいないようだ。

「いい店でしょ、夫婦だけで営《や》ってるんですよ。ほら、あそこでコーヒーを沸かしている小父さん」

喫茶店には似つかわしくない顔つきの中年の男が淹れるコーヒーを、引っつめ髪のきりりとモンペをはいた中年の女が運んでいる。

「入口に連絡ノートがつるしてあって、言伝てができるんですよ。奥に畳の部屋もあって、会合がある時など僕たちの部でも使ってます。まあ、店のことはそのくらいにして」

彼は玲子が先刻「特に用事はない」と言ったのを、部室では話しにくいのかもしれないと思いこんでいるようだ。

「ああ、ぼく、名前もまだでしたね」

そう言って一学年上の青木と告げた。歯並びのきれいな感じのいい人とは思うが、玲子に興味が湧くはずもなかった。

「同学年には——も——もいるんですよ」

と彼が次々と名をあげている中に、その名に触れただけで、躰の中を電流が奔るような感覚に襲われてしまうその人、楠木田の名もあった。

それまでの玲子の無関心は突然変化した。眼前の青年の口からとび出す一語〳〵に神経を集中し始めていた。

「楠木田はすぐそこに下宿してるんですよ」

青木は小窓の外を顎でしゃくりつつ唐突に言った。「近くってラクチンですよね」と。そして、「瀬戸口さんは自宅からでしょ。しかし、それもいいな」とも。

玲子の脳裡を家族の一人ひとりの顔が過る。

「地方からだと大変ですよ。経済的にはもちろんですが、何かとね」

そうだろうなとは思うが、彼女にはそれ以上のことは想像がつかない。思い浮かべると、胸を衝かれるような暗さを内包した自分の家族像が立ちあがってくるが、それでも、その家を離れたことがないのだから。

「ぼくは名古屋だから、帰ろうと思えばすぐさまとはいかなくても、まあ帰れますが、楠木田なんか九州ですからねえ」

新幹線のない頃の話である。

彼は九州男子なのか。しかし、世に言う蛮カラな気配を感じさせない。むしろ、繊細で都会的な印象が強い。でも、九州なのだ、と玲子は新鮮な思いを抱いた。

「それも、入口じゃなくって、熊本の奥も奥、天草のほうなんですからねえ」

誰彼についての話の中の一つにすぎないはずにもかかわらず、彼はなぜ次々と楠木田の話をするのだろう、こちらの感情を見抜かれているのだろうかと玲子は胸の動悸を速めていた。

あの人がこの場所と目と鼻の先に下宿しているということと、故郷が九州であるということを一度に耳にして、彼女にとってはそれが話のすべてであるような気がしていたのかもしれない。以後は、部会のこと、これからの行事のことなど、目の前の青木の話を殆ど聞いていなかった。

小窓から斜めに見える通路の向う側の平屋建ての軒先に、鳥籠が吊るされているような気がして、玲子の視線はそちらへばかり向かった。じっさいには何も見えなかったのだが、彼女の眼にはそう見えていたのである。

楠木田さんはあそこで暮らしているのだ。いや、そんな生活臭はなく、ただ、起居しているだけなのだろうと思った。彼にはものを食したり、風呂に入ったり、掃除をしたり、買い物に行ったりといったことはそぐわないように感じられたのだ。


親切な話し相手と別れると、楠木田の下宿先の門前まで行ってみたいとは少しも望まず、玲子は逃げるようにして帰途についた。

スクールバスを使い、終点にある駅始発の私鉄に乗った。車内は空いていて、片隅の席に無意識に坐った彼女は、思いをまとめられないままに放心状態にあった。

電車が停まった時、下車駅の一つ手前の駅だったが、玲子はやおら立ち上がり、駆け降りてしまった。そこは時々立ちよる所だったので、次の電車を待たず改札口を出て坂を下り、公園のほうへ歩いていった。そこは欅や櫟《くぬぎ》、榧《かや》、桜などの古木に覆われ鬱蒼《うっそう》としていて、花見の頃でも人影は少ない。中央の橋を分けて広い池が双方に広がり、中の島にはメタセコイアなのだろうか高木群が空を指し、種々の鳥たちの別天地となっていた。

翡翠《かわせみ》が飛来する時期にはカメラと格闘する人たちが群がり集ったし、釣りの人も、散策する人も常時いるにはいるのだが、なぜかさわがしくない。淀んだ水と共に、公園全体が置き忘れられた古色蒼然とした雰囲気をかもしているせいかもしれなかった。

池の端のベンチに身をよせた玲子は、絵画の中のベンチに坐っているような錯覚に陥り、グワッシュ画のような水面にじっと視線を据えていた。やがて、体が黒っぽく、眼の赤い水鳥がパッと水に潜っては、思いがけなく遠い所にポコッと顔を出すのを見て、彼女は現実に返った。

が、水鳥の動作のくり返しをあくことなく眼で追っている彼女は、ベンチに躰がはりついてしまったかのように身動きができないでいた。


「あの……」

声をかけられた。何度か呼びかけられていたようだ。玲子がふり向くとそこに楠木田が居た……と、そのはずもなく、ぼやけた彼女の視点がすわると、傍らに青年が立っていた。彼はどことなく楠木田に似通っていた。

「どうかしたんですか、ずっとそうしているので……。あ、ごめんなさい。おかげで、風景の中に溶けこんでいるあなたを画かせてもらえたんですよ、大分遠い所からだけれど」

玲子には応えようがなかった。

「この公園は静かでいいですね」

静かでいいと言いながら、その深閑とした空気を乱しているのは当人ではないかと玲子は思ったが黙っていた。

「よく来るんですか。ぼくは時々風景を描きにね、今日はちがいますが。あの辺りにイーゼルを立てて中の島を。それから橋の上からの煙るような樹木や水面もいいんですよ。こんななんでもない景色が、じつはそうそうはないんですから」

玲子にも分かっていた。人影の少ないことが幸いして、いつ来てもひっそりと佇んでいるこの公園の神秘的な鎮まりを。だからこそ、心の波風を抑えようもない時、自ずと足をここに向けてきていた。そのことは、来園が頻繁になればなるほど彼女の心のうっくつの度合いを、深さを示していることになるのだろうか。

いま、ここにはない青年のイーゼルの絵を玲子は想像できた。島にすっくと林立する木立ち、水面の小波、池の端の大樹にせばめられた空の色……全体の印象はシスレーの点描画にも似た、あるいは、それよりやや暗く、ことにその光と影の微妙なニュアンスは心を魅きつけるものだった。

しかし、彼女はそんなことはもちろん口にするわけもなく、この青年との絵画についての会話はおそらく合うだろうと思いつつも、それ以上ここに居る理由を見出せなかった。帰途につこうと立ち上がると、青年が慌てた口調で言った。

「あの、失礼ですけどお名前をうかがえませんか。もう少しあなたを描けたらと……」

「……」

たったいま出会ったばかりの人に、自分のことをいずれにしても知らせる必要があるのだろうか。まして楠木田のことで占められている心に、他の人とこうしてことばを交わす余裕があるのが玲子にはふしぎなくらいだった。これはもう一人の自分がしていることなのだ、と思うより他になかった。

「ああ、そうだった。あなたがこの公園へこられさえすれば、大概は会えるわけですからね。でも、やはり教えてほしいな。そのうち個展も予定しているし」

こういう爽やかな青年と、なぜ自分は素直につきあえないのだろうとさえ瞬間彼女は思った。楠木田への想いは、まだ灯火を点されて間もないというのに、すでに明りが見えないトンネルの中をさまよっている気がしていたのである。

## 二

家の敷地内に聳える欅をはじめとする樹々の黒い大きな塊が、玲子の視界に入ってきた。深閑とした家内。「ただいま」と声をかけても誰にも聞こえはしない。彼女は茶の間を覗いてみた。

「お帰りなさい」

祖母のサヤは長火鉢の前に坐って、何をするということもなくぼんやりしていた。しかし玲子の顔をみとめるとにこやかな表情になり、嬉しそうでもあった。彼女が自室へ行きかけると慌てて声をかけてきた。

「あ、ちょっと待って。そのままそこに立って見せて」

「……?」

「なんていいんでしょう!」

サヤは感嘆しつつ、丸まった背をのばして玲子を見上げている。

「お祖母さまったら」

玲子は沈んだ気分が少し動くのを覚えた。孫可愛さなんだろうなと思うが、お世辞を口にする人ではない。彼女は、つい先刻の落ちこんだ気分を引っぱりあげられるような気がした。

「鏡に映してごらんなさい」

サヤのことばに誘導されるようにして、玲子は茶の間の隅の姿見の前に立ってみた。頬にやや血ののぼった若い女性がこちらを見つめていた。

〈今日は顔色のいいせいもあるんだわ〉

彼女は内心思う。常に顔色が悪いのだ。血の気が薄いのは母親ゆずりなのだからと、別にそれで困ることもないので受け入れている。しかし、貧血気味の母親を見ていると、いつか自分もあのようになるのだろうなと無意識のうちに頷かないわけにはいかなかった。

「ちょっとお部屋へ」

退散しようとする玲子を、

「いま、お茶を淹れますから」とサヤは引き止めた。

「ありがとう。でも着替えてくるわ」

彼女は祖母の可愛いともいえるつぶらな瞳の光と、小柄な躰にしては大きな掌とを眼にとらえながら言った。

長廊下に沿った自室に入り、バッグを投げだし普段着になると、玲子はそのまま部屋を出ようと一旦はしたのだが、机の前の椅子に腰を下ろしてしまった。そうなると、いつまでも、じっとそうしてしまう自分を知っている。机上の本立てや様々な文具に眼をやり、やがて置き物の張り子の虎に指先を触れた。そのいかめしい表情とは裏腹に、コックリコックリ、前後左右に揺れる様子のおかしさは、なぜか悲しみの混じった気持ちを彼女によびおこした。そして、コックリをさせる彼女の指の動きにはきりがなかった。

〈ああ、お祖母さまを待たせているのだった〉と彼女は思いきって立ちあがった。

サヤの話はいつもおおよそ定まっていた。昔出会った人びと、それは生まれ故郷の佐賀や、上京してから住んでいた滝野川や飛鳥山、また夫の転勤についていった京城などでのことだった。玲子の見も知らぬ人びとや土地〳〵のことではあったが、「ふーん」「ふーん」と頷きながら聞いているうちに想像の羽を広げるだけ広げることになり、彼女は退屈どころか興味津々にさえなっていたのである。

そして、しまいにはサヤのたった一人の娘であり、玲子の母である偲のうえに話は及んだ。

「あの娘はみなさんに可愛がられましてね。ほんとうに邪気のない子でした。子どもらしいのに、それでいて、なんだか始めからすべて分かっているような落着いたところがあって……わがままを言ったり、無理に我を通そうとしたりしたことはたったの一度もありませんでしたよ」

「その素直さが、あんまり過ぎたのではない？」

日頃の、いや、もの心ついた頃からずっと母親に抱き続けてきた玲子の思いが、サヤのことばと交叉する。しかし、そんな母親を玲子が好きなのは確かである。改めて思うようなことではなく、兄も弟も同じその母の子であることに驚きを覚えるくらい、偲は自分だけの母であった。

偲は女学生の頃、心の裡で音楽の道を志していた。それが、まだ在学中に夫との結婚が決められてしまい、口に出さないままに彼女は密かにその希みを飲みこんでしまった。一方で、女手一つで育ててくれたサヤの恩に報いることしか考えていなかった彼女は、手っ取り早い手段として、小学校の教師の道を選んでいたのである。

そして結婚。あまり丈夫とは言えない躰に、家事と勤めの両方はきつかった。それでも彼女が勤めを辞めようとしなかったのは、夫が辞めることに賛成しなかったからである。もちろん仕事に理解を示していたからではなく、生活費は充分足りていたにもかかわらず、彼は妻の収入をも当てにしていたのだ。多くの夫たちが、妻が外へ出ることを快く思わなかった時代に、逆にそれを奨励していたのだから皮肉である。

しかし、そんなあれこれにかかわりなく、偲には或る楽しみがあった。それはピアノに触れられることだった。放課後、音楽室でひとりピアノに向かう。彼女の指先が鍵盤の上を滑る。すると吸い込まれるようにそのまま指先は勝手に動き出す。偲はわれを忘れて女学校時代に戻ったかのように夢中で弾いた。すると、結婚して以来の暗い気持ちに思いがけず微光が射した気がして、彼女は涙ぐんでさえいるのだった。

以来、三人の子どもたちの母親になっても、彼女は職場を退くことはなかったのである。

昼間、偲の不在を補うのはサヤだった。子どもたちにとって祖母といる時間のほうが長かったわけである。もっとも、啓一郎や次郎はそれほどかかわり合いは多くなく、やはり女の子の玲子だけが近しかったのだが。

ひとしきり話をすると、サヤは、きっぱりと、「これからお経をあげますから」と傍らの仏壇に向かった。

玲子は再び自室へ引きあげた。彼女は漸く解放されたのだろうか。そうなのだろう。しかし、独りになると忽ち楠木田のうえに想いを馳せ、うつうつとし始めるのだから、その時間を祖母と話すことで少しでも縮められたということでもあろう。

この堂々巡りの毎日は一体どうなっていくのか、玲子自身そんなことを考える余裕もなく、ただただ思い悩み、もがいていた。暗く長いトンネルのまっただなかに放りだされたら、人はどうするのだろう。そのままじっとそこに佇んでいはしないだろう。光を求めて駆けだすにちがいない。少なくとも、そろりそろりとではあっても歩みだすだろう。しかし、玲子はそうはしないで、いや、たとえ動きをとったとしても、同じ場所でぐるぐる廻っているだけだ。

〈ここに人がいるんですよ〉と知らせようとすることもなく、したがって知られることもなく。

# 三

嘆息とも呻きともつかない声が玲子の耳を触った。

〈あ、兄さんが帰ってきた！〉

彼女はすぐさま部屋をあとにした。案の定、啓一郎が玄関の框《かまち》に腰を下ろし靴を脱いでいるところだった。

「どこへ行ってたの、三日も消息不明で」

「うるさいな」

啓一郎は蒼黒い横顔を見せて、妹のほうを向こうとはしなかった。

「みんな、心配していたのよ」

「へ、心配が聞いてあきれらあ。親父なんぞは静かでけっこうって思ってたんだろうに」

「お母さんもあちこち探し歩いていたようよ」

「あの人はいっつもそうさ。何事もなくったって年がら年中気が安まらない人なんだから」

「分かっているのなら、心配かけなければいいでしょ」

「ビ・サイレント！」

返答に窮するといつも使うお得意の一言を発した啓一郎は、ふらふらと立ち上がった。うつろな瞳が宙をさまよっている。

「まあ、啓一郎さんだったのですか」

高調子の声音に気づいたサヤが顔をだした。

「先生はお出ましにならなくっていいんですよ」

「何を言っているのですか、この子は。困ったものですね、ほんとうに」

顔面に血をのぼらせたサヤもまた、「困ったもの」と毎回同じことばを繰り返すだけである。

〈こんなことがいつまで続くのだろう〉

玲子はやり場のない怒り、いや、そんな感情を通り越して、何を言っても仕方ないのだと虚しさでいっぱいになる。彼女のその思いもまた、毎回同じだ。

啓一郎はドタドタと乱れた足音を立てて長廊下を行き、倒れこむようにして自室へ入っていった。

「あんなに蒼い顔をして……ご飯をいただいてないのではないかしら」

茶の間に戻ったサヤが呟いている。

「いつもそうでしょ、食べないで眠るだけ」

「それでも、少しはお腹に入れてから寝んだらいいでしょうに」

分かってないんだなと玲子はあらためてサヤの顔を見てしまう。

啓一郎がクスリを注《う》って帰宅した時は毎回、まるで死人のように眠り続け、そうやって二、三日経つと冬眠から覚めた熊か何かのように、漸く自室から這い出してくる。そして台所に直行し、丼におてんこ盛りにしたご飯の周りに、煮ものや佃煮などその辺にある残りものをぎゅうぎゅう押しつけ、それを盆にのせ、自室へ運んでいってかきこむのだ。そして、餓鬼のように食べつくした後に訪れる、こんどは健康的な眠り。

その間の家内の静謐さを思いやって、玲子は重苦しさが少し蒸発していってくれるような気がする。そして、彼が眠りから覚め、機嫌よく、舌も滑らかになるつかの間の平穏。その間中、家族の時間は淡々と流れていく。その後に再び押しよせるガラリと変化をもたらす時を忘れさせて。その時とは、啓一郎が薬代を捻りだすために、家中の質種になるものを物色し、家人の必死の制止をふりきって風の如く飛びだしていってしまうまでの大騒動のことである。

玲子は自室に戻り、机を前にした。しかし、明日のためのノートも教科書も手につかない。やはり小説本を読むことぐらいしか、いまの彼女にはできそうもないようだ。もっとも、何があろうと、どこに居ようと、常時本だけはまるでお守りのように手放さないというのが、彼女の学生生活の大半を占めていたのではあったが。

読んでいる時だけはすべてを忘れさせてくれる。そういう効能が本にはあった。そこへ逃避するつもりはなく、ただ現実を離れた世界が展けていた。それは現実離れをしたというのではなく、むしろ、現実が精神の作用によって抽象化され、次元の異なるもう一つの深い現実を露呈してくれるように思えていたからだろう。

「玲子さん、あなた、今晩のお支度はどう？」

サヤがドア越しに声をかけているのに気づいた。玲子は現実にひきもどされ、その鼻先にたちまちカレーの匂いがしてきた。あるいはおでんの、スキヤキの、天ぷらの。そのことばだけで敏感に反応する自身の感覚に辟易し、彼女は匂いを払いのけながら素直に応えていた。

「ええ、します。たまですものね」

彼女は読書を邪魔されたとは思わない。サヤのていねいなことば遣いや、孫に対しても礼節をわきまえた対し方に、おのずと心をなごませられていた。


玲子はさっそく台所に立った。

「何にしようかしら。今夜は兄さんは食べないのだし……」

孫娘と話していたいらしく、食堂へついてきて椅子に腰かけているサヤにきいてみた。

「そうね、何でもけっこうよ」

「お祖母さまのけんちん汁や薩摩汁はとっても美味しいけれど、わたしには得意なものなんてないんですもの」

「そんなことはありませんよ」

「精進揚げはどうかしら」

「そうね、油を使うお料理は、私はどうしても敬遠してしまうものですから」

「材料はあるの？」

「お野菜はいろいろ揃っていますよ」

「と言っても、大体定まっているんですものね。人参、じゃが芋、ごぼう、いんげん、ナス、椎茸、春菊、おさつ、そのくらいかしら」

「雪の下はお庭から採ってきますよ」

「あ、お願いします」

サヤにつられてか、玲子のことば遣いに投げやりなところは見受けられなかった。それどころか、いくらか優しみをさえ感じさせるものだった。

天ぷら鍋に油をたっぷり。油の澄んでいるうちに葉ものをさっと。根菜類はあとにゆっくりと、の要領で玲子は次々と揚げてはバットに移していく。サヤに特に教えられていたわけではないが、日頃から見よう見まねでやっていた。料理にかぎらず行儀作法、居住まい、すべてサヤのすることを彼女は見て育った。

食器の音を立てないように、咀しゃく音もなるべく口内に閉じこめるように。障子襖の開け閉《た》ては野放図でなく、家内を歩く足音はできるかぎり低く、畳での横坐りは香しくない、などなど。

反面、衣類をはじめとするあらゆる物をあまりに大切にするサヤに、玲子は反発を覚えることもあったが、そのくせ、いつからか少しずつ、彼女自身、祖母の行為をなぞっているようなところが見受けられた。

一応の支度を了えた玲子は雨戸を閉めに台所を出ていった。一体どのくらいの枚数があるのか、片端からガラガラと板戸を引き始めた。そして最後の一枚を残して、すでに夕闇の迫っている庭に視線をやった。欅と樫の大樹が暗々と鎮まっている。

〈あそこには、鳥ではなく何かの小動物が居そうだわ〉

玲子は眼を捉えてみる。しかし、風がないのだろう、枝葉のさやぎさえみとめられず、影絵のように乱れなくかっきりとしている。

この静けさは、彼女のざわめく心の粒々を一つずつ潰してくれているのだろうか。そうかもしれない。が、やはり、幽かにではあっても動きが、蠢《うごめ》きがあったほうがいい。何事も起こらないことを望みながら、他方で、自然の息づきを感じさせてほしいと彼女は希う。

ふっと楠木田の細面の横顔が過った。彼はいま頃、あの下宿の部屋で何をしているのだろう。ポソポソと食事を摂っているのだろうか。もし独りでいるのなら、なぜそこに自分が行っていけないことがあろうか、という思いが一瞬かすめた。しかし玲子は、あり得ないこととふり払った。

次郎が帰宅し、ついで偲が、そして最後に当主の剛さえが、相変わらずの気難しい表情を崩してはいないが、とにかく帰ってきた。

日曜日以外に全員で食卓を囲むことは珍しかった。ただ、暮らしぶりは各自バラバラでありながら、それでも食事はできれば共にという習いが、どういうわけかこの家族にはあったのである。睡りこんでいたはずの啓一郎までが、義理のようにではあるが一応顔を出していた。

「今夜は天ぷらか」

席に着いたこの家の当主が言った。

「精進揚げですよ」

サヤがすらりと応えた。

「同じことだろうが」

当主はムッとした口調になった。

「えびやお魚が入っていませんから」

サヤがつけ加えるのを当主は無視して言った。

「玲子が料理《つく》ったのか」

「ええ、早く帰ったので」

「玲子のは美味いんだ。若い者のはやり方がちがう」

大体の炊事をサヤがやっているのを、皮肉る意味合いが含まれているのだ。

〈いやだな〉と玲子は胃の腑が浮きあがるような感覚を覚える。

そんなふうにして食事は始まった。みな、ムスッとしているようで、けっこうしゃべっている。そうでなければシュンとした空気が流れるはずだが、それが見受けられず、むしろザワザワとした活気をさえ呈している。

次郎は冷ややかに周囲を眺めやりつつ。

啓一郎は苦手な父親を前にして、日頃の行為を突如責められるのではないかと、その大柄な身を縮めつつ。

そして、いついかなる時にも不器用なくらいまっすぐなサヤと、いつもと殆ど変わらない玲子。偲だけがにこやかに一同をとりもっていた。丈夫でない心臓の動悸の速まりを抑えつつ、夫に気を遣う。この女人あっての、かろうじて均衡の保たれた食卓かもしれなかった。

玲子は偲の横顔をそっと見た。中高で細面の品のよい、しかし蒼白く、その明るい声音に反して寂しげな表情を。

「お母さん」

玲子は幼な子のように思わず称んでいた。

「なあに、玲子ちゃん」

偲はたちまち翳りを引っこめ、笑顔になって娘のほうを見た。

「あ、いいの、いいの」

玲子は慌てて口を噤んだ。

暫くは、不安定ではあるが和やかとも言える晩餐が続けられた。

突然「ヒーッ」というヒステリックな声が一同の耳を覆った。すでに食卓には、ほんの少し前までの雰囲気はあとかたもなく消え失せていた。

あきらかにいきりたった様子の剛は、鋭い眼つきに豹変していた。と同時に、玲子の左隣のサヤの気配が変だった。その顔面には血がのぼり、箸を持った指先が細かくふるえている。ちょっとしたことで、剛のチクリと口にした一言が、彼女の心を刺したにちがいなかった。

似通った場面は時々披瀝《ひれき》されていたせいか、玲子の前の席に並んだ啓一郎と次郎は素知らぬ顔を通していた。

「母さん、そんなに気になさらないで」

偲は自分の母親を宥めようと懸命になっている。

「あなたも、そんなふうに言わないでも……」

一応は夫にもことばを向けるが、彼女は強くは言えず、その額には冷汗がにじんでいる。

「あんまり非道すぎるじゃありませんか！」

サヤは泣き声になって、ついに堪えきれなくなったのだろう、椅子からよろよろと立ちあがり、茶の間へと姿を消した。

すると偲は遠慮がちにその後を追っていった。それに引きずられるように啓一郎と次郎もそろりと立ちあがり食堂を後にした。

玲子は、剛がどんな暴言を吐き、サヤが何をそれほどまでに憤ったのか分からなかったが、見当はついていた。食事時にかぎらず、常習的に両者はいがみ合っていたのである。もちろん剛が一方的にしかけることではあったが。

玲子も立ちあがりたいのだが、けんもほろろに父親を一人置き去りにして……そうはしかねていた。

「玲子、これは美味しいよ」

娘の料理をほめることで、剛は彼女を自分のほうへ引き寄せたかった。

「そう、ありがとう」

玲子は応えたが、そのことばをなぜ祖母や母に言えないのだろうと苛立った。

偲が戻ってきた。

「どこまでいただいたのだったかしら」と彼女はちょっとお道化て、何事もなかったかのように箸をつかい始めた。顔で笑って心で泣いてではないが、偲は食べものも喉を通らないくらいなのに、不機嫌な夫にお愛想を言い、なんとか彼の気持ちをほぐそうと心を砕いている。

そんな母親をまのあたりにしながら、玲子は「ご馳走さま」ときまり悪げに小声で言って、彼女と入れ替わるようにスッと席を立ってしまった。

あの人たちは二人きりになって、一体どんなふうに顔をつき合わせているのだろう。父親を独りにして放っておけばいいのにと思うが、そんなことは決してしないし、できない母親であることを玲子は充分承知していた。


玲子は茶の間を覗いてみた。

サヤは遣《や》る方《かた》ない様子で、長火鉢の前の常座に小さくかしこまり、猫板の七つの道具、それは刻み煙草を喫う折の煙管《キセル》掃除の針金やヘラやピンセットであり、また、マッチ、小バサミなどだが、それらをあちらへやったりこちらへやったりと訳もなくいじり回していた。

声をかけたら、かえって鎮まりつつある気持ちをぶり返させてしまうような気がして、玲子はそっと自室へと去った。そして、先刻閉めた雨戸を開け、闇の庭に向けて大さく息を吐きだし、涼気を深く喫いこんだ。

たった六人ばかりの人間の集まりでありながら常時ざわめいている。毎日のように事が起こる。なぜ、もう少し安穏でいられないのかと、彼女はまるで他処の家庭劇を眺めているような感覚に陥っている。したがって、自身もこの家族の一員であり、大いに関わっている存在なのだと思えないでいる。そうでなければ、自分にも大きな役割が与えられているはずではないかと。


重苦しさから逃れるかのように、玲子の思いは楠木田のうえへと移っていった。

〈彼は今頃どうしているのだろう〉

その想いは消えたことがなかったが、皮肉なことに、家の騒動に巻きこまれている間だけは遠のき、彼女に別の平穏をもたらしてくれているのだった。

あの漆黒の髪。黒く輝く瞳はキラキラとしてはいるが、深く鎮《しず》もったものだ。耳に心地よい声は、その白い歯の間からしか洩れでてこないものだろう。

演劇科の学生たちが屡々身につけているトックリのセーターにコール天のズボン、そして時にハンチング。彼はちがった。黒っぽい上衣とズボンに白い丸首シャツ、いつもそれだけだった。そして、重そうな黒い鞄。

彼のすべてが玲子の裡に潜んでいた感覚を呼び覚ました。外見だけでなく、他の学生たちとどこかがちがった。自宅から通学している者にはあまり見受けられない孤独感が引きよせる大人っぽさ。そして、地方からの純朴で生のままのような人たちとも異なる洗練された印象。

そうした楠木田が玲子をどう見ているのかを考えると、彼女は鳩尾《みぞおち》の辺りが浮きあがってくるような感覚に襲われるのだ。彼には自分という者は合わないのではないか。彼女は彼をこのうえなく好いているにもかかわらず、彼のほうは彼女がそれほどピタリとはきていない。そんなふうに勝手に思い巡らせて玲子は落胆し、たったいま眼を凝らしている庭の闇と同様、彼女の心の裡も真っ暗に塗り潰されてしまいそうになる。しかし、こんな夜でも、夜はまだ救いがあった。明日がくるという当てもない思いが浮遊するからだろう。長い夜は、よくも悪くも彼女を現実から遊離させてくれる。

そして朝、庭にくる小鳥の声で玲子は目覚める。軽やかで可憐な彼らの声々を耳にしながらも、彼女の表情は冴えない。昨夜から今朝にかけてどの辺がどう変わっていったのか、胸のつかえは益々ひどくなっている。今日一日をどうやって過ごしたらよいのかと思うと、底なしの穴に引きずりこまれていくような気分に陥る。

玲子はのろのろとベッドから這いだし、のろのろと服を着替え、台所に出ていった。

「お早う」

偲のかける声音はなんと明るく優しみがあるのだろう。

「お早う」

玲子はポソリと応える。すると母親はもう心配そうな表情になる。悪いなと思うが、だからと言って、玲子はにこやかには対せない。

洗面所へ行き、鏡に映しだされた顔をちらと見た彼女は眼をそむけた。日頃から自身が若いなどという意識すら持ち合わせていない彼女だが、それをおいても、これは若い娘のものではないと思う。眼と眉のくっきりとした均衡のとれた貌とふっくらとした頬の線が、彼女の暗い思いとはうらはらに若さを示してはいるのだが、それでもなお、血を抜かれた人のように生気がなかった。

偲の調えた朝食を味わいもせず摂ると、玲子は自室へ戻り、さて、これからどうしたものかとぼんやり突っ立っていた。やはり学校へ行くしかないのだろうなと、バッグの中身を機械的に確かめ、部屋を出た。

次郎が玄関を出るところだった。そう言えば先刻、彼は食堂に同席していたのだったか、彼女の記憶は曖昧だった。

彼は黙ってドアをパタンと閉めて出ていった。

〈待って！　わたしも一緒に行くわ〉

玲子はそうは言わなかった。駅まで徒歩十四、五分の距離である。これが啓一郎に対してだったら、そのことばをそのまま彼に投げかけたにちがいない。しかし、肝心の彼は眠りのまっさいちゅうだ。いま、朝も夜もなく眠りこけている。たとえ薬のことがなくても、彼は朝、定刻に出かけるなどという生活とはとうに無縁になっていたのではあったが。

当主は早朝に家を後にしたら最後、深夜の帰宅が多く、顔を合わせる機会は少ない。たとえ居合わせたとしても殆ど口を利かないのだから同じことではある。いや、そうではない。彼が在宅か否かで家内の空気は大きく変化するのだったから。

「行ってきます」

玲子はさすがに黙っては出かけず、玄関で声をかけていた。

サヤがそろそろと出てきた時には、すでに彼女は門扉の傍らの潜り戸を潜っていた。

偲は勤めがありながら、できるだけの家事をして、それから慌てふためいて家を後にするのだった。そこまで思いやれない玲子ではなかったろうが、彼女はあまりにも自身の世界に浸りすぎていたようだ。それに、サヤが留守中のことは負っていたので、無意識のうちに安堵感を抱いていたのかもしれない。もっとも偲は夕食のお菜まであれこれ整えて、

「母さんには、ただお留守番をしてもらえば……」

と常々言っているのを知ってもいたのだが。


駅までひたすら歩いているうちに、躰に熱がこもってきて、玲子の不快さは朝っぱらから増しつつあった。混んだ電車の中で息を凝らし堪えていると、もうそれだけで気力を喪い、その日一日に費やすだろう体力をも使い果たしそうに感じられた。

彼女はなんとか三十分間をやり過ごし、終点の駅に降りたった。これからスクールバスをつかい大学へ行くわけだが、授業に出てもどうなるものでもないと思い始めると、急に出席の意志が玲子から削がれていった。

何のために定刻に家を出てきたのだろうと考えると虚しくなって、彼女は自身をどう扱っていいのか途方にくれた。長い間そこに突っ立っていたが、やがてバス乗り場を逸れて大通りに足を向けた。

これという考えもなく脚を交叉させている。進む方向はやはり大学の在るほうへだった。

二十分かけて校門の所に着いた。しかし玲子は構内へは入らず、反対方向の住宅地へ向かい、ふとした民家の開いている小門を抜け、離れのようになっている部屋の外に立った。

「葉子さん、居る?」

返事がない。眠っているのだろうか。もう一度声をかけてみた。やはり気配がしない。玲子は、去ろうとする前にガタピシしている雨戸の隙間に眼を当ててみた。灯が映じた。彼女は雨戸を叩いた。するとと漸く雨戸が繰られた。

「勉強だった?」

「うーん」

葉子は迷惑だったのか、半ば居眠りをしていたのか、その表情からは判然としなかった。

「上がって」と言いつつ彼女はスタンドの灯を消し、その辺を片づけた。

「ほんとうにかまわないの?」

「頭がぼんやりしてるけど、だいじょうぶ」

坐り机には何やら難しそうな厚ぼったい本が開げられ、そこに無造作に引かれた赤い傍線がゆらりと玲子の眼にとびこんできた。

彼女は、この北陸からの苦学生の横顔をちらと見た。眼の下をいつも黒ずませているが、整った顔貌の人である。

教室で隣り合わせたことから急に親しくなった葉子は、たまに故郷の料理をご馳走してくれることもあった。

「これから一緒に来ない？」

「どこへ？」

「いいから、いいから」

玲子は一対一で話したいのだが、いまはこの友の言うとおりにするしかなさそうだった。

葉子は学校のほうへどんどん歩いていくではないか。授業に出席するつもりなのかと玲子がおしはかっていると、彼女は校門のすぐ近くを折れ、露地に入っていった。そして、通路に面して建つ粗末な木造アパートの窓下に立ち、二階へ向けて「――さぁん」と声をかけた。するとガラリとガラス窓が開いて、女の人が顔を覗かせ、上がってと手で合図をした。

二人が狭い入り口からすぐの階段を上がりきると、すでに廊下の奥の部屋の板戸が開かれていた。

「友だちを連れてきたの」

葉子は玲子を紹介した。

彼女たちが四畳半の赤茶けた畳の部屋に入ると、そこにはもう一人別の女性がいた。部屋のまん中に置かれた卓袱台《ちゃぶだい》の傍らに横坐りになっていたその人は、眼顔で挨拶をした。

部屋の主は、玲子にはひどく大人っぽく見えたが、やはり学生で、科は異なるが、四人共に同学年だったのである。初対面にもかかわらず玲子は珍しく大して緊張もせずにいられた。みな、自由にしゃべった。そして煙草を喫わないのは新参の玲子だけだった。

それぞれが恋愛をしていた。この部屋の主は、妻子ある人との先の見えない間柄に。先客の女性はどうも相手とうまくいっていないらしく、そして葉子の恋は、どうやら失恋へと傾いていっている様子である。

玲子は他人に自分のことを話したことがなかったし、また口にするものではないと思ってきたのだが、その場のあけっぴろげな雰囲気に呑まれてしまったのか、それと意識しないうちに楠木田への想いをスルリと舌に乗せていた。

「そんなの、こっちから打ち明けに行けばいいのよ」

「そうよ、何も言わないでいたら、相手の人だってあなたの気持ちがよく分からないでしょうに」

「絶対、すぐ打ち明けるべきよ」

三人は口を揃えて、まるで囃《はや》し立てるように言った。そのうえ、

「いますぐそうすべきよ。だって、住んでいる所が分かっているんですもの」

と玲子の心をゆさぶった。

さすがにその日のうちにとはいかなかったが、そろそろ夏休みが近づきつつあり、大学構内も閑散としてきたある日、玲子の姿が、あの茶房の傍の楠木田の下宿の前に見出された。

女友だちからけしかけられなかったら、決してそういう行為には出なかっただろう彼女だが、しかし、二か月にも及ぶ長い休暇を悶々と過ごすことは目に見えていたので、何か時の区切りのようなものを感じとっていたのかもしれない。

楠木田は不在だった。居ないのを確かめるためにだったか、入り口のドアを引いてみると、思いがけず開いたのである。鍵をかけてないのは近くへ出かけたこと、玲子がとっさに〈待ってみよう〉と決めたのは、日頃の彼女としては相当積極的になっていたということだろう。いや、むしろ素直になっていたということか。

片隅の梱包された大きな包みが狭い部屋をいっそう狭くしていた。引っ越すのだろうかと玲子はもう心が翳っている。文机の上に写真が立てかけてあった、女の人と二人の。

〈ああ、彼には恋人がいるのか……〉

そういうことを、これまで想像もしなかったのがふしぎである。それでも玲子は待った。躰が動かなかった。

背後にカタリと音がして待ち人が帰ってきた。玲子を認めて驚いたふうだったが、それはつかのまのことで、「よく来ましたね」と楠木田の口調は平静なものだった。

「勝手におじゃまして」

玲子の声は消え入りそうに蚊細かった。

「夏休みに入るので故郷へ帰るところなんですよ」

「……」

「瀬戸口さんは東京でしたね」

「はい」

「いいな、とも言いきれないかもしれませんがね」

「あの、好きなんです、楠木田さんを」

玲子は唐突に口走っていた。

「あ、それで分かりました。あなたのことが」

と彼は言い、

「ぼくには女の人が居るんですよ」

とあっさり付け加えた。

写真などからおおよそ想像がついていた玲子に、ひどい落胆のふうは見られなかった。むしろ、つきつめていた感情からいくらか解き放たれ、伸びやかにさえ見受けられたくらいである。


カーンと晴れわたった陽差しの中を、楠木田はバス停まで玲子を送ってきた。バスを待つ間、黙している彼女に、彼は「天草に行ったことがありますか」と話しかけた。「ぼくの故郷なんですよ」と。

「いいえ」

「いい所ですよ。あなたに見せてあげたいな」

彼は心からそう思っているふうだった。

玲子はバスに乗った。片手を上げた彼の姿が遠ざかり、視界から消えた。これで、これまでの想いに終止符が打たれたのかと、彼女はそのあっけない結末に気が抜けたようになっていた。

夏休みに入った。暑さをもてあましつつ玲子はどこへも出かけずに毎日を過ごしていた。

思いがけず楠木田から手紙が届いた。

……あの時、どんなにあなたに接吻したかったことか……とあるそこの箇所ばかりを彼女はくり返し眼で追った。彼には女の人がいるのだということが深く心に刻みこまれてはいたが、それとは別に彼のそういう気持ちが嬉しかったのだ。と言って、彼女は舞いあがるような気分にはならず、どこかで冷めた、いや悟っていたといったほうが当たっていただろう。

そのくせ玲子は返事を書き、その後、彼女は自分でもふしぎなくらい延々と彼への気持ちを引きずることになってしまったのである。


九月に入り授業が始まっても葉子の姿が見当たらなかった。噂が玲子の耳に吹きよせられた。

「原田さん、自殺を計ったんですって。知らなかったの」

原田さんとは葉子のことである。

「自殺!?」

「未遂だったようよ。そのうち出てくるでしょう」

玲子は葉子を下宿へ訊ねてみようと思ったが、いまはそうしないほうがいいと判断した。やがて葉子は姿を現した。玲子が夏休み中のことにはいっさいふれまいと思っていると、彼女のほうから唐突に話しだした。

「薬を飲んで川辺の叢《くさむら》に横たわっていたの。そしたら、通りがかったお百姓さんに助けられてしまった。飲んだ時、生きるか死ぬか五分五分と思ってた……」

葉子をそこまで追いつめていたものは、やはり失恋だった。以前から聞いていた相手の人に完全に振られたらしい。彼は別の大学へ転校してしまったということだった。

死のうと思うまでに、と考えると、玲子は、悩みつつもどこかで醒めている自分の心の奥底に眼を向けないではいられなかった。そして、どういうわけか、これまで葉子に惹かれるものを感じていたのは、こんどのようなことを仕出かす、自身の心情にあまりに忠実な彼女ゆえもあったのではないかと思うのだった。


玲子は演劇部というところは自分に向かないのではないかと思い始めていた。全員で肩を組んで部歌を歌ったり、すべては共同作業でなければ成り立たないことに、あらためて気づかされたのだ。楠木田は殆ど部室に出てこないどころか、大学自体を辞めたらしいという噂も耳にした。彼女は急速にやる気を失ってしまっていた。

「ちょっと覗いてみない？」

葉子が籍を置いている詩の会へ、玲子は誘われるままに入会した。そこに折木がいたのである。そして、おかしなことに、葉子のほうは玲子と入れちがいにその会を辞めようとしていた。


折木は、玲子に出会った瞬間に霊感がひらめいたような心情に捉えられた。あたかも、玲子が楠木田に会った一瞬に舞いあがってしまったのにも似て。

折木は玲子の失恋のことや、もちろんその相手について知るはずもなく、〈どうして彼女はあんなに冷たい感じなのだろう。虚無的にさえ見えるではないか〉と彼女の醒めた感情を察知してはいても、その依ってきたるところのものを想像できなかった。だからこそ、彼はまっすぐに彼女にぶつかっていけたのかもしれないのだが。

折木は玲子が拒否しても拒否しても、まるでそんなことはなかったかのように、ひたすら自身の気持ちを訴え続けた。そして二人の間柄は縮まらないままに二年が経ち、三年が経っていったのである。

## 四

大学を卒業した玲子は就職した。洋酒を扱う中堅の会社である。なぜそこへ入社したのか。書かされた論文がよかったらしく、合格させてくれたからとしか彼女としては言いようがなかった。

〈さて、仕事は何をするのだろう〉

ぜひとも入りたかったというわけではないから、玲子は大して抱負も抱いていなかった。

「秘書の一人に」とはっきり命じられたわけではないが、どうもそうらしく、ボッタリと厚化粧を施した社長付きの秘書から種々教えられる日々となった。その秘書は「お化粧をしないと気持ち悪くって」と言ったが、玲子のほうは彼女と接する度に、皮膚が呼吸できなくって苦しがっているのではなかろうかと、息が詰まり胸が悪くなるのだった。そのうえ、「これを社長室の戸棚へ入れてきて」などと頼まれると、いやだなという思いが先に立ち、それを裏づけるように、「そんな開け方では駄目だ！」と注意され、もうそれだけで玲子はその場から遁走したくなった。ついに彼女は、ずっとこの会社でやっていくことはできないと思い決めてしまった。大体、秘書になろうなどと思ったことは一度もなかったのである。

玲子は一か月で、我慢する理由を見出せなかった会社を辞めた。それに毎朝の通勤電車の混雑ぶりは、彼女の生きていく意志をも削いでしまうくらい辛いものだったのだ。誰もが同様の思いを抱き、しかし、それでもそうするより他になかったわけだが、彼女の頭には、何かで読んだ物語りがこびりついていて、自分の状況に照らし合わせ、恐怖をさえ感じていたのである。それは、ある少女が混雑極まる電車の中で人々に挟まれ押され、しかし、声もあげずにじっと堪え続け、ついに天へ招されてしまうという、しかも、そのことを讃えた話だったのだ。

「玲子は何をしてるんだ！」

別の職場が見つかるまで家でブラブラしている娘の現状を知ったなら、必ずそう言って妻を責めるだろう剛の手前、玲子は毎朝家の門を潜り、近隣を彷徨い歩いていた。その間中、〈こうして一体何をしているのだろう〉と彼女は自分を責めていた。

剛の出勤を見計らって家へ戻る。しかし、玲子のそんな日々も、小さな出版社に入社できたことで終止符を打った。原則として十時出社、また、家から直接の取材や原稿取りやらで遅い出社も多く、その自由さが彼女の息を吹き返してくれたのである。

玲子は楠木田のことは忘れようもなかったが、月刊雑誌の仕事は朝はゆっくりでも、夜まで終りはなかったので想いに耽ける余裕があまりなかった。毎月の企画会議、原稿依頼と原稿取り、時にカメラマンを同道しての取材、記事書き、編集作業、そして校正時には印刷所での徹夜が二、三日は続いた。これでは、いくら若い玲子でも疲労困憊してしまうのも当然で、お蔭でと言うべきか、そうとは意識しないうちに楠木田のことは次第に遠のきつつあった。

「瀬戸口さん、面会の人が見えてますよ」

呼ばれて、玲子がもちろん仕事上の人と思いこんで出ていったそこには、折木が恥ずかしげな様子で立っていた。

〈いやだな〉と彼女の気持ちは引ける。そして勤め先まで訪ねてくるなんてと腹立たしい。彼女にはいま明るさが必要なのに、彼を前にして、まるきり反対の暗々とした気分に陥ってしまうのだった。特に用事があるわけではないのは分かってたが、用がなくてもサラリと、あるいはハキハキとした態度をとればいいものを、折木は相変わらず遠慮がちにもじもじしている。そんな彼にどう対すればいいのか、玲子は会社の人たちの手前もあり、一刻も早く彼にきびすを返してほしかった。

もごもごと何やら口にしている折木を背後に、玲子はさっと出入り口から出てしまった。そして、自ずと足早になり、近くの喫茶店のドアを押した。あとについてくる彼の鼻先で危くドアが閉まるくらい性急に。

卓を挟んで向かい合っても折木は何も言わない。彼としては、話そうとすることは少なくなかったはずだが、おかしなことにことばが出てこないのだ。彼は焦っているわけでもなかった。ただ、玲子の顔を見ているうちに、溜まった想いは解消されてしまった気がしてきた。しかし、それはたったいまだけのこと、やはり彼女の心が自分のほうに向いていなければ、たとえすぐ傍にいても彼の心は鎮まらないことは、自分でもよく分かっていた。

「あの……忙しいので」

折木が口を噤んでいるので、ついに玲子は言い放った。

ハッとした彼は申しわけなさそうに顔面を歪ませた。

レシートを掴みレジに向かったのは玲子だった。学生時代からコーヒー代は割勘、彼のほうから誘っておきながらいつもそうだった。気が利かないのか判然としなかったが、それが折木という人なのだろうと、玲子はその人間性までさかのぼって解釈してしまっていた。

実のところ、折木はお金がなかったのだ。それなら女の人を誘ったりはしないものといった考えは彼には備わっていなかったようだ。自分の気持ちに忠実に、自身の想いをひたすら通そうとしていたのだ。己れの心に、相手は添うべきなのだとさえ思い込んでいるようなところが見受けられた。

喫茶店を出ると二人は左右に別れた。

会社に戻った玲子は、たったいま会ったばかりの折木の姿をふり払おうとするかのように、仕事に没入していった。

一方、折木は御徒町駅まで力なく歩いていき、電車に乗った。結局、下宿へ帰るしかなかった。未だに何やら漠とした夢を追ってはいたが、その彼も、これからささやかな会社に就職するところだったのだ。玲子にそのことを知らせる目的があったはずだが、何やら気圧された空気に包まれて、わずかに触れたにすぎなかった。

卒業前後、友人たちが就職祝いとやらで大騒ぎをしていたものだが、折木はおよそかけ離れたところにいた。しかし、結局遅ればせながら勤めることになったのには、単に食べていけなくなり追いつめられて、という理由ばかりでなく、八方塞がりの現状に風穴を開けなければと気づいたからかもしれない。

折木は日暮里駅で下車した。降りようとしてではなく、車内に立っていた躰が自ずとホームに押しだされた感じだった。彼はどこへ行くという考えもなく歩き始めた。左手に谷中の墓地が広がっている通りを行くと、二叉に道が岐れ、左側は坂道、右は石段になっている。石段を降りると両側に商店が並んでいた。そこをつき抜け、T字路を左に折れ、その小路をひたすら歩いていった。

寂れた裏通りだが、どことなく趣がある。折木はあちこちに眼をやっていたわけではないが、心が落着いてくることによって、このしっとりとした街並みを改めて感じさせられた。また、玲子と別れた後の沈んだ心持ちが、いくらか薄らぐようでもあった。

小路の尽きた所は、千駄木団子坂下の四つ角の少し手前だった。そこを左へ行けば小寺が並んでいるようだが、折木は反対側の坂道を選んだ。すぐ左手に森鴎外の旧居・観潮楼跡が在った。そこに立ってみても家々の屋根や樹木しか見えないが、かつてはその名の如く東京湾が臨めたのだろう。その手前の藪下通りへ入り、やがて右へ折れていくと、こんどは漱石の旧居という石碑が建っていた。

〈この二人の文豪はずいぶん近いところに住んでいた時期があったのだな〉と折木の感慨は深い。大学時代詩を書いていた彼だが、そしてそのことを忘れ去っていたわけではないが、遠去かっていたなと思う。界隈を彷徨いながら、彼は何やら躰の奥のほうから衝きあげてくるものを感じとっていた。

〈そうだ、自分には詩があったのだ〉

と折木はいまさらに思った。すると、悦びと、そして、少し哀しみのない交ぜになった言い知れぬ感情が湧きあがってきた。その感情は、玲子のうえに想いを馳せる時にいつも覚える寂しみのようなものをも包含していた。

## 五

夜の十時過ぎに帰宅する玲子を偲が迎え入れる。いつもそうだ。偲はすでに仕事を辞めていて、娘がくつろげるように、食堂ではなく、茶の間の卓袱台に夕食を並べおいていた。

「こんなに遅くまで食べないなんて！　お腹空いたでしょう」

「そうでもないわ。でも、ありがとう」

玲子は母親の心遣いを無にすることはできないし、それに、食べながら母娘はあれこれと話をするのが習慣になっていたのである。

たあいのないことでも、ことばを交わしていれば互いの心の在り拠《か》がある程度分かるというもの。母親は娘の近頃の状況を知っておきたかったし、娘は具体的な話はなくても、母の優しさに溢れた明るい声音を耳にしているだけで、心が解けてくるのだった。

「いよー、やってるね、今夜も二者会談を」

啓一郎が唐突に茶の間に入ってきた。

「いやね、二者会談だなんて」

「毎晩、一体何話してんの。玲子の縁談かい？」

「そんなんじゃないわ」

「いや、きっとそうだよ。相手方に俺のような兄貴がいると知れたら、相当困るだろうからな」

「ちがうってば」

「兄貴がこんなんじゃまずいよな」

啓一郎は本気なのか冗談なのか、どちらともつかない言い方をしている。

「そう思うのなら、ちゃんとすればいいじゃないの」

玲子は、母との話がもし縁談だとして、相手が、当人以外の者までを障害としてとらえるなら、そんなのは始めから問題外としていたし、第一、結婚のことなど考えたこともなかった。ただ、それを契機に兄が立ち直ってくれるものなら、縁談でも何でもあってもかまわないといま初めて思った。

その話は別として、玲子は自分もそういう年齢になっているのかと他人事のように己れを見ている。

結婚している友人も少なくなかったし、その結婚式に何度か招かれてもいた。「幸せになって！」「いつまでも仲良くね」などとありきたりの祝言をのべているにもかかわらず、彼女自身にとってはあまりに遠い話で、真実味を帯びてこなかったのである。

偲はそういう玲子をどこまで理解しているのか、押しつけるような言辞はまったくなく、どこまでも娘の思うようにしてあげたいと希っている様子だった。

この家の当主は二階の自室に上がったきりである。まるで別世界に呼吸しているかのように一人だけ別個の存在としてあったから、彼が在宅かどうかさえ分からないでいる時がままあった。みな一様に彼を煙たがっていたので、その姿を眼にしないでいられることにほっとしていた。それどころか、自ずと気持ちが伸びやかになって、悦びでさえあったのだ。

そして、彼がドカドカと階段を踏み鳴らしつつ降りてきたとたん、ひんやりとした空気をふりまき、みなの皮膚を泡立たせるのだった。それまでの和やかな雰囲気は吹きとび、蜘蛛《くも》の子を散らすようにそれぞれが四方へ散っていき、彼の妻だけが残される。

「よく言っておけ！　お前が甘いからだ」などと、多くは啓一郎のことで剛は偲を叱責し、それが騒動にまで発展しない時は、彼は再び二階へ上がっていく。すると散った者たちはまた戻ってきて……といった構造が成り立っていた。

尤も、次郎などは始めからその場にいないことが多かったが、いずれにしても、小人数の集まりである。それが、ひとたび騒動になると、まるで大勢の人間がいるような印象を与えてしまうのは、互いの思いが錯綜し、二乗、三乗に倍加していってしまうからなのかもしれない。とうに寝《やす》んでしまったはずのサヤまでがスッと茶の間に現われ、長火鉢の前に坐っただけではなく、口を挟まずにはいられない。そうやって事は忽ち大きくなり、深夜の劇場が開演されることになってしまうのだ。

「次郎ちゃんは？」

玲子は気になっていたわけではなく、習慣のように弟のことをきいていた。

「お部屋でしょう。あの子は相変わらずよく勉強しているようよ」

「そう、それは……」

玲子はその先を言わなかったが、模糊としたものに捉われ、うだうだと過ごしてしまった自分の学生時代に比べて、一途に勉学に勤しみ、スポーツクラブにも参加している弟が無疵の玉のように思えた。

「でも、すぐ卒業期が来てしまうのね」

偲はそれが残念なように言った。

「そう。学生時代なんて長いようでつかのまなんですもの」

玲子は、幼なかった弟の「お姉ちゃん」「お姉ちゃん」とよく彼女にくっついて回っていた頃の姿が頭を掠めた。

「疲れたでしょう。もうお寝みなさい」

そういう偲こそが疲れきった躰を、その滋味深い笑顔と明るい声音で補なっているのだった。

〈あの娘は大分前に失恋したらしいけれど、その疵がまだ癒えていないのかしら。若さのまっただ中にあるというのに、いつも暗い顔をしている……〉

偲は横になっても、あれやこれやと胸うちを去来するものが多く、なかなか眠りに就けそうになかった。

ずっと啓一郎のことが一大事で、それに比べたら玲子のこと、次郎のことは殆ど心配の範ちゅうにはなかった。しかし、どの子も日々スムーズに過ごしてほしい、翳りのない表情をしていてほしいと彼女が希っていることに変わりはなかった。

玲子は明日を思うとやはり明るい気持ちにはなれない。

明日も今日と同様だ。仕事は面白くやり甲斐もある。むしろ良い職場を得たと感じている。自分の思うように動かしても誰も文句を言わないし、何の束縛もない。にもかかわらず、後頭部に張りついて剥がすことのできないものが、常に彼女の行為行動と共にあり、身軽くなれないのだ。

〈でも、どんな明日でも、明日は確実に訪れてくるのだし……〉

そんな思いの彼女の裡を、思いがけなく過ったのは折木の姿だった。

〈そう、昼間、彼は会社へやってきたのだった〉とすっかり忘れていたことがポッと思い浮かんだ。

しかし、そのことは、かえって彼女を重苦しい気分にさせただけだった。ただ、あの時、折木は就職したと告げていた。どういう職場かと訊きもしなかったが、世の中の流れから逸れていたように見えた彼もついに、といったある感慨を抱いたことは確かだった。

次郎は茶の間からのヒソヒソとした話し声を耳にしていたが、うるさいとは感じず、しかし顔を出す気もなかった。自分はいずれ就職する。その前に就職活動もしなければならない。そのことに疑問や躊躇がまったくないわけではないが、この家を出ていくべきだ、いや、一刻も早く出ていきたいとそればかりを思っていた彼にとって、就職はやはり自活への絶対条件だったのである。

次郎の考えているいくつかの会社はいずれも地方に支社を持っている。それらのいずれかに合格したあかつきには、なるべく遠方を選びたい。もちろん最初からそうそう思うようにはいかないだろうが、いずれはと心に決めていた。

次郎は、家内の不穏な空気の中に身を置くのがいやだったし、啓一郎のことにしても、自分とは何ら関係のないことと静観しながらも逃げだしたかった。騒動を目の当たりにしたくなかった。彼は母親には気の毒と思ったが、自身を中心に考えることのほうが、その気持ちをうわまわっていたのだ。

「次郎ちゃん」「次郎ちゃん」と偲は末っ子の彼を無条件に可愛がっていた。といって他の子どもたちと差があったわけではない。ただ、彼は問題のない子で、小さい頃から叱るようなこと、また心配の種がなかったということでもあった。

小学生の時、担任が次郎のために「納豆売りの少年」という戯曲を書いて、学芸会に上演した。もちろん彼が主役だ。以来この先生とは未だに師弟関係が続いていて、とにかく彼は中学、高校、大学とエリートコースを順調に歩み、言うことがなかったのである。

次郎自身に問題がなくても、偲には彼に対する自責の念があった。幼ない頃、左瞼におできができて化膿し、快くなってきた頃に瞼の皮膚が薄く剥がれぶら下がった。彼は何も分からず、邪魔なのでそれを引っぱって取ってしまった。すると、ほんの少しだが引きつれ、右眼に比べ左眼が大きくなってしまった。就学前に手術をし、現在では殆どそれと見分けがつかないくらいになっていたし、周囲の者たちもそのことは忘れてしまっていた。しかし、当人の気持ちはおいても、偲は、〈ご免なさい。いくら勤めの留守中のこととは言え、自分の落ち度でとんだことになってしまって〉と心をいため、蔭で掌を合わせ続けていたのである。

〈どこまでも落ちていく兄貴のあのどうしようもなさと、質は異なるが、姉貴の決して明るいとは言えない日頃のうつうつとした様子。その血は自分にも流れているのかもしれない〉

この得体の知れない、不吉な雰囲気の充満している家から出たいと希う次郎の気持ちは、彼がそれと意識している以上に強いもののようである。

いずれ離れられるのだと思うと彼の心は軽くなり、光の射すほうへと向かうのだった。たったいま、家人のそれぞれがそれぞれに行き場のない檻の中に在るのを尻目に、自分はその渦中からスポッと抜けだしていけるのだ、と。

次郎は自室を見廻し、家を離れる際に持っていくべき書籍類や身の周りの物々を物色しているのだった。まだ何処へとも分からず漠然としていたにもかかわらず。

# 六

玲子は上司の席の前に立って、編集の段取りについて報告をしていた。その時、彼女のくっきりとした黒い瞳がぼやけ、ふくれ上がり、ツツーと水滴が転がり落ちた。

「どうしたんだ!?」

仕事上のことで別に叱責しているわけでもないのに、とデスクは慌て驚き、それでも穏やかにきいた。日頃、目をかけている部下のことである。

「はい、何でもないんです」

玲子に涙を流す原因は見当たらなかった。ただ、頭も躰も熱っぽくはあった。

「疲れているのかな。今日はもうこれで帰りなさい」

デスクは優しかった。

なにやら息が詰まったような状態に陥っていた玲子は、「すみません。そうさせていただきます」と躊躇《ためら》う間もなく応じていた。

しかし、社を出ると彼女はまっすぐ帰宅せず、親しい女友達の勤務先に電話をかけ、途中のターミナル駅近くの、二人で時々行っている喫茶店で会った。

玲子のただならぬ様子に接し、「だいじょうぶなの」と訊いただけで、あとは「うん」「うん」と女友達は黙って耳を傾けてくれた。そうしているうちに玲子は、先刻理由もなく涙が吹きあげてきたのが、おかしなことに自分のことではなかったかのような錯覚に捉えられた。

「でも、早く帰ったほうがいいわ」

女友達は気遣った。

「そうね。そうするわ」

玲子は、何を話したいということもなかったにもかかわらず、誰かに話をしないまま、会わないままに帰る気がしなかったのである。

漸く家に辿りついた玲子は、母親の待っていた茶の間に倒れこむようにして横になった。そして、それきり起きあがれなくなってしまった。体温計の目盛りは四十度を優に越えていた。いや、デスクの前に立っていた時も、それよりもっと前からも熱は出ていたようだ。

ふり返れば、ここのところずっと玲子に食欲はなく、それは真夏の暑気のせいと勝手に彼女は判断していた。昼食時も食堂を避け、薄暗い場所が気が休まる気がして、喫茶店で形ばかりカレーなどを注文して、しかも殆ど口をつけずじまいだった。予兆はあったのである。

この時より少し前、玲子は仕事がらみではなく京都へ旅をした。いや、ただ行って帰っただけのものだった。勤めを了えた後東京駅へ駆けつけ、夜行列車に乗りこんだ。眠ったか否か判然としないうちに早朝京都駅に着いていた。朝食も摂らず、どこへ行こうというあてもなく、終日玲子は歩きに歩いた。気づいた時には、鷗の群れとぶ夕方の鴨川べりに腰を下ろしていた。長い間澄んだ水面に視線を釘づけにしていた彼女は、朝から食べものをろくに口にしていなかったのだが、空腹を覚えなかった。そうやって、夜、再び夜行列車に乗り、翌朝、東京駅から会社へ直行した。

一体何のために京都へ行ったのか、玲子は自分のしていることに理由を見つけることができなかった。ただ、古都へ行きたいという思いだけは確かで、それだけが彼女の行為を左右していたのだ。行って何をするわけでもなく、そこへ身を置きたいとひたすら希求していたのだった。躰を酷に扱っていたことに気づかず、まるで夢遊病者のようにフラフラと歩き回り、頭の芯ばかりが熱くなっていた。あの時すでに、彼女の肉体には病が巣喰っていたのである。

帰宅した次郎はただならぬ気配を感じ、いつもの自室への直行を枉《ま》げて茶の間へ顔をだした。そして、横になっている姉の見るからに異様な姿を眼にした。

「こんなになってしまって！」

彼は誰かを責めるかのように叫んだ。その叫び声は、玲子の耳に、遠くから風に乗ってさたかのように届けられた。

〈ああ、次郎ちゃんも心配してくれている……〉

彼女のぼんやりとした頭の中に、もわんとした空気をかき分けてその声は刻まれた。

翌日、近くの開業医へ偲に伴なわれた玲子の血沈はみるみる下がっていき、

「肺をやられていますね。なぜここまで放っておいたのですか」

と医者は呆れ顔に告げた。

〈肺病！〉

〈自分の未来は、これで完全に塞がれてしまった！〉

玲子は頭から血の引いていく中でそれだけを思った。

長廊下がL型に囲む広間に改めて床が敷かれ、玲子は寝かされた。

それからは咳が出る、痰が詰まるなどの症状が頻りになった。それらは、どうしてこれまで顔を出さず隠れとおせたのか不可解なくらいの、れっきとした結核のしるしだった。


高熱のせいでボーっとした頭の玲子は、ベッドに空きがなく入院を待たされている間も、これまでになく考えることから解放されていたようだ。将来のこと、現在の仕事のこと、家族のこととすべてが遠退いた感じだった。片時も忘れたことのない楠木田への想いも薄れていった。あれほど悩み煩わされた兄のことすらいまは思いの外にあった。

「玲子、お前はあんまりまじめすぎたんだよ」

啓一郎はそう言って、精いっぱいの慰めのつもりか、ほら、この俺を見ろよ、といった顔つきをしてみせた。

偲はつきっきりで玲子の絡まる痰を処置し、熱を吸いこんで蒸れた寝巻きやシーツを頻繁に替え、少しでも娘の苦痛を取り除こうと必死だった。そして、まるで自分の心がいためばいたむほど、娘が楽になるのだと決めてかかっているかのように、彼女の悲痛な思いは極まっていた。

仏壇の前で合掌し続けているサヤは、孫娘の病床に顔を見せるよりはと遠慮がちにしていた。そして、この家の当主は？　熱のせいでばかりでなく、玲子は父親と顔をあわせた覚えがない。しかし、娘がこうなったのは、母親である偲の責任とでも言いたげに、「どうしたんだ！」と妻を責めている光景が想像できた。そんなやり方でも、自分を心配してくれているのにはちがいないと、玲子にはうっすらと感じられはしたのだが――。

漸く総合病院の結核病棟に玲子は入院となった。家からはバスを乗り継ぐだけの比較的近い所である。

「早く快くなって」

周囲の者たちの口々の励ましは玲子のうえを素通りしていった。ありがたく思う気持ちはあまり湧いてこなかったのである。彼女は治りたいという希いはそれほど強くなく、むしろ、行きづまっていたところに出口を与えられた気さえしていた。

病室は六人部屋だった。ということは、個室に入るほどの病状は免れていたということで、じっさいヒドラジッドに、ストレプトマイシン・カナマイシンを注つようになると、玲子の症状は落着きを見せ始めた。尤も、大部屋の患者でも、ある日忽然と姿を消したと思うと、もうその死が耳に入ってくるということもありはしたのだが。

それはともかく、部屋の雰囲気は明るく、笑い声さえ聞けたくらいである。

「ほら、見えるでしょ。わたし、あそこの産科病棟でお産をして、そのまま、向い側のこの結核病棟へ移されてしまったの。まだ一度も赤ちゃんを抱かせてもらってないわ」

「わたしなんか、もう入院が長いので、家のことは夫に任せっ放し」

「わたしは、小さな子どもたちを家に残してきているのよ」

患者たちは、それぞれに辛い思いを抱えているにもかかわらず、明るい。いや、毎日を明るく過ごさなければ、このような所には居られるはずもないのだった。

玲子は何を考えたらいいのか、いや、考えることを忘れさせられた。彼女は、考えても仕方ないのだということを身を以って知らされたようである。一日〳〵を横臥して、ただただ過ごすばかりだった。


「一体どうしちゃったのよ」

学生時代の二、三の友が見舞ってくれた。

玲子からは何も言うことがない。

「わたし、結婚したのよ」と聞かされれば「おめでとう」と言い、「子どもが生まれたの」と誇らかに告げられれば、「いいわぁ、子どもは」と素直に応えはしたが、彼女にとってははるか遠い話ではあった。そして、女友達たちは再び病院に顔を見せることはなかった。

そんなある日、折木が現われた。

苦しみ伏せっているところへ訪ねたりして済まない、といったふうに肩をすぼめた様子で、「君のことを知って、驚いてしまって……」と声を抑えて言った。

玲子は相変わらず嬉しくはなかった。人の嫌うこんな病にとりつかれてしまったにもかかわらず、こうしてやってきてくれる彼に感謝の念もさして湧かないのだった。

折木は玲子を眼前にして、〈よかった!〉という思いでいっぱいになっていた。いやがられるのを承知で、再び玲子の勤め先へ行ってみた時、彼女のことを知ったのだ。「結核!」そのことばを耳にしただけで彼はいやでも死病を思った。ストレプトマイシンという特効薬ができていたからといっても、やはりそのくらい恐れられている病だったのである。

〈あのひとが死んでしまうのか!〉

その思いばかりが頭の中をぐるぐる廻っていた。

折木は無我夢中で武蔵野の瀬戸山家へ出かけていき、玲子の祖母からある程度の話を聞けたのだ。そして、この際、彼女が自分のことをどう思おうと、そんなことを気にしている場合ではないと心に決め、入院先へ面会に来たのだった。

大きな瞳がひときわ大きくなって、凄みを帯びた蒼白な顔色の玲子を彼は正視できず、うつ向きぎみに、申しわけなさそうにボソリと口を開いた。弱々しくなった玲子が、自分に真向いてくれるかもしれないという期待を抱いていなかったわけではない。しかし、彼女の硬い心は相変わらずのようだった。

いまはあれこれ言うべきではないと充分分かっていながら、折木は焦っていた。就職した小さな商社で、海外駐在の話が持ちあがっていたのである。その選択は彼に委されていて、となると、行くべきかどうかは玲子の心にかかってきた。彼女がどうしても自分のほうへ向いてくれないのなら、彼は日本を離れようと思っていたのだ。

ついに折木は決心した。

「さようなら。元気で」

彼もまた玲子に劣らず蒼い顔をして、彼女のもとを去っていった。その背に視線を当てながらも、玲子に特別の感情は湧いてこなかった。彼がそのような決意をもってやってきて、そして、心を決めて帰途についたことなど知る由もなかったのである。そして、まるで、こちらの気持ちなど無視しているかのように、自身の心に忠実に行動する折木に思えていた彼女は、彼がまたやってくるにちがいないと思っていた。しかし、そんなことはどうでもよく、たったいま目の前から彼の姿が消えたことで、煩わしい思いが、ひとまずなくなったとほっとしていたくらいである。

再び、大部屋の静かなような騒がしいような、女患者たちがかもし出す雰囲気のさ中に身を沈めた玲子は、枕頭の小カーテンを閉ざし、ベッドに深く潜りこんだ。そして、じっと心を詰めていても何の考えも頭中を巡らない。ただ、自分がそこに物体のように躰を横たえていることだけがはっきりとしていた。

その後、折木は二度と現われなかったが、玲子はそのことを改めて思ってみたわけではない。彼だけでなく、長い間想い続けてきた楠木田のうえに想いを馳せることも、まったくと言っていいくらいなくなっていたのである。

滅多に現われない偲が、玲子のベッドの傍らに立った。夫のこと、啓一郎のことに相変わらず悩まされ、追い立てられ続けているのだろう、忙しく辛い母親に対して玲子はなんの文句もなく、この人にだけは素直な気持ちが自ずと湧いてくるのだった。

「他処のお医者さまにも診ていただいたほうがいいと思うの」

過日、偲がそう言いだして、知り合いの紹介で都心の結核診療所へ母娘して出かけていって以来である。玲子に初めて外出許可が出たその日、そこでは三人の医師のうち二人までが、

「長くかかるかもしれないが、手術はしなくてもだいじょうぶなのでは」

と診断した。

長くかかるのは分かっていたことである。母娘ともに手術を避けるほうを選択した。そうなると、病院ではなく、どこかの療養所へ移るのが先決だった。玲子が息苦しいのは病気のせいばかりでなく、せせこましい病室や眼をやる外景もない環境の故もあったろうから。

「どこかいい療養所はないかしらね」

「遠い所がいいわ」

偲のことばに玲子は即座に応えていた。

「遠い所？」

いくら見舞う回数の少ない偲でも、娘のうえを思わない日はなかったし、その娘の心までが離れてしまう気がした。しかし、玲子の希望ならば、それに添うようにしてあげたいと、偲はそれ以外の感情は直ちに裡に納めることができた。

東京からでは、神奈川県の久里浜や信州の高原などの療養所が考えられたが、結局、都下清瀬の肺病で伝統のあるといったらおかしいが、その国立結核療養所に玲子の入所は決まった。手術病棟は鉄筋コンクリートの建物だが、それとは別に、南側と北側に並行して建つ女子の一般病舎は、古い木造の平屋建てで、低い腰窓からでも出入りできそうな自在さが、玲子には何よりも好ましく感じられた。周囲を樹木に覆われ、土の小径にはベンチが備えられ、温室には花々が咲き盛り、そのうえ、こんもりとした林の中には、社会復帰を前にした患者たちのための外気小舎が点在していた。

## 七

「玲子、ぐあいはどうだい？」

前ぶれもなく啓一郎が現われた。

そういえば、現在、兄さんはどんな状況にあるのだろう。母は彼のことにはまったく触れなかったがと、玲子は啓一郎のポワンとした顔つきを眼前にして思った。しかし、何も問いはしなかった。

「家のほうはどう？」

「うん、親爺は相変わらずだしな。次郎はせっせと就職活動とやらをしているよ。これも相変わらずの優等生さ」

「あ、もう、そんな」

「先生は、おっと、お祖母さまは年がら年中、仏壇の前に坐ってるよ。大分耄碌《もうろく》してきたかな」

「兄さんたら」

「家のことはもういいだろ。玲子、外に出られるのかい？」

「ええ、少しなら」

「じゃ、車に乗せるよ」

「そう。でも……」

玲子は啓一郎の運転に信をおいていなかった。

「いいから、いいから」

啓一郎は、妹の気持ちなど意に介せずさっそくハンドルを握り、療養所の門前の通りを、駅のあるほうとは反対の方向へおぼつかなげに進んでいった。やがて畑中の小径に入っていきつつあった車は、時々大きく揺れた。そのつどガタンと止まりそうになっては再び走りだすのだ。

何かを口にすれば、運転中の啓一郎の気持ちをいっそうはやらせることになるので、玲子は口を噤《つぐ》み堪えていた。そして彼の横顔を盗み見た。真剣な表情である。妹の閉じこめられた日々に少しは風穴をあけてやりたい、という兄としての心持ちが手に取るように伝わってくる。しかし、クスリや酒におかされた人が運転をしてもいいものなのかしらと、彼女は、自分が同乗していることも忘れて考えないわけにはいかなかった。

「どうも思うようにいかないな」

そう呟いて啓一郎は冷や汗をかき、ますます焦っている様子だ。親にさえ乱暴な口を利き、勝手放題、何が起ころうと平気の平左でいる彼が、妹には妙に優しくなっていた。それも彼自身気づかずに。

「もう、帰らないと……」

玲子はついに口にした。

「もう、かい？」

啓一郎は残念そうだった。自分の運転はもっと上手なはずなのに、と彼は幼ない子どもが何かのことで大人にいいところを見せたいと必死になるのにも似た感情で、妹に対していたようである。

「ありがとう」

療養所に戻ると、玲子は啓一郎を労った。この妹も、ふしぎとこの兄に対して優しくなれるのだった。

「じゃあ、また。元気でな」

「兄さんも気をつけて」

頼りなげな運転ぶりで啓一郎は手を振った。

ついに啓一郎の近況は聞けなかったが、知ったところで自分にはどうしようもないのだしと玲子は思った。以前なら気になって仕方のないことが、それほどでもなくなっていることに、彼女は、いかに自身にかまけている度合が強いかを知らされた。そして、啓一郎がこうして見舞ってくれるのは、悪い状況ではない時、または調子のよい時であり、他の日々は、やはりフラフラと家を出ては彷徨い歩き、仕事に就くことなどは遠い話にちがいないと推しはかっていた。

そういえば、次郎はちっとも顔を見せないが、いつのまにか社会に出ていく年齢になっていたのだと玲子はあらためて思う。「坊や」「坊や」と家人ばかりか近隣の人たちにまでそう称ばれ、利発で可愛かった次郎。その歩みは順調で、大道をまっしぐらに行く弟を、

「あいつは凄いよ。偉いよ」

と折にふれて啓一郎は茶化していたものだ。

彼がそう言って皮肉る裏には、自分はまったく別の道を歩んでしまった、という後悔めいた気持ちが密んでいることに、誰も気づかなかったようである。

ともあれ、啓一郎は玲子のもとを去った。残された彼女は、またまた相も変わらぬ日々を送らなければならなかった。退屈を覚えるくらいにということは、大分症状が快方に向かっている証拠かもしれなかったのだが。

療養所内では交友が盛んで、恋愛関係に及ぶ人たちも少なくなく、出歩けるようになるとそれに拍車がかかった。

「あんたは恋愛をしないねえ」

大勢の患者たちの中で、どういうわけでか親しくなったある老女は、玲子に向けて残念そうに言った。

その老女はこの病舎の古株である。多くの療養者の男女の姿を見てきたのだろう。

「え！」

玲子は胸を衝かれた。恋愛って、するとか、しないとか、そういうものなのかしらと、そのことばが新鮮で、しかもおかしくもあったのだ。

玲子のうちを珍しく楠木田の面影が過った。しかし、長い間思いつめてきた感情は、彼を通りこして一人歩きしたあげくに、知らず薄れていってしまっているのを認めざるを得なかった。

現在、玲子は外気小舎の原野さんという人を訪ねたりはしている。彼の所へ連れていかれたのは例の老女によってだが、そこへの訪問者は男女を問わず少なくなかった。棚にぎっしりのクラシックレコードとコーヒー。そして「いらっしゃい」というソフトな声と優しげな笑顔。

原野さんは、社会復帰が近いからこそ外気小舎に寝起きしているのだが、手術のせいで右肩がガタッと下がり、細い首が傾き、痛々しい。そして、ひとたび咳きこむと容易には止まらない。咳きこんでいる間中、訪問者はどこへ身を置いていいか分からず、ひたすら待つのだ。彼に注目していないかのように、隣同士いらぬ会話を交したり、膝の上でハンカチを折り畳んではひろげたりして。そんなふうではあっても、原野さんの容貌は凛々しく、つぶらな瞳は少年のように輝いていた。

ジュリエット・グレコ、ダミア、ティノロッシなどのシャンソンばかり聴いていた玲子に、期せずしてモーツァルト、バッハ、ベートーヴェンなどの楽曲にあらためて耳を傾ける機会が彼によって与えられて、彼女の病んでいた肉体までが蘇生するようだった。

「田舎の冬景色はいいですよ。炬燵に入りながらアルプスの山々が見えるんですよ」

自分のことを殆ど話さない原野さんだが、時々ポツリとそんなことを口にした。聞く側はそうした話の断片を拾い集めて彼の背景を推しはかるだけである。

玲子もまた自分のことは彼よりももっと口にしなかった。友人がフランスから送ってくれた刷りのいいモジリアーニのレプリカを、コーヒーのお礼にあげたりした折、

「絵をやっているのですか」

などときかれたが、彼女は首を横に振るだけだった。その絵は大切なものだったが、手放すとすれば彼をおいてないと思ったまでである。


やがて原野さんはにこやかに手を振って退所していった。細く傾いた躰で社会に立ち向かい、荒波を乗り越えていけるのだろうか、と彼に危惧を抱いていたのは玲子だけだったろうか。みな、喜び、笑顔で祝福してはいたが。

そういう彼女自身もまた、そう遠くはない時期にここを出ることになるだろうと予知はしていた。入所後一年が経っていたのだ。四季をひと巡りしたわけである。

夏の夕べは夕涼み。軽症の患者たちは簡単服や浴衣姿で少しは洒落て、花壇から林のほうへとそぞろ歩いた。冬、隙間だらけのうえに、清浄な空気を保つために、常に窓を少しばかり開けていた木造病棟の寒さは厳しかった。夜ともなれば湯たんぽに湯を満たすため、就寝前の湯沸し場の前には行列

ができた。みな、殆どの時を布団にへばりついているからこそ、そのくらいのことで済んだのだろう。

春も秋も、温室をはじめとするそこここに花々が咲き乱れ、樹々はあらゆる種類の緑色で己れを装った。玲子の眼を向けるものは樹々、草々、空、雲、陽光、また山羊や小鳥、そして知り合いになった少しの人びと。彼女の硬く張っていた肩からはいつの間にか力が抜けていたようだ。自分はどうあるべき、どうしなければいけないといったカッチリとした枠から、少しではあるが外れていっていた。考えても始まらない、なるようにしかならない。それは捨てばちなものではなく、自然に彼女に訪れてきた、これまでに味わったことのない心境だった。


ある日、玲子はベッドに仰向けになって、腕の疲れもいとわずグラビア誌をめくっていて、「あっ」と小さく声をあげた。開かれたその見開きページは、深紅の花々と緑濃い樹々と碧い空でいっぱいに埋められていた。美しいだけでなく、どこか郷愁をそそられるアジアの一南国の風景だった。「最後の楽園」とあった。

〈こんな所へ、いや、ここへ行ってみたいな〉

玲子はそう思った。退所できて、それで病気が全快したというわけではない。暫くは家での療養が待っているのだ。したがって、実行はずっと先のことである。それでも、彼女は躰の中を電流が貫通したようになって、このグラビア写真に写っている、まさにその場所へ行くのだと心に決めてしまっていた。

ついに玲子に退所の許可が出た。といって、家でもゴロゴロしているのは、療養所にいる時と大して変わりはなかったのだが。また、彼女の両親も兄弟も祖母も相変わらずで、家から離れていった者はまだ誰もいなかった。

玲子は勤め先を、病に倒れて半年後に正式に辞めていたが、たとえ彼女に辞める意志がなかったとしても、小さな会社には、一人の病者の治癒を待ってくれる余裕はなかったのである。じっさい、その後、月刊誌担当の四人の同僚たち全員がやめさせられていた。

療養所を退所した挨拶のために、再就職した彼らの一人を訪れた際、喫茶店に彼が同道してきた人を見て、玲子は声をあげそうになった。その人は折木の親友で、彼女も既知の人だったのである。

「折木は現在、カンボジアのプノンペンにいるんですよ」

知人は、その後の玲子たちのことを知ってか知らずか、特に強調するでもなく口にした。

それを聞いた玲子は、その知人を認めた瞬間の驚きよりももっと衝撃を受けていた。そのうえ、あろうことか、あれだけ避けとおしてきた折木のもとへ行こうと一瞬のうちに決めてしまったのだ。なぜかは彼女自身にも分からなかった。療養所のベッドで、偶然眼にしたグラビア誌の南国の風景が、まさにそこだったことに、彼女は何かの啓示を受けたような気がしたのかもしれない。

玲子は折木の会社に連絡し、彼の在り処を確かめた。こうした行為は、これまでの彼女にはあり得ないことだった。自分の意思はどこまでも自分の支配下にあるはずが、それを外れて、自身ではない何者かの力がはたらいていることが彼女には嬉しかった。

玲子は折木に手紙を書いた。

〝プノンペンへいらっしゃい〟

という返事が届いた。

折木が、この日射しの強烈な南国の首都プノンペンに赴任して二年余りが過ぎていた。人びとやシクロ（客用三輪車）の往来する大通りに面した白亜のビル。その三階のベランダの籐椅子に背をもたせ、折木は玲子の懐かしい筆蹟の自分への宛名と、彼女の名前を喰い入るように見入っていた。

彼はすべてを捨てて、いや、玲子を忘れるために日本を離れたはずだった。それは死をも恐れない感情のあらわれでもあった。当初はベトナムの首都サイゴンへの駐在で、そのベトナムは戦争の最中だったのである。しかし、すぐにサイゴンからプノンペンへ転任命令が下った。彼をベトナムに置いていては何をするか分からない、という会社側の政治的危惧から出たようだ。

プノンペンでは、何人もいたサイゴンとは異なり駐在員は折木一人、あとは数人の現地のクラークたちのみである。そのうえ、住居と職場がマンション内の壁一枚隔てただけの所で、はじめのうちは彼を戸惑わせた。しかし、クラークたちの退社後、すぐさま彼はランニングシャツと半パンツ姿になり、天井から吊り下げられたプロペラ・ファンの微風を受けて自室のベッドにひっくり返ることができた。それは快く、すっかり習慣づいてしまった。しかし今日はちがった。夕宵の喧噪が、食べものの匂いとともに立ちのぼってくるベランダに出た折木は、大きく深呼吸をして玲子の手紙を開いた。

あれほど彼を受けつけなかった彼女が、どういうわけでと訝《いぶか》らないではなかったが、今更という思いはまったく起こってこなかった。そして、文面に眼を通しているうちに、胸の奥底からじわりと湧きあがってくる悦びをかみしめていた。彼とて現地女性とのかかわりが皆無とは言いきれなかったが、そういったことは一気に吹きとんでしまっていた。

ただ、玲子の病気はすっかり治癒《なお》ったのだろうか。この暑い国にやってきて果たして耐えられるのだろうか、という思いがすぐにはたらいた。折木は沈着だった。若さにまかせた情熱だけでなく、他への配慮の心が備わりつつあった。異国で、独り責任ある場に立たされていたせいもあろうか。それもあるかもしれないが、仕事以外には、誰も制することのない野放図な日頃の暮らしぶりが、玲子との再会を思って緊張気味になったせいもあろうか。

突然夕空が暗くなりスコールの訪れを予告した。折木はベランダから室内へ戻り、パタンパタンと音を立てて揺れだした鎧戸《よろい》を閉め、机に向かった。

――こちらは、いついらしてもかまわないのですが、まあ、ゆっくり躰を調えてからいらしてください……といった玲子への返事をしたためた。

どうして彼女が自分のもとへ来る気になったのかは、彼女の文面からだけでは明確には汲みとれなかったが、彼は何も問うつもりはなかった。

雨があがると、夕闇の迫る少し前の気だるい明るさが街を覆《おお》った。

折木は階下に行き、通りがかったシクロを手招きした。そして、十五分後には、メコン河の支流トンレサップ川畔に浮かぶ水上レストランの片隅に、いつものように一人陣取っていた。

彼は巡りくる人生を思った。玲子がやってくることは嬉しいにはちがいない。彼女に対する想いは、日本を離れる時に断ったつもりだったが、だからといって変わりはない。

〈あれだけ苦しめられた彼女を、自分は嬉々として迎え入れようとしているのか〉

そうした感情を彼は抱かなかったばかりか、彼女が、よくその気になってくれたものと思うばかりである。

こちらへ来て二年余、折木は開放的になって、また、暑気と夜の独りの無聊《ぶりよう》に、日本では殆ど口にしなかった酒を、毎晩のように飲み暮らすようになっていた。時は止まっていたわけではなく、この、ゆらゆらとレストランごと揺らす床下の川波のように、休みなく波打ち続けてきた。その一方で、玲子への想いだけは、彼のうちに大きな岩のように、動かしようもなく位置を占めているのを認めるのだった。

〈それにしても病状のほうはどうなのだろう〉

彼は自身の悦びにもまして、彼女の躰のほうに心を傾けていた。そして、胸の奥底からじわっと湧きあがってくる熱い想いを抱いて、時折、灯火にキラリと生きもののようにうねる水面を凝視めていた。

# 第三章　明　暗

## 一

高く強い陽射しが、庭の木々の葉にてらてらと照りつけているさまを、広間のベッドに横になっている玲子は、飽かず眺めていた。

深閑とした家内にサヤはいるにはいるのだが、ヒタヒタと音を立てずに歩くその挙措は変わらなかったし、また、啓一郎や次郎の家の出入りにも変化はなかった。一方、当主は間もなく会社を定年のはずだが、そのような気配は殆どない。そして、偲は家にいるようになっていたが、多くの時を台所に身を置くせいか影が薄かった。

玲子はプノンペンの折木のもとへ行こうと決めたが、すぐにというわけではない。彼女は人並みの生活ができるように躰をならせていくこと、それにもまして、神経を社会に馴染ませていかなければ何も始まらなかったのである。

しかし、彼女に焦りはなかった。考える時を与えられたからだろう。突如として湧きあがったプノンペンへ行こうという気持ちは、ほんものなのだろうか、と彼女は自分の心を試していたのかもしれない。彼女に、折木と結婚するのだという明確な思いは淡く、ひたすら、深紅の花々の咲き盛る南国の土を、しっかりと踏みしめてみたいと希う心が強かったのだ。


清瀬の療養所を退所後どのくらい経っていたろうか、玲子はそれと意識しないうちに、朝には床を離れ、昼間は多く起きている、といった暮らしぶりになっていた。そんな時、学生時代親しかった葉子の夫の紹介で、ある組織が出している雑誌の編集のアルバイトをすることになった。

玲子は恐る恐る通い始めた。バスに乗り、電車に乗り換え、ターミナル駅では地下鉄に、といったハードな道程だった。しかし、勤務先自体は自由な雰囲気で気づまりを感じないで済み、そのうえ、相手方は葉子の夫と親しい人で、彼女が病み上がりであることを承知していてくれた。

たとえば、こんなことがあった。単純な原稿とりに玲子とその人は同時刻に社を出た。彼は彼女の三倍も遠方へ行ったにもかかわらず、彼女より先に帰社していた。玲子はバツの悪い思いをしたが、彼は彼女を決して責めず、それどころか、労りの笑顔で接してくれたのである。

玲子は仕事が終り、帰途に就く。すでにオーバーを着る季節になっていた。乗り換え駅の雑踏の中を歩いていると、自分はどうしてこんな所にいるのだろう、とふしぎさと多少のはがゆさを覚えた。そして、それにしても、夾竹桃や百日紅《さるすべり》ばかりが花をつけ続ける、あのじっとりした夏をよく無事にやり過ごしてきたものと思った。しかし、過ぎ去ってみれば、あの暑気もむしろ快いものだった。庭の鬱蒼《うっそう》とした樹木の厚ぼったい葉叢が陽光に輝き、その陰の暗い部分はひんやりとしていた。玲子は庭に降り立ってみたわけではないが、ベッドからでも涼気を誘うものだった。それに、大欅も変わらず聳え立っていた。彼女にとって辛い夏ではなかったということである。そんな気分で過ごせたからこそ、いま、なんとか外出もでき、のろのろとではあるが、仕事までしていられるのだろう。

同じセクションではないが、もう一人のアルバイトの既婚女性がいた。玲子は話しかけられて、自ずと二人は昼食を共にしたりするようになった。ある日、「あなた、弟のことどう思って?」といきなり訊かれた。弟とは、玲子も面識だけはある本部に勤務している人である。どう思うか、ということは交際相手としてという意味だった。「約束した人が……」と言っても、彼女は信じないふうで、折に触れて弟のことをすすめた。病み上がりのそんなに若くもない女に、相手があるとは考えにくいのかもしれなかった。そのことを証明するかのように、同じ頃、まったく別の部署だが、仕事上のやりとりでちょっと係わった人が、夜、いきなり家に電話をかけてきて、朗らかな調子で言った。

「結婚を申し込みたいんだが……でも、病気上がりなんでしょう。だいじょうぶなのかなあ」と。

彼は、勝手に思いこんで勝手に結論づけようとしていた。肺結核を思った者には、それだけで、マイナス面ばかりがついてまわり、自ら相手を選ぶ資格なんてないのだと当然のように思っているふうだった。

玲子は憤りも不快さも覚えなかったが、それやこれやで、彼女はこの職場にはこれ以上いられないと思い始めた。療養所のベッドで遭遇したあのグラビア誌の、南国の写真の新鮮さをそのままに、一足跳びにその場へ行けなかったことで、猥雑物が入りこんでしまったという思いを強くしたのである。

ついに玲子にプノンペン行きの日がきた。

その日、雨の中を次郎の運転で空港へ。後部座席には偲も座っていた。娘の旅立ちへの不安は大きかったが、彼女は表情にはいっさい出さず、相手の心を無意味に騒がせない、いつもどおりの柔和さである。

三人は搭乗口で手を振り合って別れた。飛行機の窓ガラスを通して、母と弟の姿が見えるのではないかと、玲子は眼を凝らしていたが、まさか本当に見出せると思っていたわけではない。ただ、エア・フランス機は思いのほか小型で、遠方へ飛行するようなものには思えなかったし、じっさい大勢の見送りの人々が傘を窄《すぼ》めて立っているのがよく見えたのである。

玲子にとって初めてのフライトである。彼女は殆ど何も食さず、トイレにも一度立ったきりだった。しかし、緊張していたわけでもない。その証拠には、彼女は周囲の人たちにも眼がいっていたし、その会話や行為も多く耳に入り、眼に入っていた。

急に機内が騒々しくなった。香港からぞろぞろと乗りこんできた人たち。彼らは男も女も多くはふだん着で、手に手にスーツケースなどとは異なる荷物を持ち、中には籠を抱えている者もいた。そして、

「看見《カンジャン》、看見」（見える）
と口々に叫び、一勢に窓側に寄って外を覗いている。まるでバスにでも乗っているような光景である。玲子はやはり緊張していたのだろうか、そんな雰囲気にほっと解き放たれた気分になっていた。

やがて飛行機は、プノンペン空港に向けて高度を下げた。これといって目を惹くもののない広大で平らな大地。遠くを囲む緑の樹木群は椰子だろうか。これが飛行場。降り立った玲子にどっと押し寄せたのは、強烈な陽射しとゆらゆらと立ち昇る暑気だった。

共に降りた多くはない人たちは、三々五々空港まで歩いていった。そして、まるで電車の駅の改札を潜るようにして、簡単に空港内から外へ出られたのだった。出迎えと思われた人びとはすぐそこに集まっていて、手を振ったり、声をあげたりと騒然としていた。彼らの殆どは褐色の肌をした現地の人びとで、口々に「荷物を持つ」と言っているようだ。多くはポーターたちだったのである。

玲子は人びとの後方に折木透の姿を認めた。目顔で合図をし合い、彼女が近づいていくより早く彼は傍らに来ていた。髪を短くし、太って日焼けした彼に、彼女は驚くよりも、一瞬、繊細さの欠如を感じた。あの長髪の下に、痩せて蒼白な顔を暗く据えていた折木を、二年余の月日は変貌させていたのだ。しかし、それは外見だけで、人間性に変化があるはずもないのだと、そこまで思いやるゆとりを失って、玲子は感覚ばかりが冴えわたっていた。

折木はついてくるポーターを追いやって、待たせてあったタクシーに玲子を導いた。車が走り出すと、道路の両側に朱い花をつけた並木がすぐに眼にとびこんできた。

「火炎樹ですよ」

そう教えてくれた折木に、〈ああ、この花が〉と玲子は頷いていた。しかし、あのグラビア誌の深紅の花をはっきりと思い浮かべていたわけではなかった。どこか異なる気がしたようでもあり、また、ぼうっとしていて、彼女の心がそこに向いていなかったのかもしれない。

玲子はかつての折木との間柄がたったいまのそれとは、明らかに異なっていることに心を奪われていた。彼女を追い続けていた彼と、その彼を避けとおしてきた彼女。その彼女がつと振り向いたのだ。彼の元へやってきたからといって、結婚すると決まったわけではない。しかし、互いにそういうことになると暗黙のうちに思っていた。

〈ああ、そういうことなのか〉と玲子は、かつて思ってもみなかった結果に、自分の意思だけではないものを感じていた。折木にしても、日本を離れて二年も経って、玲子がやってくるとは想像もしていなかったことである。


車は熱風を伴って一本道を走り続けていた。やがて人家や人びとの姿がちらほらと眼にたち始めた、と思うと街中へ入っていた。

「ここですよ」

車が白壁のマンションの前で止まると、折木が言った。

エレベーターはなく、五階建ての三階まで階段を上り、それからコンクリートの長い廊下を進んだ。中程までくると、ある部屋の前で止まり、折木は鍵を差しこみ厚いドアを開けた。そこは机の並べられた会社の事務室だった。そして、ドア一枚隔てた隣室が、彼の起居する部屋になっていたが、ベッドと本棚と小さな衣装ダンスがあるだけの簡素さだった。天井から吊り下げられたプロペラ・ファンが、ここが南国であることを印象づけていた。

玲子の眼についたのは、壁に飾られた、というより据えつけられた、木製の額状のものに全体に金箔の施され、しかも、剥げかかって黒ずんだ仏の大きな顔であった。

「アンコールトムの像です」

折木が言い添えた。

「アンコールワットではないの?」

玲子は初歩的な問いを発していた。アンコールワットの彫刻群の中の一つかと思ったのである。

「いや、近くにアンコールトムという別の遺跡があるんですよ。いずれ連れていってあげますすよ」

折木は、微笑み、継いで言った。

「暑いでしょう、シャワーを浴びるといい」

「ええ」

玲子は、ここに風呂のないことを知った。しかし、別に困惑はしなかった。シャワー室と言っても、ビニールのカーテンで囲っただけの簡素なものだったのだが。

シャワーを浴びつつ顎を上げていた玲子の眼の端に、何やら黒く動くものがあった。彼女は「あっ」と小さく声をあげた。壁にはりついていたのは守宮《やもり》だ。平素の彼女なら、身ぶるいしているところだろう。が、一瞬身動きできなくなりはしたが、落着いて、守宮から眼を離さずにシャワーを切りあげた。騒ぐべきではないという思いがはたらいたこともあったが、それだけではなく、爬《は》虫類嫌いのはずが、それほどでもなくなっていることに、彼女自身気づいていたろうか。

〝郷に入りては郷に従え〟と、折に触れて口にしていた母親のことばを思い出していたかどうか。とにかく玲子は、これまでの厄介な自分を引きずりながらも、この暑気と広い蒼空と白雲と朱い花々、そして、裸足で歩くあっけらかんとした人びとの棲む国に対して、壁を作る必要を認めなくなっていたのかもしれない。

シャワー室から出てきた玲子を、折木は「こっちへ来ませんか」とベランダのほうへ誘った。上を向けば高い空がどこまでも広がり、そして、下方へ視線をやると、大通りは往来する人びとで賑わっていた。一人乗り、二人乗りのシクロに乗った人、アイスキャンディー売り、街角の飲食店の外に出て皿を持ち、路上でものを食べている人びと……。食べもののにおいがムンムンのぼってくる。

「驚きましたか？」

折木が訊いた。玲子の躰を心配し、このような所で、短期間にせよ過ごせるのだろうかという意味合いを含んでいた。

彼女は、だいじょうぶと頷いていた。躰に自信があるとも、ないとも分からなかったが、そのことは大して考えていなかったのだ。それよりも、気分がいいのかどうか、いや、本来の自分のままでいられるのか、そうでもないのかということに、彼女の感覚は傾いていたようである。

## 二

折木と玲子の間の二年余の空白。互いに話すことはたくさんあったはずだが、共にその間のことは話にのぼらなかった。二年前に戻る必要もなかったのだろう。二人にとっては現在があるだけだ。

折木は、あの何かに取りつかれたかのように玲子を追っていた頃から、歳を重ねたことで、落着きをとり戻していたと言えようか。玲子もまた、あれだけ避けとおしてきた彼のところへ、自ら足を向けたのである。

二人はそれぞれの思いを胸に、眼下の街の賑わいに眼をやっていた。すると、いきなりスコールがやってきた。慌ててパタンパタンと鎧戸を閉め、二人は室内に入った。そこへ、肌の浅黒い中年の女の人が現われた。

「ああ、アッサン（お手伝い）ですよ」と折木が紹介した。

「食事や洗濯、掃除をしてくれているんです。このマンションと、渡り廊下を結んで対面《トイメン》になっている、裏の建物に家族と住んでいるんですよ」

「折木、太太（奥さん）くる？」

とアッサンは、人の良さそうな笑顔を向けた。

彼は面映げに頷いた。玲子は、自分のことを言われている気がしなかったが、微笑みで応えていた。

アッサンは夕食を運んできたのである。

卓上に並べられたカンボジア料理。火炉《ヒーロー》など、どれも珍しいものだったが、玲子に食欲は湧いてこなかった。大病の後だからというわけではなく、彼女はふだんから、たべることにそれほど興味を示さないほうだったのだ。暑い季節にはなおさらである。

その点、折木はちがった。日本を離れるまでの彼は、まるで食することが汚らわしく、罪悪ででもあるかのような考えを抱いて、痩せ細っていたものだ。それが、この国に棲み始めて、すっかり変わってしまった。

「食べないんですか？」

彼は、自分の食欲の旺盛さに、恥ずかしさを覚えるくらいだった。

〈何を思い悩むことがあろう。人生は、この国の蒼空のように霽《は》れわたり、ゆったりと味わうのがほんとうではないか〉

そう実感するようになっていたことに加えて、酒の味をも知るようになっていたのである。

夕食が済み、二人は再び、スコールの上がったベランダへ出た。雨上がりの澄んだ空気が、目眩《めくるめ》く日中の暑気を吸いとり、街を覚醒させていた。突然、響きわたる大きな鳴き声がした。

「あれは？」

好奇心を示した玲子に、折木は、

「ああ、トッケイ、大蜥蜴《とかげ》ですよ。トッケイ　トッケイって聞こえるでしょう」

と言い、

「ほら、あそこの白壁に黒いものがはりついているでしょう」

と彼が指差したのは、通りを挟んで斜め向いの教会の建物だった。その尖塔は、先刻まで強烈な陽光に燻《いぶ》し銀のように映えていたのだった。

「あんなに大きな」

「そう、いい声でしょう。反響するんですよ」

玲子は、先刻のシャワー室でのヤモリの姿を思い浮かべていた。それに継ぐ驚きだったが、怖いとは感じなかった。確かにいい声だなと耳を澄ませ、夕宵が迫り、見えにくくなりつつあったトッケイの姿に眼を凝らした。

折木は室内に入り、レコードをかけた。「ブンガワンソロ」のメロディーである。カンボジアではなく、ジャワのソロ川をうたったものだ。かつて彼とそんな話はしたこともなかったが、玲子の好きな曲だった。

♪　ブンガワン　ソロ　果てしなき
　　清き流れに　今日も祈らん

彼女は、この歌を口ずさむときはいつも、なぜか分からないが胸を衝いてくるものがあり、自ずと涙ぐんでしまうのだった。

「踊ろう！」

折木はベランダの玲子に呼びかけた。

彼女は素直に従ったが、彼がダンスを、とは思いがけないことであり、と同時に、学生時代の文団連のダンスパーティーを思い出していた。仲間に誘われて出席した玲子は、ふだんの彼女とはうらはらに、誘われるままクラブの先輩のリードで踊り始めた。そのうち、別の大学の人が申し込んできたのに従った。踊りに関してだけは、彼女に躊躇《ちゅうちょ》はなかった。その人は、最近、大きな文学賞を受賞した学生と後で知ったのだったが。

あの時、折木は確か、周囲に並べられた椅子に坐りっきりだったのではなかったか。いま、玲子はその彼と踊っているのである。

「きれいだ！」

仄明かりの下で、透は玲子の裸身を抱いた。あの武蔵野の大欅のある家で、彼女は自分にその身を投げだそうとしたのだった。あれは現実にあったことなのかと、彼はふしぎな思いに捉えられていた。

しかし、すべては、たったいまにあるのだ。いま、自分の腕の中に玲子は確かにいる、それ以外に何があるというのだろう。あの頃のやみくもで理不尽なほどの情熱が薄らいだわけではないが、いま彼は、静かな、むしろ労りのある心で彼女に接していた。

二人の初めての夜は眈け、いや、すでに黎明を迎えていたのだった。

鎧戸があけ放たれ、南国の早朝の一瞬にのみ漂う爽やかな涼気が流れこんできた。

「気分はどう?」

透がてれくさそうにきいた。

「ええ」

玲子の心は茫然としていて、思いや考えをまとめることが難しかった。

アッサンが朝食を運んできてくれた。クチュ(粥)をメインにしたものである。玲子はパン食を通してきていたが、と言って、こだわりはなかった。マンゴーが無雑作に添えられているのが嬉しかった。

「きょうは部屋でゆっくりしていてください。夜、どこかへ出かけましょう」

仕事のある透が言った。

「ええ。でも、少しその辺を歩いてみるわ」

「一人でだいじょうぶかな」

「だいじょうぶ」

「それじゃ、シエスタ(午睡)の後、歴史資料館へでも行ったらいい」

「ええ、そうするかも」

玲子は午前中、荷物の整理などをして過ごした。そして、軽い昼食後のたっぷりのシエスタがあけるのを待たず、出かけた。

街中のめぼしい所は教えられていたが、彼女は地図を持たず、強い日射しのもとに身を晒した。そして歩き始めた。人通りは殆どなく、街じゅうが睡りの中にあった。大通りに面した商店も戸を閉ざし、たまに表へ椅子を持ちだして、コックリコックリしている老人の姿や、石蹴り遊びに興じている子どもたちを見かけただけである。いや、橙色の法衣をまとった修行僧たちが、裸足で歩いてもいた。

大通りをまっすぐ進んでいくと、メコン河の支流のトンレサップという淀んだ流れの大きな河に出た。赤茶けたたっぷりの水。遠く向こう岸は、椰子などの熱帯樹木で覆われている。河に沿って細長く続く公園の檳榔《びんろう》樹の木陰のベンチに腰を下ろし、玲子はしばらく川面を見つめていた。そのうち、まばらだった人影が増え始めた。シエスタがあけたのだろう。子供たちの声が突然沸きあがった。彼らは、河に飛び込んでは岸辺に這い上がってきて、また跳び込むことをくり返している。その中には、布を巻きつけただけの衣を着た若い娘も混じっている。玲子が視線をやると、彼女は恥ずかしげな笑顔を返した。

やがて、皆でベンチの側にやってきて、玲子の服に指でそっと触れ、何か言っている。どうやら「きれい」と言っているらしい。燕脂に白い花柄の、日本製のふつうのワンピースである。玲子はこそばゆかった。そして、ことばはまったく通じないのだが、親しく喋っているような雰囲気で、皆、にこにこしている。しかし、すぐ近くには、撃ち落とされた戦闘機が安置されていたのである。このカンボジアは目下、戦争はしていないのだが、隣国ベトナムの戦争の余波は免れないようだった。

子供たちが去って間もなく、こんどは数人の若者たちが玲子の傍に寄ってきた。

「どこから来たのか」と訊いているので、「ジャポン」とこたえた。すると、「ホーッ」という嘆息が出て、「自分たちは日本へ行きたいけれど、行けない」と遠慮がちに言っているのが、玲子にも解る。お金がかかるということなのだ。

「いつか、きっと行くことができるわ」

玲子はお追従ではなく口にしていた。そうあって欲しいという思いからである。彼らは、現実には難しいと承知しているのだろうが、「うん、うん」と頷いていた。

どのくらい座っていたろうか、ベンチから立ち上がった玲子は歴史資料館へ廻った後、帰途についた。

透は当然仕事中なので、彼女は部屋直結のドアからそっと入り、顔を洗い、躰を拭い、ベッドに横になった。疲れていた。しかし、その疲れは、遠方をやってきた長旅のもたらしたものに過ぎなかったのだろう。なぜなら、大病を患った身であることを彼女は忘れがちだったのだから。玲子は神経が冴え、眠れそうもなかったのだが、

「お待たせしました」

と透に声をかけられた時、ピクンとしたのは、やはりボーッとして半睡状態にあったかららしい。

「さて、今夜はいい所へ連れていってあげますよ」

透の表情は、まあるく、晴れやかだった。かつての、痩せた躰つきに相応しくさえあった、あのうつうつとした浮かない表情とは、まったく別人のものだった。

おかしなことに、そうした彼を避けとおしてきた玲子だったはずが、眼前の、肉付きがよくなり、

ひとまわり大柄になったかに見える彼の、その挙措にも、おどおどしたところが失せ、堂々としていることに、彼女は違和感を覚え、以前の彼を懐かしくさえ思い返しているのだった。

やがて階下に降り立つとすぐ、透は目の前を通るシクロを呼び止めた。二人は並んで乗りこんだ。褐色の細く鋼のような脚がペダルを軽快に漕ぐ。でも、じっさいは力の限り漕いでいるのだろうなと、玲子はなにかしら乗っているのがはばかられた。

長い間ではなかった。シクロから降りた所は仄暗かったが、しかし、ネオンのあかりが出入口を照らしていた。細い板の渡しを渡ると、そこは水上レストランだった。河の流れに面した隅の卓に二人は席を取った。卓上のランプシェードには、影絵と紛うようなヤモリが張りついていたが、玲子は大分馴れてきた様子で、驚くよりも、むしろ可愛さを感じ、そっとさせておく余裕さえ見受けられた。

向かい合った二人は、卓上のスタンドの灯を見つめながら、初めて落ち着いた気分になれた。ワイングラスをそっと当て合い、静かな乾杯。グラスをあける透の頻度は増し、そして、彼に似合わずよくしゃべった。

「僕は東洋の大商人になるのだ！」

といった、冗談ともつかないことばを放つのとはうらはらに、

憂いつつ　岡にのぼれば　花いばら

などと蕪村だったかの句を口ずさんでもいた。かつての彼なら、気恥ずかしくて、そんなふうには口にのせなかったにちがいないのだろうが。

玲子はひたすら黙し、耳を傾けていた。彼女は大病を患ったとはいえ、かつての自分がすっかり変わったとは思わないし、折木に対する気持ちにも、それほど変化はない気がしていた。彼もまた同様だったかもしれない。ただ、たったいま、プノンペンのここに、こうして二人が向き合っていることこそが、双方にとって大きな変化であった。

突然、レストランごと大きく揺れた。卓上のグラスが傾いた。玲子はとっさに卓に手をつき、立ち上がろうとした。

「ああ、船が入ってきたんですよ。すぐ近くがプノンペン港だから」

透が得意げに言った。

「港?」

「ええ、河の港ですよ。どうやら日本の船らしい」

レストランの傍らを、灯に照らし出された白っぽい船が幻のように通過していった。

「日本から?」

こんな遠方まで航海してくるとは玲子は思ってもみないことだった。そして、故国を離れて、まだわずかしか経っていないにもかかわらず、彼女はその日本船になにやら郷愁めいた感覚を抱いた。

「そうですよ。水路ならどこへだって進入できますからね」

そう言ってから透は、隣国ベトナムの戦火のことに話を移していった。取材にくる日本人のことなどにも触れたが、

「写真家《フォトジャーナリスト》など以外の人の中には、出歯亀のような人もいるんじゃないかな」

とも言った。戦争の現実をよく知らずに、短期間見聞したことをもって、すべてとすることへの反発心も含まれていたのだ。

しかし、現地で見聞きしなければ、記事にすることもできないのだから、やはり、危険をおかしてやってきている人たちには、それなりの意義があるのではないかという思いを、玲子は透の表情を前にして飲みこんでしまった。

「近いうちに暇をつくって、アンコールワットへ行きましょう」

透が言った。

「アンコールワット」

玲子は鸚鵡《おうむ》返しに口にしていた。おかしなことに、彼女はあまりにも有名なその遺跡群のことを考えていなかったし、まして、自分がそこへ行くなどとは思ってもみなかったのである。

三

それから間もなく、透は約束どおりアンコールワット行きを実行した。彼自身は来客を案内して、すでに数回かの地を訪れていたが、何度行こうと、そのつど心は昂揚してくるのだった。

依頼してあったタクシーに乗り込み、二人は出発した。街を出ると、どこまでも続く一本の白い道を車は走りに走った。荒々と広がる土の原。畑。そして所々に、高床式の人家のある集落。まばらな人影。

玲子は何も考えていない。

「長くかかるから、眠ってもいいですよ」

折木は言ったが、彼女は眠気も覚えない。彼と会話をすることも殆どなく、ただただじっと奔り去る風景を追っていた。

五時間ほど後、車が停まった。シムリアップという、アンコールワットに近い所で、涼しげな街である。

「ここで昼食をとりましょう」

透のことばに玲子は従い、二人はレストランに入ったが、運転手はどこへともなく姿を消した。別に食べるようだ。食後、ひんやりした室内で、車中、長々と同じ姿勢でいた疲れを癒し、車に戻ると、運転手はついとどこからともなく現われた。再び車の人となり、しかし、間もなくアンコールワットへ到着した。どこからという線引きがあるわけではなく、脇のほうから伺える遺跡群と、その前面に水の湛《たた》えられた濠が見え始めたのだ。

「あれは?」

「水牛ですよ」

「水牛!」

大きく湾曲した角と、茫洋とした面容を水面から突きだして、泳ぐとも浮いているとも紛うその姿に、玲子もまた伸びをしたい気分になった。

やがて車は、遺跡のほぼ正面にあたる位置に建つホテルの前に止められた。運転手は例によって、いつの間にか消えていた。別の宿に泊まるのだ。

そのホテルは白く平たい二階建てで、周囲に高層のホテルなどはまったくなく、それどころか、ほかにホテルがあるのかどうかさえおぼつかなかった。

透と玲子は、階下の、白い壁に囲まれた広々とした空間のある部屋に案内された。アンコールワットの彫刻の拓本が飾られ、大ぶりの花瓶には深紅の花が投げ入れられ、他には籐製のベッドと卓とイス、それだけの簡潔さが、南国に相応しい雰囲気をかもしていた。

ひと休みしてから二人は部屋を出た。そして、長く続く石畳を一歩一歩踏みしめて、アンコールワット遺跡の正面に立った。中央の塔は六十五メートルあるという。高く、また幅広い巨大な遺跡は静かに佇んでいた。

玲子は、透に導かれつつ、積み重ねられた石の一つ一つに彫られた彫刻に触ってみた。象に乗った王、数多の兵士たち、象の行進……生き生きとしている。

十一世紀に栄え、十六世紀、シャム（タイ）国の侵略と、癩《らい》病によって滅び去った国とも言われる。そしてその後、十九世紀まで密林に埋もれていたという。

二人は迷路を行くように順を辿っていった。

「ここはお坊さんが修行していた部屋ですよ」「ここは……」と巡り、ようやく最も高い場所に立った。ふり返ると、西陽が遺跡群を照らし、光々しい威厳を湛えていた。その一方で遺跡は石造にもかかわらず、柔らかさと優しさを放ち、そこにじっと立ち尽くしている者たちの全身を包みこむようでもあった。

透と玲子は、黙して顔を西陽に向けていた。先刻までちらほらと掠めていた人影もなくなり、いまは、この広く深い昔《いにしえ》の寺院の中に、たった二人きりだった。

「西方浄土だ！」

透の声音は、感動を抑えて深く静もっていた。

玲子は頷き、ことばもなく光を全身に浴びていた。彼女はようやく素直になり得たのかもしれなかった。長々と引きずっていた、いや、全身を鎧《よろ》っていた棘が、すっかりなくなりはしないにしても、その鋭さが撓《たわ》められていたのではなかったか。深海にまるまっている軟体動物の体表のトゲトゲが、何かに触れたとたん、一勢になよっとしてしまうのにも似て。玲子の心は芯のほうから綻びていった。

しばらくひっそりと佇んでいた二人は、やがて遺跡群の下方へ、下方へと降りていった。出口の片端に、一人の男の人が静謐《ひつ》さをまとって座っていた。

「あ、チエンバンさん、お一人ですか」

「はい、オリキさん」

透は、知り合いのその人に何か説明をしている様子である。

「ああ、オクサン」と言っているのが玲子にも解った。

つい先刻、二人はアンコールワットに向けて合掌し、それが結婚式だったわけで、

「お幸せに、って。彼は僕らの立会人になってくれたんですよ」

と透は頬を紅潮させて玲子に告げた。そして更に言った。

「チェンバンさんは、カンボジア国の首相もつとめた人なんですよ。と言って、日本での大臣のイメージとはおよそ異なって、静寂を愛する慈悲深い人なんだ。だからこそ、独りでこういう所にやってきて、思索に耽っているんですよ」と。

この温厚そうな痩せぎすの老人に向けて、玲子はそっと頭を下げた。そして、〈ああ、やはり、わたしはこの人と結婚するのだな、いや、したのだ〉と、あらためて傍らの透を見やった。彼は、この南国の碧い空のように晴れやかな表情をしていた。底抜けの明るさとはいかないまでも。


老人と別れ、二人は石畳を歩み、ホテルへ戻った。透はフロントに電話をかけ、夕食を部屋でとることにした。やがてボーイが食膳台を押して入ってきた。ワインと前菜、メインの肉料理とスープ、そして果物。豪華なご馳走というわけではない。それでも透は健啖《たん》ぶりを発揮していた。

〈かつては痩せて、食べることなど、まるで必要悪としていたあの彼が……〉

そんなことがふっと玲子の頭を掠めたが、彼女自身はプノンペンにきて以来ずっと、暑さのせいか食欲がなかった。その延長で、少量ずつ食しているうちに、彼女は胸が苦しくなってしまった。ワインのせいらしい。

「すぐ寝んだほうがいい」

透が、どれだけ心を配ってくれているかを察する余裕もなく、玲子はベッドに横臥《が》した。壁面に飾られたアンコールワット彫刻群の拓本、その中の兵士たちが、足並み揃えて行進してくるのが見えた。

夜はすべてをのみこんで更けていった。


翌朝、玲子は元気をとり戻していた。

朝食をとりに二階の食堂へ上がっていった。客の多くは欧米の人たちのようである。

「きょうはアンコールトムに案内するつもりだけど」

玲子の躰を気づかっている透に、彼女は、もうだいじょうぶというふうに頷いた。

鬱蒼とした樹木に覆われた道を、透と玲子はシクロに乗っていった。小暗さと明るさが交互に二人のうえに映じ、他には行き交うシクロも人影もまったくなく、午前も早い時刻の澄みきった空気が漂っているばかりだった。

やがてシクロを降りて、木々の茂みに入っていくとすぐに、四面に大きな仏の顔の彫られた遺跡が忽然と現われた。

「こんなに大きなものが」

玲子は、厳かで、しかも滋味のある端整なお顔をつくづく眺め、そのぐるりを廻ってみた。確かに四面ともに仏の顔が彫刻されていた。そして、それが他にいくつもあるのだ。

彼女は、もっと奥の樹木の茂みへの細い通路へ入っていこうとした。

「危ないですよ」

透は、相当古い石像ゆえに、崩れ落ちてくることも考えて言ったのだが、玲子の脚は、そのことよりも蛇を思って止まった。その語を耳にしただけで怖気づいてしまうのが常なのだ。

しかし、プノンペンには、たとえばプノムの丘の石段の手摺りのように、蛇の紋様を巻きつけた彫りものだって、そこここに見られる。蛇はこの国のシンボルのようである。それと分かっていながら、それでも、この地から逃げだそうという気を起こさない自身の変化に、彼女は気づいていない。


折木透は、アンコールトムへももちろんすでに訪れているのだが、いくたび接してもその感動は薄れない。アンコールワットをはじめとする、この地の遺跡群を初めて眼にした時、彼は衝撃を受け、深く心を捉えられてしまっていた。

〈これまでの、自分の考えてきたことの、何と小っちゃなことよ！〉

と彼は、しばらくは何もする気が起こらない精神状態に陥った。世間的な諸々のことは遠退き、また、自分の非力を痛感させられもした。だからといって、それは自暴自棄になるのとはちがって、ひたすら頭を垂れる思いに近かったのである。

二人は道をひき返し、再びアンコールワットを訪れ、その巨大な遺跡に抱かれ、長くそこに佇んでいた。

一か月足らずのプノンペン滞在後、玲子はひとり帰国した。その三か月後には透も、三年間の駐在を了えて、彼女のあとを追うようにして故国の土を踏んだ。

二人は、荻窪のある邸の離れを不動産屋に紹介され、そのひっそりと埋もれて在る佇まいに惹かれ、直ちに借りることに決めた。

透は当初、下着などの洗濯物を玲子に出すことに気後れを覚えたりしていたが、そんなことにも次第に馴れ、彼らの暮らしは、ゆるゆると流れ始めていったのである。

玲子は、夫透の日常の行為に、しばしば驚かされることとなった。洗面時のタオルをしっかり絞れずダラダラと水滴を垂らしていたり、下着は言うに及ばずオープンシャツまで裏表に着ていたり、ご飯粒をまるで汁をすするように少量ずつ掬うようにして食べたり……。

しかし、彼女は、彼がどうあろうと、自分の真情を通して生きられる相手は、彼しかいないのだということに、日を追うごとに気づかされていった。

間もなく二人の間には、小さな存在が加わろうとしていた。こうして豊かとは言えないが、心落着いた日々を送っていたある日の朝、玲子は透の文机の上の、〝退職願い〟と書かれた封筒を眼に止めてしまった。

「これは?」

「見てのとおりだよ」

透はすぐさま、その理由をきちんと述べたわけではないが、

「ベトナム戦争に加担するような会社には、勤めていられないんだ」

と言った。

彼の会社は、古くからベトナムに根城の一つを置いていたので、戦争が激しくなるにつれて、まったく関わりなしでは済まされなくなっていたのだ。そしてそのことは、妻に相談して、どうという問題ではなかったのである。

これから子どもが生まれようとしているのに、と思わないではなかったが、しかし、玲子に何が言えただろう。

透は失業した。もちろん、彼は新たな就職口を探してはいた。その一方で、

「頭がおかしくなる」「頭が変になりそうだ」とよく呟いていた。

彼は帰国早々から、日本の社会についていけないものを感じていたのだ。カンボジアのあのゆったりとした日々を思うと、日本はどうかしている、尋常ではない、と感じずにはいられなかった。

そのうえ、畳の間一部屋、それに流しの付いた台所兼用の板の間、おまけに、東側が高いコンクリート塀に直近の軒の深い借間という環境と、あの陽光の降り注ぐ南国との落差はあまりに激しかった。

透は文机の前に坐り、目の前の漆喰壁を睨みつけ、いつまでも動かずにいることが間々あった。

玲子は、そんな彼の姿に不安を抱かないではなかったが、経済的には、半年間は失業保険が出るし、自身も、アルバイトでも何でもすればいいのだと、心配はしていなかった。折木透という人を受け入れた時点でか、あるいは、自身でも摑みきれていなかった本来の彼女の姿がそうだったのか、心の揺

らぎは殆ど見られなかった。

## 四

玲子の弟次郎は、彼の思いどおり、N放送局に就職した。T大に合格した時と同様に、比較的すんなりと入れたのである。他のいくつかの会社もすべて合格。ある会社の筆記試験の折などは、余裕のあまり、椅子の上に片脚を乗せてといったぐあいでさえあった。人並みには努力していたのだろうが、せっぱ詰まったところが見受けられなかった。

「よかったわね、ほんとうに」

長男の啓一郎のことで、さんざん悩まされている母の偲が、じんわりと込みあげてくる悦びを深く胸に抱きつつ言ったのに対し、

「お母さん、僕は帯広へ行きます」

と次郎はあっさりと言ってのけた。N放送局の研修期間が終了して、支局への配属の希望がとられた際、彼は迷うことなく、少しでも遠方を望んだ。そして、そのとおりになったのである。

「え、北海道！」

そのような所へとは考えてもいなかった偲は、一瞬虚を衝かれた。しかし、「もう少し近い所ではだ

めなの？」とは言わなかった。

彼女は、笑顔になって、「寒いでしょうね」と遠くを見る眼で呟いただけだった。

「冬はね。だから、スキーができるんですよ」

「ああ、そうね。それで、次郎ちゃんは北海道に……」

「ええ、それもあるけど。でも、どの季節もいいんですよ。六月頃が花々が咲いてすばらしいって聞いてるし」

「そうなの、いいわねえ」

「そうですよ。お母さんも遊びにきたらいいんですよ」

家にがんじがらめになっていて、決してそうはしない偲をよく承知していたが、次郎はおざなりでなく言った。

ついにこの家を出られるのだ、という心躍る思いをひそかに抱いていることに、彼は、母にだけは済まないと自責の念にも似た意識をもったが、しかし、どうしようもないことではあったのだ。


次郎は出発《た》っていった。それで家内は静寂になっただろうか。啓一郎が出入りをするかぎり、大して変わりはなかった。それでも、少ない家族のうちの一人の不在は、やはり寂しい空間をうみださずにはおかない。まして末っ子のことである。

偲はこの思いを夫にも言えず、静かに胸におさめて、家人が寝静まった夜半、食堂の卓に向い、次郎への手紙を認《したた》めていた。それは、決してていねいな文字ではなかったが、離れ棲む息子を想う母親の心情としては、これ以上ないくらい愛情に溢れたものだった。

玲子がプノンペンへ行った折も、偲は綿々と手紙を書いた。それは娘へというよりも、相手の折木に対してだった。病み上がりというには時が経っていたが、娘は大病を患った後なので気づかってほしい、といった内容のものだった。

娘を思い、息子を思い……この心の奥深くから湧きあがってくる純粋な愛情は、偲が、もの心つかないうちに男親を亡くし、赤ん坊だった弟とも生き別れ、母親と二人きりで生きてきて、そのうえ、結婚生活も幸せなものではなかったといったところに根ざしているのかどうか。それは、彼女の母親のサヤにも分からなかった。

啓一郎の非行に対しても、偲は厳しく叱責するより、優しさのみをもって接して止まないのも、あるいは、そうすることこそが、彼女の生きている証そのものだったのかもしれない。

帯広支局に赴任した次郎は、初仕事に緊張し、神経はそこに集中していた。しかし、自身では意識していなかったのだが、初めての独り暮らしに、やはり寂しさを覚えていたのだろう、職場の先輩の家に招かれたのを契機に、頻繁に足を運ぶようになった。

彼は、あれほど煩わしかった家族から、すっぽりと抜けだしてみると、懐かしいとまでは思わないが、その煩わしさこそが、青春の孤独といったものを、自ずと遠ざけていたのかもしれないと感じていた。

「これ、とっても美味しいです。料理が上手なんですね」

次郎は世辞ではなく、先輩の妻をほめた。

彼は、自分の母親はあらゆることに非の打ちどころのないようなひとだが、料理に関しては、忙しすぎるせいか、それほどでもないなと思っていたのである。

先輩の妻には、たとえば部屋のカーテンにしても、見ている前でさっととり外して、洗い、また、フックにかけるといった、手早く、きびきびしたところが多々あった。そうしたことは、母や姉にはあまり見られない面だったので、彼には新鮮に感じられた。と同時に、彼は、生きることに不可欠な深い思慮や繊細な感覚と、実際面での、ものごとを次々と処理していく能力とを混同し、同列においてしまったようでもあった。

夏、大暑の日、次郎は偲からの知らせを受けた。

「お姉さんに、男の赤ちゃんが生まれましたよ」

「ああ、ぼくは、ついに叔父さんになったんだ!」

彼は、躰の奥底からじわっと湧き上がってくる喜びに跳びあがった。それは、思いがけない感情だった。〈逢いに行かなければ〉と、とっさに決めてしまい、すぐ休暇をとり、帰京した。

玲子は産院から実家へ直行し、産後の休養をとっていたのだ。

「どれどれ」

次郎は、広間に寝かされている赤ん坊の顔を覗き込んだ。髪の毛の多く濃い、ふっくらとした頬の元気そうな子。〈この子が甥《おい》なのだ〉と彼は感慨深げだった。

「姉ではなく、もっと別の女性を相手にしたらどうです?」

とかつて、いまは義兄となった折木に放言したことを、この時、彼は思いだしていただろうか。

天から降ってきたかのように、この家に無垢なる者がいる。手足を動かし、まだ笑う意味をも知らずに、眼を瞠《みは》って笑っている。

この宝ものを傷つけないようにと、サヤをはじめとして、偲も啓一郎も、次郎も、そして、当主の剛までが、長廊下をしずしずと歩いていた。いま、この一点に全員の心は絞られていた。

次郎は、あれほど嫌っていたこの瀬戸口の家に、もう少し滞在したいと希んでいる自身に気づかされた。しかし、新米の局員は、長く職場をあけているわけにはいかない。

「車を持っていくよ」

大学に合格した時、日頃、厳しい父親にもかかわらず、彼のために購入してやった車である。

「次郎、わたしも一緒に乗っていく」

あろうことか、剛の口をついて出たことばに、どういう風の吹き回しかと一堂、唖然とした。

「いいけど、でも、帰りはどうするの?」

次郎は東北を経て北海道へと、一人で車のハンドルを握ったら、さぞ気持ちいいだろうなとそうすることを即断したのだが、この期《ご》に及んで父親の申し入れを断るわけにもいかなかった。

「適当な所で下ろしてくれればいいよ」

「そんな。帯広までこないの?」

「行かない。わたしの後のことはかまわないでいいから」

そうやって、誰も考えてもみなかった父親と息子の二人旅は決行されたのである。

そして、どうしているやらと家人が思いやる間もなく、剛は何事もなかったかのように、ひょっこりと帰宅したのだった。


玲子母子が自分たちの住み拠《か》へ帰り、瀬戸口家は、再び闇をとりこんだ静寂さに戻っていった。いや、思いがけず啓一郎の結婚が決まって、偲は大忙しとなったのである。彼女の知り合いの紹介で出会った、そう若くはない女《ひと》を啓一郎は思いがけず気に入り、相手もそのようであった。彼自身、結婚するとも、また、できるとも考えていなかったにもかかわらず、勢いというものなのか、そうなった。

家から五分と隔たっていない所有地に、息子たちの家を建てたのは剛である。ささやかな建物ではあったが、茶の間や客間、それに二階までついた、新しい家庭を営んでいくにはふさわしい家であった。南側に面していて、射しこむ陽光がいっそう、この家の住人たちに幸をもたらすふうでもあった。

啓一郎は会社に勤めていた。仕事内容は大したものではなかったが、それでも毎日通っていたのである。そうでなければ、結婚に到ることもなかっただろう。後になって振り返ってみれば、この時期は、彼にとって奇蹟的なときであったとしか言いようがなかった。

赤ん坊を抱えた玲子が、親族たちと共に啓一郎の結婚式に出席して十か月後、啓一郎のところにも女の子が生まれた。目鼻立ちの整った、可愛いというより美しいといったほうがふさわしい子で、しばらくは彼の家にも光が射していた。

偲は胸の痛くなるほど嬉しく、「麻由ちゃん」「麻由ちゃん」と面倒をみた。そこには、孫可愛さの利己的感情はなく、それは彼女らしく節度をもった控えめなものであった。一つには、息子夫婦を扶けるためもあったのである。

どのくらいの時が経っていたろうか、啓一郎は我慢の限界がきたかのように勤めを辞めてしまった。その後、偲の奔走もあって、新しい職場に就くことができたが、そこも、いつのまにか、うまくいかなくなってしまった。そうなると、くり返しの一途である。それでも、以後、麻由が小学校高学年になる頃までは、なんとかかんとかやってきていたのではあったが。

しかし、母親や妻の助力あっての、苦しまぎれの、ぶつぎれの日々であったから、そんな状態がいつまでも続くはずもなかったのである。かつての、あの凄みをさえ見せていた頃の啓一郎と一見変わりないようでいて、彼はひどく気弱になっていた。そして、その気弱さをカバーするかのように、酒の力を借りて荒れた。

「あんなに可愛い子がいるのに」

「あなたは父親なのよ」

母親からも妻からも、いや、周囲の皆から責められても、彼にはどうしようもなかった。そんなことは充分承知している。自分でももどかしく、押し潰されそうになり、あげくに、早くこの状況から自由になりたい一心で、〈もう、どうでもいいや〉といった投げやりの捨てばちの気分に陥っていった。

「別れようと思います」

啓一郎の妻は舅姑に告げた。

偲はこの日のくるのを予測していたのかもしれない。孫との別離には断腸の思いがあったが、嫁の気持ちを思うと何とも言えなかった。

「離婚ではなく、せめて別居に……。麻由のためにも」

と必死で口にしていた。

結局、剛と偲のほうから生活費、養育費の仕送りをすることで、一応の結論をみた。いずれにしても、啓一郎は独りとり残されてしまい、またまた偲の肩に重石がのしかかってきたのである。

## 五

若緑、萌黄、暗緑、白っぽい緑、浅黄……葡萄《ぶどう》の蔓葉《つる》も無花果《いちじく》も竹も棕櫚《しゅろ》も、ああ、すべてが緑だ。

柿の葉が何と緑そのものではないか。桜葉も夾竹桃の葉も、ありとあらゆる樹々に陽光の降り注ぐ今は五月だ。

「時は今　あめが下しる　五月かな」

意味もなく啓一郎は口走っている。いや、光にチカチカと輝く緑に眼をあてていると、自ずとそんな気分になるのだから、何か意味はあるのだろう。また、あえてそんなことばが口を突いて出るところに、何かしら意味は在るとも言えよう。

尤も、この気分は誰にも分からない啓一郎だけのものだが、その彼にしても、すっかり自分の心裡が分かっているわけのものでもなかった。しかしとにかく、啓一郎はたった今、彼にとって何か不安な五月という季節を、思いがけず、別の角度から捉えているのだった。

この気分——強いて言えば、珍しく明るいということだ。彼にしてはまったく珍しく。

五月のある日、啓一郎はベッドにその大きな躰を横たえたまま、首をもたげるのも面倒なふうに、その、一見したところ相当に目方がありそうな重たげな頭を、深々と枕に埋め、視線ばかりが透し硝子戸越しに、庭の樹々に吸い寄せられているのだった。

「何時頃かな?」

啓一郎は呟いた。と、彼に答えるように、隣の居間の柱時計が、間の抜けた響きで十二時を告げた。

「ややっ、もう昼ではないか!」

啓一郎の巨体が、生理的に食物を求め始めている。寝過ごしてしまったという思いは皆無だ。それはそうだろう、彼にとって時刻なぞはどうでもよいことだったのだ。勤めに出かけるわけではなし、と言って、家での仕事が待ちかまえているのでもなし、要するに、しなければならないことは何一つありはしないのだったから。時間の観念などは、とうの昔に彼からは失われてしまっていた。

枕頭台の上の煙草の箱を、啓一郎は手探りで摑んだ。マッチもまた同様にして。そして、一服、二服と深く喫い込んでは、フーっと煙の輪を吐きだした。灰が布団に落ちそうになると、神経が指先の一点に異常に集中した。徹底して怠惰な彼にも唯一の例外があった。それはきれい好き、いや潔癖症とでも言えようか。それこそ、煙草の灰がそこら辺に落ちようものなら堪えられない。単なる汚れを嫌ってのことではなく、その度合いは、行き過ぎてなにやら病的であり、恐怖感を伴なわずにはいられないくらいだった。

で、飛び起きた。いや細心の注意を払って起き上がった啓一郎は、灰皿のほうへ喫いかけの煙草を息をつめて持っていき揉み消すと、ホーっと気の抜けた表情になったが、それで安堵を覚えたわけではない。すぐに灰皿を持って台所に行き、紙袋に喫い差しを空けると、水道の栓を思いきり捻り、長い時間をかけて、その分厚い硝子が光り輝くほど洗い流し、——こうした類のものはいくら時間をかけても、一定の所要時間を過ぎれば汚れの落ちぐあいは同じであることを知ってか知らずか、多分彼は知っているのであろう——下ろしたての純白の布巾ですっかり拭き取ると、再び元の位置に置くのだった。

廊下を抜けて玄関へ出ると、啓一郎は新聞受けから、朝からの五月の強い陽差しに、はみ出た部分がすでに幾分赤茶けてしまっている新聞をひっぱり出し、居間に放り置いて再び台所に立った。手を洗うと冷蔵庫を開けてみた。大したものは何も見当たらない。が、ロースハムとチーズだけは殆ど手付かずに収まっている。彼はそれらを突拍子もなく厚く切り、昨日の残りの食パンにバターを塗りたくっては挿み込み、いくつか同じものを作ると大皿に盛り、独りほくそ笑んだ。そしてコップに水を満たし、その中にあまり元気でないセロリを投げ入れると、食塩の瓶と共に揃えた。それから勝手口の鍵を外して、日陰のひんやりとしたコンクリートの上に置かれてある二本の牛乳瓶を取り上げ、パンの皿と共に居間に運んだ。

啓一郎は新聞をひろげ、活字に眼を走らせてはパンにかぶりつき始めた。卓袱《ちゃぶ》台にはちゃんと濡れタオルが籐の篭に入れられ、怠りなく準備してあるので、それで指を拭きふきである。

ほんとうのところは白い飯が食べたいのだ。丼におてんこ盛りにして、その上に漬けものを載せ、周囲には煮物をたっぷりと巡らせ、箸を真ん中に突き立てて、それで準備完了の簡易で美味い食事を。しかし、飯はつごうのよいようには炊けていないし、いや、自ら米を研ぐことは殆どなくなっていたし、ましてや煮物をするなぞは皆無に等しいこの頃ではあった。

何はともあれ、こうして独り、空いた腹を満たしつつ新聞に眼をはしらせる。新聞にかぎらず、例えば、〝日の丸〟とか、〝戦艦大和〟といった古雑誌や古本を読んでいる時、それは彼の極楽の時でもあった。それともう一つ、酒を飲んでいる時と。

しかし、後者のほうは好きには好きなのだろうが、飲まずにいられようかといったふうで、ゆったりと楽しみながらとは言えない。

外に足音がする。聴きつけた啓一郎は急に不機嫌になり、そしてその不機嫌さの中には気弱な翳《かげ》も包含されているのだった。彼には、その足音の主が誰なのか察しはついていた。すると案の定、雨戸を激しく叩く音と同時に、

「居るのか？　起きているのか？」

と鋭い声音が伝わってきた。

客間はむろん、啓一郎の坐っている居間も、彼の巨体にすれば狭過ぎる寝間の雨戸も閉まっていた。いや、寝間の雨戸だけは昨夜来、一枚開けられたままのはずだ。だからこそベッドに横たわったまま庭の緑を眺めやっていられたのだ。しかし寝間は、門のほうからは一番奥手に位置しているので、前の庭を通ってそこまで来てみなければ分からないのだ。止まずに続く騒音に、彼は無言で雨戸を開け始めた。

「何だ、いたのか！　死んじゃったんじゃないかと……」

庭の緑一色を背に眼前に立っているのは、彼の父親である。作業着を着ているのは、庭をつっきった西側に展《ひろ》がるけっこう広い畑へ行く途中とすぐさまよめた。

「あっははは」

啓一郎は素っとんきょうな、案外明るい声を響かせて笑った。

「まだ死ぬつもりはないよ。尤も、そのほうがいいのかもしれないが……」

「馬鹿なことを！　笑いごとじゃない。ガス栓でも開けっ放していて、知らないまにということもある」

父親は安堵とも怒りともつかない表情をして、が、それ以上は何も言わずに行き過ぎた。

食事を中断された啓一郎は不快だった。どうにも落着きを失ってしまっている。つい今しがたまでの、たった独りの無上の悦びでもある食事と新聞読みは再開されているのだが、駄目なのだ。彼の家の西側の柵一つ向うの父親が気になる。ただ、彼処にいるというだけのことに。

〈しかし、よく働くな。叶わないよ、ああ朝から晩まで躰を動かされちゃあ。俺にはとても理解できない。働く必要がまったくないのに、何かに追い立てられているかのように働き続けているなんて、常人じゃない。つまるところ、働くことが好きなんだろうな。尤も、親爺の仕事といったら、昨今、畑のことにかぎってもいいくらいなんだが……野菜を作って、売るわけでもないのに作り過ぎて、おふくろなんぞは、毎日毎日神経痛の手で菜っ葉ばかり洗わされて、おまけに食わされて……そのうえ、近所中に配って廻らにゃならない始末なんだから〉

啓一郎はどうやら卓袱台の上のものを平らげると、再びベッドに潜り込み、傍らに積み上げてある本の一冊を取り出してページを繰っていたが、やがて眠りに引き込まれていった。

勝手口から入ってきた母親の偲は、足音を忍ばせて寝間を覗いてみた。高鼾で眠り呆けている息子の浮腫《むく》んだ蒼い顔を凝視《みつ》めて、その場に坐りこむより他にすべがなかった。

〈ほんとうに、しょうがない子〉

そうは思う。間もなく四十になろうという男の尋常な姿ではない。それは分かりすぎるほど分かっているが、それ故に、怒りや腹立ちよりも不憫《ふびん》さが先に立つ。彼女の胸中は、あの時ああすればよかったのか、この時こうしなければよかったのかと傷みで疼《うず》いている。しかし、そんなふうにあれこれ思い返してみたところでどうにもなりはしない。今となっては、取りあえず、こうして家で静かにしていてくれることが、何よりの安堵ではあった。

いつも忙しく疲れ果てている偲は、そっと息子の家を立ち去った。その足で郵便局へ急ぎ、孫の養育費を、遠く離れた息子の嫁宛てに送る用事を済ませた。孫娘に対する想いはいつだって心から離れたことはないが、そして、その可憐な姿にゆっくりと想いを馳せたくもあるが、今は一刻も早く帰宅することが彼女に課せられた義務であった。古びた、だだっ広い家には、片時も娘から離れることを不安がる彼女の老いた母親が、幼な子のように待ちあぐんでいるのだった。

家への小径を歩みながら、偲は両側から張りだした欅の大樹を見上げた。彼女の大好きな樹である。彼女の重い気分は、大空いっぱいに枝を伸ばし広げた欅の姿に、かろうじて救われるようだった。

「ただいま！」

偲の声に、茶の間の座椅子に寄りかかって煙草を喫っていた老女は、長煙管をポンポンと灰皿に打ちつけると、急くように立ち上がろうとする。が、高齢のしかも病み上がりの躰では思うようにはいかない。その心持ちとは裏腹に、動作はいとも緩慢だった。

「今日は気持ちのよいお天気よ。縁側にいらっしゃいよ、お髪《くし》を梳《す》いてあげましょう」

偲が包みこむように言う。そして、ほんのひと摑みにも満たないその髪を、彼女はていねいに何度も梳くのだった。


〈早く行かなければ〉

偲は夕飯の支度をしながらも心急いている。老母と夫のためのお菜を食卓に並び終えると、ランチジャーに炊き立ての飯を詰め、大小の皿に盛ったお菜をサランラップで包み、タッパーには漬けものを入れた。そして、それらを平たい買物籠に傾《かし》がないように積み重ねた。

「ちょっと行ってきますね」

夫と老母に遠慮がちに声をかけておくと、そそくさと出かけていった。行く先はむろん啓一郎のところだ。五分ばかり離れた息子の家の屋根が、もう視界に入ってくる。窓からは灯が洩れていない。

〈いつもより少し遅くなってしまったけれど、在宅《い》ますように〉

偲は念じつつ近づいていき、勝手口から入った。〈居た！〉居間の真ん中にどっかと胡坐をかいて、啓一郎はじっとしていた。首に洒落たスカーフを巻いて、もう寝巻き姿ではなかった。部屋には塵ひとつ見受けられない。例によって、掃除だけは几帳面にやっているのだ。

「どうしたの？」

俯《うつむ》いている彼は返事をしない。偲は察するところがあり、黙って卓袱台を引き出し、持参した夕食を一つ一つ並べ置いた。

〈今夜はすぐには戻れそうもないな〉

彼女はそう決めると、自分も息子の傍らに坐り、「これ、美味しいのよ」などと、何気なさを装って話しかけ、彼の心を解きほぐそうと努めるのだった。しかし彼は、何を言っても反応を示さない。

〈急いではいけない。ゆっくりと時間をかけて、そして刺激するようなことばは絶対に避けなければ……〉

偲は細心の注意を払いつつ、彼を包みこむように静かに語りかける。彼がいつ大声を出すか、粗暴な振舞いに出るかしれなかった。しかし彼女はそれを恐れているのではなかった。むしろ、いつものようにそうなって欲しいくらいだったのだ。啓一郎は母親が傍にいるのも気づかないかのように、己れに閉じこもり、虚ろな眼をしていた。

しばらくの間沈黙が続き、偲がとうとう耐えられなくなって何か言おうとした時、

「俺、もう駄目なのかな」

突然、啓一郎が小声で言った。

「えっ！　そんなこと、そんなこと決してないわ」

偲は強く打ち消しながらも不安でいっぱいになった。しかし、その不安感を気取られてはと必死に明るい表情を保ち、また、彼のことばを気にもかけていないといったふうに、

「今夜だって、こうして飲みに出かけなかったじゃないの。あとは我慢して、少しでもちゃんとしていれば、きっと帰ってくるわ」

「いや、帰ってこないさ、分かってるんだ」

「なぜ？　あなたが真面目にさえすればって言っていたじゃないの」

「そんなことどうでもいいんだ。俺はあいつなんか要らないのさ、ただ……」

「ええ、分かっているわ。ですからそのためにも」

二人は触れ得ない、啓一郎にとっては小さな娘を、そして偲にとっては孫のことに。


「冷めるわ、ご飯になさいね。あっ、そうそう」

啓一郎が漸く口を利いてくれたので、偲はいくらか気持ちが軽くなり、勝手口から外に出ると、裏の物置からビールを二本持ってきた。

「今日は外で飲まなかったから」

こんなことが何になるのか、と思わないでもない。いつだって啓一郎が勝手気ままに、欠かさず飲んでいるのを知っているにもかかわらず、彼女は、一日二本と決めた形を固守しようとしているのだ。

「要らない」

「あなたは冷えてなくてもいいんでしょう？」

「そうだが、今夜は要らない」

「そう、それならご飯食べなさいよ」

「……」

「何をやっているのかしら」

偲はそう言って、テレビのスイッチを入れた。

「あら、野球じゃないの、どちらが勝っているのかしら」

自身はまったくといっていいほど興味のないこのゲームに、彼女は息子を誘った。漸く彼はテレビの画面に眼を向け、かつ箸も動かし始めた。

「あっ、打った、ホームランかな？　あの人、何とかっていう選手でしょう」

「うるさいな、少し黙っててよ」

啓一郎の瞳が次第に生気を帯びてきた。

そうやって、殆ど野球放送が終了するまで偲は彼につきあっていた。

「もう寝なさいね」

「分かったよ」

「戸閉まりはだいじょうぶ、と。ガス栓も締めたわ。それじゃお寝みなさい」

買物篭の柄を腕にかけた偲は、五月の武蔵野の夜気にその細面の蒼白い顔を晒しながら、老母と夫と彼女の三人で棲むには広過ぎる暗い家へと帰っていった。

食堂の卓に、自分の茶碗や箸が並べられたままなのを見て、偲は初めて、自分がまだ夕食を摂っていないことに気づかされた。しかし食欲はなく、それよりも、ちょっと横になりたいと思ったが、茶の間では夫と老母とがまだ煙草を喫いながら夫々に何やらしていて、一向に寝む気配もないのだ。

「すみません、遅くなって」

偲は小声で謝った。

「どうだった？　あれは」

と、何かを嗅ぎださずにはおかないといった夫の口振りである。

「ええ、もう寝んだでしょう。今夜は大人しくしていました」

「どうだか」

「ほんとうですよ。そのために、今まで傍に付いていたんですから」

あの子について、また話を蒸《む》し返すのはたくさん。そうは思っても、夕食を共にしなかった引けめから、偲はすっぱりと話を打ちきれない。夫の、ああだ、こうだ、ああでもない、こうでもないといった疑心暗鬼は永遠に続くのだろうが、ともかくも今、気の済むまで相手をするより他になかった。

「偲さん、お食事は？」

と老母。

「あなたの躰が参ってしまう」

すっかり幼な子のようになってしまってはいるが、やはりサヤは親にはちがいなく、娘を頼りに気遣っている。

「そうね、それじゃ、悪いけれどここで」

食べたくないと自身を勝手に放ってしまうことを偲は自制する。いま、自分が倒れるようなことにでもなったら、どうにもならない。そのことを熟知しているから、食べたくないという自由すら与えられないのだった。形ばかりを盆に載せてきて、ひっそりと食しつつ二人の愚痴に耳を傾けている。

「さあ、寝るとするか」

言いたいだけのことを言い放って気が済んだのか、それとも眠気を催してきたのか、剛は、

「先生も、もう寝たほうがいい」

と義母に鋭い一瞥を投げかけると、パタパタとスリッパの音も高く、二階へ引き揚げていった。

「ほんとうに、あなたも大変ね。あ、そうそう」

そう言って立ち上がったサヤは、背後の仏壇から菓子折を下げて、

「あなたの留守に、お客様が見えてこれを」

と、もう包装紙を広げている。

「もう遅いから、明日頂きましょうね」

偲は柔らかく制した。

「そうぉ」

子供と同様、菓子を眼前にして手を付けないでおくのが難しいらしいサヤは、不満げであり未練げである。しかし、それを許容することは、先年胃潰瘍の手術をし、また軽くはあるが糖尿病を抱えた老母にとってよくないのだ。もちろん、夜半近くであることも。

サヤは仕方なく諦め、ここのところ漸く自身でできるようになった洗顔、手洗いを済ませると、煙草、煙管、ピンセット、針金、マッチなどの七つ道具の入った小箱を抱えて、そろそろと彼女の寝間に入っていった。

すでに十二時近かった。やっと横になれる、もう、台所の後片づけ、いや寝巻に着替える気力すらなかった。このままゴロリと寝られたらと偲は希う。そうしたところで誰からも咎め立てはされまい。しかし、そんなことはどうでもよかった。彼女の心にかかっているのは、やはり啓一郎のことだった。

あれからすぐに寝んだろうか、もう一度見に行ったほうがよくはあるまいか、いつもならそうしている時分である。夕食を運んで、しばらくすると帰ってきてしまうので、寝む前に再び行ってみているのだった。だいじょうぶとは思うが、でも今夜にかぎって行かないで、ガス栓でも開いていたら……あれからガスを使わないともかぎらないではないか。思案しているより、やはり行ってみよう。

偲は疲労困憊した躰を引きずるようにして、再び夜更けの径を行った。そっと息子の家の玄関を合鍵で開けて、闇の漂う廊下を進んだ。ガス栓はきちんと閉まっている。念のためにと寝間を覗いた。居ない、啓一郎の姿は影も形もなく、ベッドは蛻《もぬけ》の殻だった。風呂場か御不浄《ごふじょう》か、そうでないことは分かっていた。

〈やはり、出かけてしまった!〉

あれほど面倒を見、またよく言い含めておいたのに、という腹立ちは、偲には起こってこない。ただ、無性に悲しかった。出かけずにはいられない息子の意志の薄弱さと、その孤独な心が可哀想で、何かに救いを求め、祈りたかった。と同時に、自分の至らなさを責め立てずにはいられなかった。

飲みに行った場所は大方見当がついていた。これまでにも何回となく連れ戻しにいき、ためつすがめつ、啓一郎を家へ引っぱってきたことはあった。その度に、彼は恥をかかされたと怒り、人が変わってしまったように暴れ狂い、手がつけられなくなるのだった。

偲はしばらく待っていた。そして自分が去らなければ、息子が帰ってこないような気分に陥って、すごすごと引き揚げざるを得なかった。


「開けろ！　エエイ、開けないか！」

うとうととしたところで、偲は門のほうから呂律の廻らない大声を聴きつけた。それと、門柱でも蹴っているらしい音も。枕元の目覚まし時計を見た。一時半を廻っていた。近隣の酔払いだろうかと思うそばから、もしやという懸念に弾ね起きて、玄関のドアを押しやった。案の定、啓一郎だった。門扉に寄りかかり叫んでいる黒い塊は、息子以外の何者でもなかった。

「静かに！　お願いだから静かにして」

夫や老母が気づいて騒ぎになることを、偲はひたすら恐れていた。むろん、近所の家の人びとに対しても。

「どうしたの？　上がるなら、早く」

ともすると崩折れそうになる啓一郎の躰を、引っぱり上げようと力を込めるのだが、びくともしない。ことばにならないことばを吐き続けている彼に、この家に入ろうという意志はないらしい。

「それなら、あなたのところへ行きましょう」

偲は思いあまって息子の頰を打った。赤ん坊の頃のお尻はともかく、子供たちに手を挙げたことの金輪際《こんりんざい》ない彼女だったのだが――。

よたよたと転びまろびつ、漸くのことで啓一郎の家まで辿り着くと、彼をベッドに横たわらせた。その寝顔を凝視めていると、もう涸《か》れきってしまったと思えていた涙の粒が、あきもせず流れ出てくるのだった。精も根も尽き果てた偲は、息子の傍らにそのまま眠りたかった。しかし、朝になって、夫や老母が自分の不在を知ったら……と、やはり、家に戻っていくしかなかった。


「ううう、頭が痛え」

思わず声に出して、啓一郎は枕頭台の上の水飲みのグラスを探った。

〈用意がいいな、おふくろは〉

そう思ったところで、改めて感謝の気持ちなど彼にはこれっぽっちも湧いてきはしない。当然のことと思うまでもなく、そうしたことは彼にとって、当然そうあらなければならないものだったのだから。

〈また昨日のように、親爺が雨戸を叩くかもしれない。その前に開けておくか〉

ふらつく頭で起き上がり、緩慢な動作で居間に入っていった。この、のろのろとした動さは、あながち二日酔いのせいばかりではない。日頃から、啓一郎には機敏さがとかく失われがちだった。長い間の麻薬、そして現在は主に酒に、その肉体を冒されつつあったのだろうか。

たとえば、起き上がることひとつ取ってみても、躰の節々が思うように言うことをきくか確かめつつといったぐあいで、彼が祖母や母親と話をしていて、彼女たちがすぐさま反応してこないような時、彼は「とろい、とろい」と言うのが口癖だったが、当の彼こそが、まさしくそのとろい感じなのだ。肉体的にもさることながら、彼の頭部において、何か得体の知れないものが作用しているのではないかともうかがえるのだった。

〈何だ、こんな時刻か。それなら雨戸なんか開けるまでもあるまい。〉

すでに午後の四時近くになっていた。

〈ずいぶん寝たな。これじゃ、今夜はまた眠れそうもないな。〉

啓一郎はいささか空腹を覚えていたが、間もなく夕食が現われるはずだと思い、またベッドに倒れこんでしまった。

「今日はいるわね」

偲の声と共に、夕食のひと揃いの到着である。

「昨夜はどうしたっていうの？」

「うーん」

「まさか、覚えていないなんてことはないでしょうね」

「うるさいなあ」

困ったことにはちがいない。が、偲は激して声を荒げたりは決してしなかった。息子への溺愛からでも、また、怒る気力を失くしてしまったからでもなく、ただ、怒ることをしないのだ。体質的に、怒りを養う血を持たないのかもしれなかった。在るのは、限りない優しさと心づかいである。

剛は、啓一郎を常人ではないのだとしつつも諦めきれないで、あくまでも仕事をさせようと、その考えを頑《かたく》なまでに捨て得ないでいる。しかし偲は、一人前の男として仕事をしない、それだけのことで常人ではないと決めつけられない。ただ、過去に、一週間、三日、あるいはたった一日で勤めを辞めてしまった息子の数々の苦い経験のことを考えると、仕事に関しては彼に何も望まないようにしているのだった。

啓一郎が何を考えているのか、周囲の誰にもその心の裡は分からなかった。一心同体のような母親にさえも。酒に溺れ、暴れわめく時には、静かに大人しくしていてくれさえすればとひたすら願い、またある時は、友の一人もなく、話を誘いださなければ、くる日もくる日も、たった独りの沈黙のその姿に、どうにかなってしまうのではないかと、偲は不安と憐憫の情に心も消え入りそうになるのだった。

# 六

剛は、啓一郎の別居に始まる一連の事柄に対して、怒り心頭のあまり、一見冷静に見えるほどで、息子に叱責もしなかった。すでに定年になっていた彼は、啓一郎たちの家に隣接した畑地で農作業の真似事を始めていたので、息子と出くわすことも少なくなかった。

啓一郎は、過日の夜のようなことを時々仕出かしているにもかかわらず、父親と出会ったら最後、まるで鬼の眼にいすくめられたようになってしまうので、気配をうかがって、家から出ないようにしていた。かつて折木が新宿で出会った頃の、「何のために働くんです?」と豪語していた彼とは、大きくちがった。

剛は、そんな息子を関知せずとしているのか、黙々と土いじりに熱中していた。定年時に「会社の役員に」、また、居住地域の「市の役員に」といった誘いがあったのを、すべて断わった。そして、行き来するこれといった友人もなく、家人のそれぞれとも距離があり、妻と出かけることさえなかった。

彼は、終日畑に出て、近隣の農家の見よう見まねで、作る農作物を少しずつ増やしていった。

「お父さん、まだ帰らないのよ。ちょっと様子を見て!」

昼時の偲からの電話に、啓一郎は不承〳〵、家の西側の小窓から覗いてみる。

赤芽柏の垣根の向こうに、腰を屈めて一心不乱に働いている剛の姿があった。

〈俺の父親とも思えないな〉

彼は働かない自分の無力さがチラリと胸中を過ったが、そのそばから、〈あんなに泥だらけになって、何を好きこのんで〉という思いが頭をもたげていた。

「もしもし、お母さん、親父いるよ。まだ戻りそうもないな。子どもじゃないんだから、放っときゃいいじゃないか」

啓一郎は、自分のことを棚にあげて言い放った。

剛は時間を忘れているのだった。これほど土に馴染んでいく自分とは思いもよらなかった。終日、ほとんど誰とも口を利かず、いや、畑の作物たちにはよく話しかけていた。

〈ああ、いい子だ。よくも、こんなにスクスクと育ってくれたもんだ〉

勤めていた頃とはガラリと変わった剛に見えたが、あるいは、元々そういう面があったのかもしれない。ただ、同じ寡黙ではあっても、その表情には険しさと穏やかさのちがいがある。いま、畑地に立つ彼のそれは、明らかに後者であった。

苦心の末に実った作物を、食卓に、また、妻の料理の足しにと持ち帰る。啓一郎のところにだってあげたいと思う。

〈そうだ、あいつは別居しちゃったんだ。妻子がいないんじゃ、料理もろくにすまい〉

と苦々しさが蘇って、家路につく頃には、彼はまた、不機嫌の虜《とりこ》になっているのだった。

「お腹空いたでしょう、お昼もあがらないで」

偲はさっそく気をつかって言うが、剛は「ふん」とも応えない。仕事着を脱ぎ、風呂場で躰を拭うと、食卓に並べられた食べものにかけられた白布をめくり、不承ぐ、それでも一応口をつけ、その後はさっさと二階の自室へ上がってしまった。

偲は、夫が流しに黙って置いた菜類を見て、「まあ、こんなにたくさん！」と感嘆したが、実のところ困惑していた。貯《と》っておく分を除いても多すぎるのだ。そっと近所に分けるしかなかった。

「あら、母さん」

偲は、いつの間にか傍にきていた母のサヤにギクリとさせられた。そろりと、あるいはすっと足音も気配もなく近づくさまは以前からだったが、今夜は特に、亡霊のように感じられ胸を衝かれた。かつて自分が勤めていた頃の、あのしっかりとした母親の姿がしきりに思われた。

「母さん、もう遅いわ。さあ、ゆっくりお寝みなさい」

「ええ、そうね。そうするわ」

そうこたえながら、サヤは、偲のことばにふしぎな感覚を抱いていた。娘と二人きりで暮らしていた遠い日、

「偲さん、もう遅いわ、さあ、ゆっくり寝みなさい」

と毎晩のように声をかけていた場面と重なり、立場の入れちがっていることに気づかされたのである。

床に就いたサヤは靄《もや》のかかったような頭で思いを巡らせていた。

夫が逝き、その後すぐ赤ん坊の息子を亡くし、偲を連れて婚家を出て以来、母娘で長く長く生きてきた。途中、娘は女学校の寄宿舎生活をしたし、結婚も早かったので、その間は独り暮らしだったが、その後、孫の面倒をみ、留守を守ることを婿の剛に請われて、同居することになった。そうした経緯からか、ずっと娘と共に生きてきた気がしている。

偲はわが娘ながら気立てがよく、このうえなく優しくしてくれる。しかし、サヤの剛とのいがみ合いの辛さ、口惜しさは、それを上回っていたのだ。彼自ら強引に頼んできたにもかかわらず、その扱いは非道のものに思えたのである。

しかし、いまはそのこともやや薄れ、サヤの思いは一つに絞られていた。

〈稔ちゃん、あなたをもう一度、ギュッと抱きしめたい！〉

その子のふっくらした感触は、いまでも彼女の腕や手にしっかりと残されているのだった。

「まだ若いんだから、独り身になったほうがいい。二人の孫は置いていけ」

舅は言った。

サヤは、華道の師匠の資格を持っていたので、二人の子を育てていく自信はあった。手放すなんて考えてもみないことだったにもかかわらず、「二人がいやなら一人だけでも」という舅の強引さに、泣く泣く男の子を残してしまった。

稔はすぐ里子に出され、そのことを知ったサヤが夢中でその先を訪ねた時には、すでに栄養失調で亡くなっていた。

サヤの夫である息子を亡くし、そのうえ孫までを奪いとってはと、舅姑の寂しさを思いやってのことが仇になった。舅の真意は養育費欲しさだったことを後で知った。考えてみれば、老夫婦に、赤子を育てるなんてことはできない相談だったのである。

「母さん、稔ちゃんがいたら、どんなによかったでしょうね」

偲は時折そう言った。女手一つで自分を育ててくれた母親の苦労を思いやり、また、彼女自身にとっても、もし弟が健在だったら、どんなに心強かったことかと想像するからであろう。偲の弟である。きっと優しさに満ちた、まっすぐな子に成長しただろうと思うと、サヤの胸ははり裂けそうになるので、彼女は、自分からは決して赤ん坊のことは口にしなかったのだ。

二十九歳という若さで夫に死別し、その後の長い人生を、再婚もせずに必死で生きてきたサヤだった。佐賀藩の武家の家に生を受けたが、祖父はある事件で同僚の科《とが》を自ら負って切腹したという。その息子である父親は、早々に元服したが、廃藩置県により、生きる道を求めて東京に出た。

ずっと後に生を受けたサヤはその父にくっついて、年端もいかないうちから、何かと手助けをする気働きのある子だった。のんびり屋の妻やぼんやりの姉よりも、父親のお気に入りの娘だった。彼が長管を指に挟めば、間をおかずマッチの用意をする、日課のように肩を叩いてあげる、というふうで、サヤはあの頃が最も楽しい時だった気がしている。

もちろん、後に、偲という優しいうえにも凛としたものを備えた稀有な娘を持ったことは、このうえない喜びではあったが。

〈でも、その娘を思って、自らの寂しい気持ちを抑えてすすめた結婚話だったのに、かえって不幸をもたらす結果になってしまったなんて!〉

サヤの回想には拍車がかかり、自分も、請われてこの家へやってきて以来、娘婿の冷たい仕打ちに、どれだけ苦しめられたかを思った。

〈なんという一生だったのだろう！〉

サヤは喉元まで口惜しさが込みあげてきた。

しかし、こんな自分にも、楽しいこともあったのではなかったか。設計技師だった夫の赴任に伴い、京城で暮らした頃。若妻の彼女は、部下や身内にあまりにもよくする夫に、

「敬するけれど、愛せません」

などと正面きって言い、

「敬さないでいいから、愛してくれ」

と言い返されたものだった。

あの人品卑しからぬ夫とのやりとりと、清清しい暮らし。それらはあまりに遠く、夢の中のこととしか思えない。あの若々しい女は、ほんとうにこの自分自身だったのだろうか、と。


幼い偲を抱いて夫が前を行き、少し後ろを自分が歩いていく。その光景が、サヤの脳裡にゆらゆらと映じている。

〈抱かれているあの女の子は、孫の玲子が生んだ子ではないかしら。よく似ている。でも、わたしの生んだ子は偲で、その偲が玲子を生み、そして玲子は……わたしが赤ん坊の玲子を抱き、偲が玲子の子を抱いている……〉

サヤの朦朧とした頭中をさまざまな映像が過っては消えていった。彼女の脳は混濁していた。それ

は、眠りが訪れてきたせいばかりでなく、どこかに変化をきたしていたのである。

その症状は、寝所を変えてから著しくなったようである。啓一郎が別の家に住み、次郎も地方の支局へと去ったので、空いた部屋にサヤは移されたのだ。しかし、その部屋は、彼女がいつも長火鉢の前に坐っていた茶の間からは、遠い位置にあった。

寝間からそこへ顔を出すのには、曲がり廊下をそろりそろりと歩いてこなければならず、それは彼女にとってはけっこう大変なことで、次第に茶の間から遠退いていった。それと並行するように、彼女の意識も画然としなくなってきたようだ。

偲は、床に就いていることが多くなった母親が、煩わしさを避けられるのではと、寝間を移すことに同意したのだが、剛には、遠ざける気持ちがあってしたことかもしれなかった。

ある日、茶の間の障子の向こうに人の気配がした。開けてみると、サヤが茫と立っていた。

「あら、母さん、どうかして？　さあ、ここへ」

と偲が呼びかけたにもかかわらず、サヤはスッと身を引き、寝所へ戻ろうとした。

偲は、絶え間なく母親の部屋へ出入りしていたが、それでも、彼女も気づかないところで、サヤは人の話し声に引き寄せられ、また、それが必要だったのだろう。長年、反目の相手だった剛の険しい声さえもが、サヤの浮遊した心身には、気つけ薬の役目を果たしていたのかもしれなかった。

しかし、それも長い間ではなかった。

「お祖母さまが倒れて、とてもぐあいが悪くなって……」

偲からの知らせに、玲子は二人となった幼い子らを連れて武蔵野の家へかけつけた。荻窪の間借り暮らしから、ささやかな一軒家に移り住んでいた彼女は、その海辺の街からの三時間の道中、くり返しサヤのうえに思いを馳せていた。記憶にある最も古いものでも、すでに祖母は若くはなかった。じっさいには、その時まだ六十歳にも満たなかったはずだが、自分が孫であるというそのことが、そう思わせてしまったのかもしれない。

その証拠には、いま思い返すと、一緒に入った浴室での彼女の肌は艶々しかったし、毎朝、新聞紙をひろげて黄楊《つげ》の櫛《くし》で梳いていた髪も黒々としていたし、また、居住まいもきちんとしていた。と言ってもそれはきりりとしすぎず、柔らかみのあるものだったのだが。留守を守るサヤとの接触が、一人きりの女孫として兄や弟よりも多かった玲子は、その時々の彼女のさまざまな所作がほうふつとしてくる。と同時に、いまさらのように〈お祖母さまも女だったのだ〉という思いを抱かされるのだった。

サヤは、移されていた部屋ではなく、広間に寝かされていた。この部屋は玲子が結核で倒れた時も、いや、ずっと昔、子供の啓一郎が熱を出す度に往診の医者を頼んだ時も、みんなここだった。他に部屋はあるにもかかわらず病室に早変わりする。家の中心に位置し、曲がり廊下に囲まれていて、家族の眼が届きやすいからだろうか。

「お祖母さま！」

玲子は呼びかけたが、すでにサヤは誰と判別できない状態に陥っていた。そのうえ、静かに横たわっていず、頻繁に躰を動かし、布団から斜めにはみだしてしまうのだ。

「ずっと、こんなふうなの」

偲は、たかぶる気持ちを抑えて、遠方からやってきた玲子たちをねぎらおうと気をつかい、少しも訴えるような態度はとらなかった。彼女は寝ずの看病で参っていたが、実母を自ら看ることができる幸のほうが、その疲れを上回っていたのである。

「お母さん、わたしが替わるわ」

玲子がそう言っても、

「いいのよ、あなたはゆっくりなさい。きょう、明日どうということではないと思ったけれど、玲子ちゃんは、お祖母さまへの気持ちが特別と思って」

「ありがとう」

玲子は、長年勤めていた母の心の裡を思いやることを忘れていなかった。そして、サヤの表情から何かをよみ取ろうと、その顔を見つめた。

〈ああ、この人にはずいぶん躾《しつ》けられたもの。時には、反発して聴く耳持たぬといった態度をとったこともあったけれど、でも、憎めなかった。なぜだろう、小粒だが澄んだ瞳と、小柄ながらもしゃんとした姿勢で、まっすぐわたしを見ていた。何事に対しても馬鹿正直なくらい濁りを持たない人だったからだろうか〉

「お祖母さま！」

玲子は再び呼びかけたが、反応はなかった。いや、ほんの少し口元が動いたようだ。彼女は耳を近づけてみたが、やはり何も聞きとれなかった。

〈玲子ちゃん、よく来てくれましたね。私は間もなく、あなたのお祖父さまのもとへ行くわ。ああ、それより、稔ちゃんのところへ。きっと赤ん坊のままのあの子を、この腕に抱っこできるのだわ〉

サヤがそう言っているように玲子には感じられた。もし祖母に、わずかでも意識が残されているとしたら、そのことだけを思っているにちがいないと。

それから一週間。サヤはとうとう逝ってしまった。八十九年の生涯のうち、六十年間に及ぶ歳月を、寡婦として過ごした一生だった。

折木は出張中で、サヤを見舞うことが叶わないままに了った。彼は結婚前、武蔵野の瀬戸口家を訪ねた折々の彼女との会話に、そのつど救われる思いを抱いたものだった。招かれたあの茶会の際の雰囲気からして、自分が、この一族の一員に加えられることは、不可能なのではないかという気がしていた。それが、いま、こうしてあるのには、彼女の存在もまったく無関係とは思えなかった。

彼は、異国の地でサヤの訃報を受け、遥かな日本に向けて合掌した。

プノンペン駐在を了え帰国後、前の会社を辞め、半年間、折木透は妻子ともども失業保険で暮らした。そしてその後、彼はベトナム戦争にかかわりがないということで、現在の小さな貿易会社に再就職したのだった。

そこは、すでに日本では、斜陽産業と化している絹《シルク》関連の会社で、織物や蚕の輸入、蚕種や機械の輸出、各国へ養蚕の技術者を送りこんだり、その逆に、日本にやってくる実習生を各地へ連れていったりと、仕事は種々だった。

いずれにしても、絹が中心であることは透に向いていたようである。かつての栄華をよそに、明らかに頽《すた》れつつあるシルク。そこには古い歴史とロマンがある。彼の心はようやく落ち着いていった。

中国やインド、タイ、ギリシャ……といった関係国へ、何回となく出張している透は、「大変だ」と言いながらも、一週間、二週間、時には一か月、二か月と出かけていった。

「まあ、出稼ぎのようなもんだよ」

小会社ゆえに出張《ば》っていかなければならないんだ、という意味合いで彼は言っていたのだが、その口調は別に自嘲気味ではなく、むしろ、あっさりとしていた。狭い日本で、暑苦しい地下鉄に押しこまれ、毎日会社と家を往復していることを思えば、海外へ出ることは、どんなに仕事が大変でも、自由な空気を喫えるだけましだった。

「こんどはブルガリアへ行くよ」

透が告げても、玲子は寂しいとは感じなかった。まるで母子家庭のような状況だったが、その子どもたちがいたからだろうか。ほとんど来訪者もなく、子どもたちと過ごす日々に、彼女は閉塞感をそれほど覚えなかったのである。

子どもたち兄妹は仲がよく、玲子が相手にならなくても、さまざまな独創的な遊びを編みだしては、よく遊んでいた。彼女は、彼らの傍らで気を配り、自分のしようと思うことをし、また、独りでいる時のように考えることもできた。結婚し、母親になったからといって、以前の自分と大して変わらないままにあるような気がしていた。

――みんな元気にしていますか。いま、こちらでは……といった絵葉書きが、出張先のそこここからくる度に、玲子は、透という人を再確認させられた。離れて見えてくるものがあった。洒落っ気やこれっぽっちの気取りもなく、日常生活において、呆れるほど風変わりな面も多々あり、箸さえしっかりと使えないようなところも見受けられ、

「まるで萩原朔太郎さんね」

と、この著名な詩人が、食事時はよだれかけをかけられ、周囲には新聞紙が敷かれていた、と何かで読んだのを思いだし、玲子は茶化したりしていたのだから。

彼女は、彼からの便りを手に、彼が傍らにいる時よりも素直な気持ちになる。そして、子どもたちの、幼いながらに理不尽なことを決して言わない、大人しく、しかも明朗闊達な有《あ》り様《よう》に、瀬戸口家の血には見出しにくい（ただ一人母の偲を除いて）ものを感じるのだった。

# 七

次郎が帯広から上京した。玲子の子が生まれた時に駆けつけたような一時的なものではなく、仕事を辞めて引き揚げてきたのである。しかも、職場の先輩とその妻と共に。

「辞めてしまっていいいんですか？」

次郎の上司は、彼の親元に注言してきた。

偲は息子のすることに、あれこれ口出しをしたことがなかったし、厳格な剛にしても、ここぞという時に、キッパリとした態度をとらない場合が多かった。

次郎にどういう考えがあったのか。「東京に出ましょうよ」と盛んに発破をかける先輩の妻龍子に、彼女の夫が引きずられ、若い次郎までがその気になってしまったといったところだったろうか。

龍子には明晰というのではないが、ズバリとやってのける大胆さがあった。また、頭がよいと次郎は思った。それは切れがよく、計算に強いことなどを指していたようだが、瀬戸口家の女たちはその反対で、いずれも、どこかしら遠慮っぽく、控えめで、言いかえれば、沈んだものを身にまとっているようで、それゆえのある種の暗うつさ、硬さを免れなかった。そのうえ、世間的なことに疎い面が、龍子と較べると浮き彫りになって見えてきたのである。

この人の妻である女性に、次郎の心が急速に傾いていったことは、学生の頃、周囲を諌《いさ》めるような、大人っぽく強いことを言っていた理性の勝った彼とは、どこかつながらないものがあった。

「ねえ、東京へ出ましょうよ。わたしが服を作る。あなたたちはそれを売ればいいのよ」

洋裁をやっていて、いい線をいっていた龍子は言った。

「会社が軌道に乗るまでは、別の商売をすればいいのよ」

「別の商売？」

「そう、たとえば北海道の物産を扱ったり……」

「先輩はどうなんですか？」

思いあまった次郎は訊いた。

「うーん」

彼は北海道、いや樺太の生まれで、寒さの厳しい風土には馴染んでいる。いまさら動きたくないと思っていた。

「慎ちゃんは、商売をやりながら絵描きを目指せばいいのよ」

確かに龍子の夫の描く絵は素人の域を脱していて、このまま北国に埋もれさせてしまうのは惜しいものだった。

そして次郎はどうなのか。〈せっかく希望した土地へやっときたというのに、また、あの東京へ舞い戻るのか〉と迷わないではなかった。いまの仕事の面白さを解ってくるには、もっと多くの時が要る。しかし、彼は待たなかった。〈こんなものかな〉と、冷静なはずの彼も、若さにまかせてそう結論づけてしまった。何より龍子の牽引力に手もなく引っぱられてしまった。彼女の夫同様、抗えなかったのである。

会社にいる時以外は、三人で過ごすことが多く、自ずと行動・行為は一緒くたになっていた。次郎は一人外れることはできなかった。ふだんから、ものごとをよく考え、批判精神も旺盛な彼が、この時は自分の考えが明確さを欠き、それどころか、うわずった心情に陥っていたようでもあった。

東京で商売をしたいという夢は、龍子にとって急に思いついたものか、それとも以前から考えていたものなのだろうか。いずれにせよ、資金の要ることである。彼ら夫婦にそんなものはなかった。そういう時に、次郎という思いがけない若者がとびこんできた。もちろん彼に財産などない。ただ、彼は両親のことやら、自身の置かれている状況やらを日頃から話してはいた。武蔵野の大欅のある広い庭に囲まれた、古い家での暮らしぶりなど、どうという思いもなく、ありのままに素直に語っていただけである。

龍子の夢は、急速に現実味を帯びていった。その時点では、次郎に何らかを当てにしたわけではなかった。ただ、一歩を踏みだす契機になったことは否めなかった。

三人は上京した。

「あなたのお部屋はそのままになっているわ」

偲は、息子が当然自分たちのもとへ戻ってくるものと思いこんでいた。

「いや、家には帰らないよ」

次郎はあっさり言い放ち、三人は都心に一軒家を借りて、共同生活を始めてしまった。

偲の落胆は大きかった。せっかく入った会社を辞めてしまっただけでも、親として胸のおさまらない思いをしているのに、そのうえ、いくら先輩だったとはいえ、その夫婦との変則的な共同生活をするとは……。しかし、彼女は憤った表情もしなければ、一言の愚痴も口にしなかった。子どもたちのしたいようにさせるという、いつもながらの優しさのうちには、こちらの考えを押しつけることを罪とする思いすら含まれているきらいがあった。

会社や社会的立場に重きを置いている剛にしても、「次郎はだいじょうぶなのか」と妻を責めこそすれ、直接には息子を問いつめはしなかったのである。


ある日、玲子は赤ん坊の豊を連れて、次郎たちの家を訪問した。招かれたのである。その借家は小ぢんまりとしていたが、次郎の部屋がどこに確保されているのか不明だった。

〝ユタちゃん、おめでとう〟とチョコレートムースで書かれた手作りケーキとともに、「ユタちゃん」「ユタちゃん」とみなで可愛がってくれた。

やがて豊は眠くなり、隣室のベッドに寝かされた。

「さて、やるか」。麻雀である。

玲子はやり方がうろ覚えだった。かつて、兄と弟、そして事もあろうに母も加えた四人で、剛の眼を盗んで家庭麻雀をしたほんの一時期があったのだ。啓一郎の無聊《ぶりょう》を慰めるためでもあったが、あのおしとやかな母でさえが楽しんでいたのである。

「何かおやつを用意して」

きまじめな次郎までがそんなことを言った。

大して口に入れるわけでもないのに、菓子鉢や煙草道具などを周りに置くだけで、なにやら場が盛りあがるような、また、安堵感を抱けるような気がしていたのである。

「おっと。それはいただき！」

「いやいや、そうは問屋が卸さないよ」

などと軽口をたたきながら、それぞれが鬱屈するものを吐きだそうとし、あるいは、いっとき忘れようとしていたのだった。


「やり方、覚えているかしら」

玲子には、あまりに遠い世界となっていた。

「だいじょうぶ。お姉ちゃんは点数を数えなくていいから」

次郎の声は弾んでいた。

〈あの次郎ちゃんが……〉玲子は思わず弟の表情に視線を奔らせていた。白のＹシャツに黒ズボン、鞄を提げてかつかつと歩いていた姿。他を寄せつけない、あのガードの硬い雰囲気はどこへいってしまったのか。こんなにも早く豹変できるものなのか。いや、いまはどこかに影を密めているだけなのかもしれない。彼女は、かつての取りつく島のないような彼を良しとするのか、いまの捌《さば》けた彼のほうがいいのか、判然としなかった。

「ほら、ぼんやりしてないで。お姉ちゃんの番だよ」

耳元で次郎の声がした。玲子が慌てて手にしたパイに眼を向けたその時、ベッドの赤ん坊が目を覚ましたのだろう、ぐずり始めた。すぐさま立っていこうとした彼女に、

「放っておけばいいのよ」

龍子の声がピシャリと制した。

「でも……」

玲子は、麻雀はほんの手遊《すさ》び、泣いている赤ん坊を第一と考えるのは当然と思った。しかし、眼の前の龍子は面も上げず、牌を進めていた。それを押して赤ん坊のところへ、という意志が玲子に曖昧になる。躾を知らない甘い親と指摘されたような気がしたのかもしれない。

「だいじょうぶだよ」

次郎の底意のない一言で、その場は収められはしたのだったが。

龍子とその夫と次郎、この三人は徐々に仕事を進めていっているようだった。しかし、具体的には、親の剛や偲でさえがよく分からなかったのだから、まして玲子の知るところではなく、と言って、彼

女のほうから訊こうとはしなかった。なにかしら触れるのを憚るところがあったのだ。

次郎が、上司夫婦を武蔵野の家に同道し、両親に合わせたのは、同居人なのだから当然のことではあった。しかし、まずはそうしたまでで、以来、応接間には、北海道の熊の彫りものやらが置かれ始めた。手始めに親に買ってもらったわけである。そんなことで暮らしの成り立つはずもないことを、疑うことを知らない偲はとにかく、手強い剛すらが危ぶまなかったのだ。

次郎は親から資金を借りだしていた。あの堅物な彼が、商売など最も向きそうにない彼がである。剛は、退職金以外に多少の金銭を持ってはいたが、それとて、じょうぶでない躰で勤めを続けた偲のおかげもあり、彼自身、贅沢を悪とするような道徳的、また、律気なところがあったゆえでもあろう。

〈長い間、でたらめなことばかりやってきた啓一郎を思えば、次郎は、学業においても、就職においても、心配をかけることがなかったのだから〉

と剛は、常日頃の猜疑心の強さをどこに置き忘れてしまったのか、息子を問題のない子として頭から信用してしまっていた。

# 八

「次郎ちゃんが結婚することになったの」

偲のことばは何げないようでいて、そこにはやはり、母親の言いしれない感情を、玲子は汲みとらざるを得なかった。相手は龍子だったのだから。青天の霹靂《へきれき》だったろうか。いや、みな、うすうす感じてはいたのだ。

それにしても、両親がよく頷いたものと玲子は思うばかりだったが、偲としては、龍子の先夫の井口さんがどんな心持ちでいるかを強く気にかけていた。職場を投げ捨てて上京したはいいが、絵はそうそう売れるものではなく、それは予期していたこととしても、妻を盗られ、放りだされることになってしまうとは、考えもしなかったにちがいないと。

「龍子さんのお母さんに会った時、そのことを言うと、ええ、向こうはちゃんと諒解していることですから、心配は要りませんて、きっぱりおっしゃったのよ」

と偲は告げた。猫可愛がりはしないが、深い愛情を注いできた末っ子次郎の結婚が、このような形でいいのかどうか。彼女は娘にさえ、その苦々しい気持ちを吐露せず、

「いくら納得ずくとは言え、井口さんが気の毒で……」

とそればかりを口にした。しかし、「この結婚は認めません」といった強い態度はいっさい示さなかった。

次郎と龍子は、新宿のマンションに移り住み、井口氏も、北海道の古巣へではなく、同じ東京のどこかへ引っ越した。

「先輩とは、いまも交際《つきあ》っているよ。絵のほうも、ある画廊が認めて扱ってくれるらしいし」
次郎は、姉弟ゆえの親しさからか、玲子にそんなことを口外したりもしたが、姉の心情を柔らげようとしてのことでもなく、ありのままを言ったまでといった自然さだった。

内々の結婚披露パーティーをホテルの一室で催すので、という招待状が発せられた。両親はもちろん、玲子夫婦、啓一郎ではなく別居中の妻子も華を添えた。龍子の母や彼女の弟一家や叔母なども出席した。玲子の子どもたちも、いつもと異なる雰囲気に、キャッキャッとはしゃいでいたし、席に着いている者のなかに、不機嫌な表情をしている者はいなかった。
次郎は、あらたまったなかにも洒落気のある服、龍子は裾の長いウエディングドレスとまではいかないが、可愛さを強調した白い服である。男は初婚ゆえに、こういう晴れやかな舞台の主人公になりたかったのかどうか。そして女のほうは再婚にもかかわらず、やはり華やかな祝祭をあげたかったのかどうか――。正装した両人は、一同のそれぞれの思惑をよそに嬉しさを隠そうとはしなかった。

次郎と龍子は、渋谷の繁華街から少し外れてはいるが、表通りに事務所と工房とショールームを兼ねた場所を借りた。二人は自社の商標を作り、服の生地選びから始めた。デザイン、縫製はもちろん龍子の担当で、営業は次郎。しかし、そうきっちり分けられるものではなく、次郎は縫製こそしないが、あの勉学に勤しむ一方だった人間が、服飾界に首を突っこむことになったのである。また、龍子の剛胆さは、営業と無縁であるはずもなかった。数人の社員も雇い入れて、会社はすでに動き始めていた。

「お姉ちゃんにちょうど合うパンタロンスーツがあるから、一度見にきたら」

次郎はそんなふうに時々言ってきた。

玲子は出かけていき、一点、二点買い求めた。多くは落ち着いた上品なもので、若い人向けのものは少なかった。着心地がよく、上質の生地を使っているのが歴然としていた。

「お得意さんができたんだよ、とても気に入ってくれて」

次郎はそう言って、著名な映画俳優の夫人などの名をあげたりした。

順調にいっているんだなと、服飾の世界にまったく無知な玲子は、弟夫婦のことばどおりに受け止めていた。

どのくらい時が経っただろうか。次郎にとって思ってもみない世界だったが、彼はよく働き、時を惜しんで動き廻っていた。勤め人の家の子として生まれ、商売のしの字も知らないことが、かえって面白味を感じさせることになったのかもしれない。

「京都へ行ってきたよ」「――へ行ったよ」と、自社製品を置いてもらうための地方の店々への訪問・営業である。

そして、「ずいぶん洒落たのを着てるわね」と玲子をして言わせるような、サラリーマンとはかけ離れたリラックスした服を身につけてもいた。そんな次郎を、周囲の者たちは、いいとも、その反対とも口にしなかったが、その生き生きとした様子を眼前にしては、現在の彼をそのまま受け入れるより他になかった。誰もが、どこか引っかかるものを感じながらも、それ以上深く考えることをしなかったのである。

ある日、露地に面した家の前で大型のオートバイが停まった。玲子がカーテンの端から覗いてみると、勇ましい出立ちの次郎が立っていた。ある会への参加を求めて、彼は東京から、この海辺の家までとばしてきたのである。

「お姉ちゃん、すべてがよくなるんだよ。たった五日間、出席して講話や講習を受けるだけなんだ。ぼくたち夫婦ももちろん参加するよ」

彼の仕事とは係わりないことと分かっていた玲子は、「宗教的なもの?」と訊いた。

「ちがう、ちがう。もっと自分を知り、人との関係を見直して、自己啓発をするのさ」

次郎のあまりの熱心さに、玲子は、夫の透まで巻きこんで参加せざるを得なくなった。五日間、同じ場所へ通い、講師の話を聴き、車座に坐って種々の動作やゲームをし、また、隣の者同士で話し合い、自分の体験を語ったりした。大勢の参加者のうち、玲子は、一度だけ次郎と一対一で向き合う機会があった。その時、照明が落とされ、静かな音楽が流れるなかで、彼は彼女を抱きしめ、

「お父さんは悪い人じゃないんだよ。寂しいだけなんだ。ね、お姉ちゃんもそう思うだろ」

と呟きつつ泣きだした。

啓一郎や玲子とちがって、次郎の剛への反発心は、それほどでもないと思っていた玲子は、弟の心の裡をかいまみた気がした。しかし、この会に参加して、彼女自身は心にかかるさまざまなことを、どう解決し得たのかは雲を掴むようなものだった。

「何か変わったこと、あった？」

玲子は透に問うた。

「そうだな。元来が、こんなことで人の心は変えられるものじゃないのさ。たった一つ、表通りの魚屋のおっちゃんと、なにげなく挨拶できるようになったかな」

「あら、そんなこと……」

そう応えた玲子も、日頃、店々の人を避けて裏通りを選ることが多かったのではあったが。


次郎は、会社の仕事の他に、あるいは、それと多少は関連して、また、人とのつながりから、次々と種々なことに手を出していた。いずれもお金になることではなかった。しかし、彼自身は、人びととの輪を広げていくことで、金銭も自ずとついてくるだろうことを疑わなかったようである。

商売に素人すぎたこうしたやり方に、後々、大きな付けが廻ってきて、次郎を深い陥し穴に引きずりこんでしまうことになると、一体誰が予想しえただろう。

「次郎は凄いね。俺なんか駄目なもんだよ。どうしようもないさ」

いつからか、独り住まいを切りあげて、最も嫌っている親元で、ひっそりと息をつめて日々を送るようになっていた啓一郎は、たまに玲子と顔を合わせると、自嘲気味に言った。

〈いまさら、そんなことを言うなんて、お兄ちゃんらしくない。だって、そのように生きてこなかったんですもの〉

と玲子は、少し歳を重ねて、勢いの失せた寂しげな啓一郎の様子に、躰の中が空洞になっていくような感覚を覚え、話を替えようとした。

「お兄ちゃん、散歩する?」

「いや、以前は玲子とよくあちこちしたっけな。この辺りもずいぶん変わったよ」

「そうね。いつのまにか、あのキラキラとした流れの小川も暗渠《きょ》になってしまったし、畑地には新しい家がたくさん……」

「変わらないのは俺ばっかりかな。この武蔵野から離れ住んだことがないんだからな」

啓一郎の横顔は寂しげだった。そういえば、全体に少し痩せたようでもあった。

「ね、散歩する気にならないのなら、お庭のほうへ出てみましょうよ」

玲子の誘いに、啓一郎は妹の心づかいを感じたのか、頷き、二人は縁側から庭へ降り立った。

昔ながらの古色蒼然とした佇まいである。花壇はなく、花と言えば、椿や山茶花《さざんか》、山吹き、三つ又、金木犀、源平卯木《うつ》、沙羅《しゃら》、深山鶯神楽《みやまうぐいすかぐら》、などの木の花や、柿、枇杷《びわ》、無花果《いちじく》など実をつける樹木ばかりだ。それでも、どこか変わって見えるのは、筑山や小さな池がなくなって平らになったことと、俳句を創るようになった偲が育てている都忘れ、一人静か、鷺草などの楚々とした小花が、そっと息づいているせいかもしれなかった。

「この欅は相変わらずね。どんどん伸びてるみたい」

そう嘆じつつ見上げている玲子の脳裡には、少女の頃、そのがっしりとした根元に、卵の殻をピシャピシャと投げつけていた偲の姿が浮かんでいた。夜だったので、母の表情はうかがえなかったが、見てはいけないものを見てしまったような、切ない気持ちに衝きあげられたのを覚えている。

「俺には、伸びてる感じがなくて、前っから、こんなふうに突っ立ってた気がするよ」

啓一郎は、その太い幹に掌を当て、暫くじっとしていた。まるで大欅の発する精気を、衰えたその肉体に注ぎこむかのように。

その衰えは、年齢や置かれている環境からくるものばかりでなく、真に根深い病が巣喰いつつあることに、当人をはじめとして、周囲の者も誰一人気づかなかったのである。

# 第四章　欅の喪失

## 一

正月の武蔵野の空はどんよりと曇って、底冷えのする寒さに拍車をかけていた。しかし、その厚ぼったい雲を突き抜けるようにして聳えたつ欅の、微細に枝分かれした梢を見上げていると、玲子は、なぜか子どもの頃のままの、あの澄みきった深い碧空がひろがっているような錯覚に捉えられるのだった。

「兄さん、痩せたわね」

茶の間の掘り炬燵《こたつ》には入らず、丸椅子を持ちだして腰かけ、膝に手をおいた啓一郎の姿に、玲子は胸を衝かれるものを覚えたが、なにげないふうに言った。

「歯が悪くって、お医者に通っているのよ」

台所から、偲がかばうように言いつつ大皿を手に顔を覗かせた。

「うん、首のほうも一緒に診てもらってるんだ」

「そう、兄さん、首を変に傾《かし》げるくせがあったわよね」

神経質さがさせるのか、鼻から首にかけて彼が常時気にしている様子を、玲子は以前から見かけていた。しかし、痩せたのは歯のせいで、よく食べられないからと偲は言いたかったようだ。

「そうなの」と応じながらも、玲子はなにやらはっきりしないが、母親のことばの中に、鵜呑《うの》みにはできないものを感じていた。啓一郎の顔の皮膚の張りのなさはもちろんだが、ズボンを通した腿の辺りの力ない細さが気になった。

しかし、皆が揃った正月である。年に一度の和気藹《あい》々の雰囲気をかもす、いや、かもさねばならない時をぶち壊してはならなかった。啓一郎のことはそれきりに、話はそれとなく別のほうへ移されていったのだった。


それから半年後の夏、啓一郎はよりいっそう痩せ細っていた。正月以後この時までに、何度か玲子は一人でも実家を訪ねていたが、啓一郎は病院へ行っていたか、あるいは、その辺へ出かけていたかして会えずじまいだったのである。

この日、皆で陽光のきらめく縁側に寄り合い、写真を撮ろうということになった。

「俺はいいよ」

啓一郎は拒むというより、遠慮がちに言った。

「どうして？　なかなか揃わないんですもの。ここ、明るくっていいわ」

と言いつつ、玲子に思いは巡っていた。

この幅広の縁側は、幼い頃お人形さんごっこをしたところ。啓一郎が薬を注ったために質種を抱えて、沓《くつ》脱石からサンダルをひっかけて逃げだしていったところ。いまは亡き祖母が、片隅に置かれていたオルガンを、そこを通る度に、引きこまれるようにして弾いていたところ……と。

できあがった一同が並んだ写真。と言っても、両親と透・玲子夫婦とその二人の子ら、それに啓一郎だけである。祖母は当然のこと、次郎夫婦もいず、そして啓一郎の背後には、長い間別居し続けている妻と娘の幻の姿があるだけだった。

皆、微笑んでいるようでもあり、眩しさのせいか泣きべそをかいているようにも見える。


「啓ちゃんが肺癌に。それと脳腫瘍にも……」

秋口、玲子は偲からの知らせを受けた。

〈バカ！　バカバカバカ〉

彼女は誰に向けてということもなく裡で叫んだ。が玲子にとって思ってもみないことだったろうか。

いや、その危惧を、ほんのわずかにもせよ抱いていたのではなかったか。しかし、やはり、まさかという思いが強いのは、あの細心の注意を配る、思いやり深い偲がついていて、そんなことがあるはずがないと決めていたからだろう。

啓一郎が入院した病院は、親もとからは小一時間、玲子の家からは、どんなに急いでも三時間余はかかった。

彼女はすっとんでいった。

啓一郎は、パジャマに身を包んでこそいるが、入院したばかりで、家にいる時と変わらない素振りだった。

「元気そうじゃないの」

「まあな。しかし、まさか玲子と同じ病気になるとは思わなかったよ」

啓一郎はあっさり言ってのけた。

「え？」

玲子は、ちらと彼の横顔を窺《うかが》った。まったく肺結核と信じて疑わない様子だ。

「長くかかるんだろ、この病気は」

「そうね。栄養をとって、よく休養して……」

「一種の贅沢《ぜいたく》病だな。いい身分じゃないか」

啓一郎からは憂うつな表情は見受けられず、むしろ、威圧的な父親と同じ屋根の下に、肩身を狭くして暮らしているくらいなら、こうして確とした理由のもとに過ごせるほうが、よほど楽だとでもいうふうだった。しかも、罹《かか》った病は、目下のところ痛くも痒くもないのである。

「兄さん、お花」

「ありがとさん。でも、食べるもののほうがいいな」

「あら、何が食べられるか分からなかったんですもの。とりあえずね」

「何でも、菓子だって何だって」

「この次には……」

癌という病に罹っても食欲があるものなのかしら。ことによると兄さんは癌などではなく、ことばどおり肺結核なのかもしれないと、玲子はともすると希望的観測に傾きがちだった。肺のほうはとにかく、脳腫瘍に関しては、ひどい頭痛を伴うものと耳にしていたので、その気《け》がなさそうな様子が解せなかったこともある。

「またくるわ。食べるものを持って」

癌であることに変わりはないであろうに、玲子は何かしら安堵して帰途についた。

数日後、玲子が見舞うと、啓一郎は、三人ずつ二列に並んだ六人部屋の、片側の中のベッドに移されていた。

「どう？　加減は」

「まあまあだよ」

「落ち着いたようね」

「うん。母さんはきょうはこないよ」

玲子にそれは分かっていた。彼女は自分が見舞うときは偲に休養してもらおうと、前もって連絡しておいたのだ。

「ビスケットや菓子パン、持ってきたわ」

「どれどれ」

啓一郎は袋を破いて、すぐ食べ始めた。

玲子はすでに偲からきいていた、彼が食欲増進剤を飲まされていることを。そして、それも、いつまで効果が続くものなのかと不安が過る。

肺の二か所に癌が巣喰い、一つは奥のほうなので手術はできず、脳腫瘍のほうも同じく手術は不可能という。つまり、不治に近いということである。

「瀬戸口さん」

マイクで呼び出しがあった。

啓一郎はすぐに起きだし、「髪の毛をちゃんとするんだよ」と言って、さっとベッドから降り、スリッパをもどかしげにはいた。

「髪を切るの？　そんなに伸びてないのに」

「うん、きれいにしてもらわないと」

脳腫瘍の診察の必要からではなく、単なる髪の手入れを啓一郎は申しこんでいたのだ。潔癖症の彼は、この期《ご》に及んでも、その性《さが》を発揮していた。

〈お兄ちゃん、それどころではないのよ〉

玲子はそう言いたくなるのを抑えた。

この期に及んでいるからこそ、病院側も、したいようにさせておくということなのだろうか。

啓一郎は、病院へやってきたばかりの妹を置いて、病室を出ていってしまった。


海辺の街で、玲子は日々落ち着かずに過ごしていた。啓一郎のところへ行かなければと、常に気持ちがそちらへ向いている。一つには、常時付き添っている偲の疲労を思うからなのだろう。そして、出かけていく。

「お兄ちゃん」

「や、玲子、遠いのに……」

「どう、調子は」

「あんまり変わりないよ。この病気はそうそうよくなるもんじゃないってこと、知ってるだろ」

啓一郎はすまして言っている。まだ結核と思いこんでいるようだ。

わずかにことばを交わした後、「玲子、出よう」と、彼はそわそわした素振りを隠さなかった。

「どこへ？」

「うん、ちょっと」

言いつつ、すでにガウンを引っかけ、啓一郎は部屋の出入り口へ向かっていた。

「どこへ行くの？」

「いいから、いいから」

彼はずんずん脚を速めている。

やがてエレベーターで地下へ降りた。そこには、ぼうっと蛍光灯に照らしだされた売店が、まるで置き忘れられた玩具の店のようにひっそりと在った。

「煙草を」

「お兄ちゃん、だめよ、煙草は」

「いいんだよ」

啓一郎は強引だ。

片隅の休憩場所で、彼は煙草を深く喫い、ゆっくりと紫煙を吐いた。

「ほんとうの一服よ。もう、いいでしょ」

「うるさいな、玲子は」

「でも、よくないんですもの」

立ちあがった啓一郎は、薄暗い廊下をずんずん進んでいった。そして、途中、左に折れる通路の、その奥のほうへ視線を向け、

「どうせ、あそこへ入るんだから」

とポツリと呟いた。

あそことは、霊安室とすぐには気づかなかった玲子は、一拍遅れて心臓をつかまれた。

〈やはり、お兄ちゃんは自分のほんとうの病名を知っているのかもしれない〉

彼女は何とも返答ができなかった。


「やだな、病室へ帰るの」

啓一郎はポソリと言って、さっさと一階の出入り口から病棟の外へ出てしまった。

「スリッパで……」

玲子はそれ以上口にしなかった。

兄妹は間近のベンチに並んで腰を下ろした。

「もう、こんなに暗くなって」

「早いな」

啓一郎の呟きは、日の暮れることがか、日の経つのがか不明だった。

「あら、星が出てるわ」

「星かあ。空なんてずいぶん見てないな」

「子どもの頃は、天の川が、こう、幅広く夜空を横切っていたわよね」

「そうだな、見えるのが当たり前だったんだ」

「ほんと。でも、ほら、あの星、とってもキラキラしてるわ」

「ああ、あれは俺の星かな」

〈お兄ちゃんは、何を考えているのかしら〉

玲子は啓一郎の横顔をちらと見やった。そこには若き頃の端整さはなく、浮腫《むく》んだ、色艶の悪い病者の顔相が、うち消しようもなくあるばかりだった。

「お兄ちゃん、風邪を引くといけないわ。さ、中へ入りましょう」

玲子は宥《なだ》めるように言って、啓一郎を漸く病室へ連れ戻した。


次のとき。星を見上げた日から、いくらも経っていない日、玲子は、ひとめ眼にした啓一郎に、一瞬息をのんだ。髪を刈られ、坊主頭になったそこには、マジックペンで赤い線が頭囲をぐるりと巡らされ、頭頂部にも同じ赤印が施されていたのである。

彼女は気を落ち着かせ、それでも、「まあ、どうしたの」という意思表示をしていた。驚かないでいては、脳腫瘍のことを前から承知していたのかと、啓一郎が不審感を抱くだろうと推測してのことだ。

しかし、このように歴然と印されていては、もう隠しようもなく、頭部に異状があるのだと彼が察してしまうのは当然のことだった。それにもかかわらず、

「ヤブ医者めらが！　俺を実験台にしやがって」

そう悪態をついている啓一郎は、自身が脳腫瘍に罹っているとはまったく疑っていない様子である。

実験台、そう、まさに何らかの実験と思いこんでいるらしく、あの敏感な彼にして、てんから疑問を抱かずにいる、そのことこそが、すでにこの病の症状を呈しているのかもしれなかった。

それから間もなく、啓一郎の病状は急激に悪化していった。食欲を失い、ベッドから離れられなくなるどころか、起き上がる気力も失せ、見るからに苦しげである。

「お兄ちゃん！」

と呼びつつ玲子は、啓一郎の頬を指でそっと撫で続けた。そうすることよりほかに、彼女は為す術《すべ》を知らなかった。

色白の人が、いまはその白さも、いや蒼白ささえなく、薄黒いというのか、肌らしい肌色は失われ、それは病む人特有の皮膚であった。

「こんなふうにしてくれるのは、玲子だけだよ」

啓一郎は呟いた。もちろん、母親を除いては、ということではあったが。

「——さんたちはこないの？」

訊きにくいことだったが、玲子は、長い間別居している啓一郎の妻子のことを、つと口にしていた。

「きたよ」

「そう、麻由ちゃんも？」

「うん」

「いい娘さんになったでしょう」

「うん。二度きてくれた。二度目は一人で。いろんなこと、教えてくれた」

「よかったわね」

啓一郎は深く頷いた。

小学校の時に別れて以来、会っていない啓一郎の娘の麻由は美しく、賢く成長していた。しかし、父親に恨みをまったく抱いていないとは言えない。その気持ちを抑えて見舞ってくれたのは、父親が死病であることを、無類に優しかった思い出深い祖母の偲から、聞かされたからだろう。

玲子は、啓一郎の頬を撫でながら、〈まだ癌と気づいていないのだろうか〉と、そのことが頻《しき》りに思われた。しかし、すでに彼は癌を疑う境地にはいない気もしていた。たとえそうと知っても、衝撃を受けるには時がうつろい過ぎていたのではないか、と。そして、苦痛はあるにきまっている、現に気分がひどく悪そうだが、それでも、堪えがたい苦痛に苛まれているふうには見えなかった。

ただ、病室のこの暑苦しい空気はよくない。もっと清浄な空気を喫えば、気分はちがうはずと、彼女は、かつての自らの経験を甦らせていた。木造の結核病棟に囚われの身になっていたあの頃、いかに寒い日でも、窓をほんの少しだけ開け放っていた。身をきるような冷気を部屋に入れることで、肺臓の中も澄みわたっていく気がしたものだったのだ。

帰りがけ、玲子は看護婦に室温のことを訴えた。

「階が上のほうなので、どうしてもそうなってしまうんですよ。それに、暖かいほうがいいっていう患者もいるし……」

という返答は、啓一郎のために、何の足しにもならないものだった。

玲子は、彼のところへもう一度引き返そうとしたが、すでに就寝時刻でもあり、誰に、何に対するという明確な対象の見出せない憤りを抱えて、仕方なく病院前から発車する最終バスに乗りこんだ。

そして私鉄の小駅へ。そこから三十分余りでターミナル駅である。そこで再び別の私鉄の最終電車に乗り換え、海辺の街までの一時間余車中の人となり、漸く自宅のある駅で乗りものから解放された。家は駅から比較的近い。雨戸を閉ざした近隣の家々の間をぬう小径を歩きながら、玲子に啓一郎の頬の感触が蘇ってくる。彼女は夜空を見上げた。星が瞬いている。

〈お兄ちゃん！〉

強まる動悸を抑え、彼女は立ち止まり、兄なる星に見入った。

## 二

「啓ちゃん、家に帰ることになったの」

啓一郎の入院後三か月近く経ったある日、偲が告げた。

玲子はとっさに、兄が治ったのだと錯覚した。

「退院して、次に入院する時は、それが最後の時ですよ」

偲は、そう医師から宣告されたという。

家族から病人が出ると、いつも使われてきた広間に寝かされた啓一郎は、それほど弱っているふうには見えなかった。しかし、急速に衰えていきつつあったのだ。好きな食べものを枕元に置いても、いっさい手をつけなくなってしまった。

寝ずに看病する偲の扶けにと、玲子は泊りこみもした。啓一郎に用を足させるのが一大事だった。自力では立てなくなっているにもかかわらず、彼は、長廊下の突き当たりにあるご不浄へ行こうともがいた。とうてい無理なので、部屋の隅に簡易トイレを据えた。そこへ、偲と玲子は、瘦せ衰えたとはいえ大男の彼を、両側から抱え連れていくのがやっとだった。

下着の前の部分が、ほんの少しだがどうしても汚れてしまう。しかし、あのきれい好きの啓一郎が、まったく気に止めないのだ。そのことが玲子の胸を抉《えぐ》った。ゆるく絞ったタオルでその汚点を拭き取りながら、〈こんなになっちゃって、こんなに……〉と裡でくり返しつつ、彼女は俯いて、意地になってごしごし擦《こす》り続けていた。


間もなく啓一郎は、何を言っても聞こえないのか、あるいは理解できないのか、反応がなくなっていった。家に戻って一か月経たないうちに再入院することになり、ついにそのときが来てしまったのである。

偲は付きっきり。疲れと心労に眼は落ちくぼみ、いまにも倒れそうになるのを必死に堪えていた。そして玲子が代わる。そのくり返しである。父親の剛もたまにはくるが、病院には長くは留まっていなかった。そして、瀕死の病人の妻子はなかなか顔をみせなかった。

「啓ちゃんは、わたしがベッドの周りを動くのを、じっと眼で追い続けるのよ」

偲は涙声になった。

「きっと、お母さんに感謝してるのよ。お母さんが大好きだったんですもの」

胸を塞ぐ大きな塊が衝きあげてきて、玲子は〈そんなに好きなお母さんを、若い時からどうして苦しめ続けてきたの?〉と啓一郎をゆさぶりたかった。しかし、どこを見ているのか、いや、すでにどこも見ていないのかもしれない彼の澄んだ瞳に、彼女は何を訴え得ただろう。

まるで大晦日に合わせたかのように、啓一郎は逝った。長い間、周囲の者たちをほんろうし続けてきた、あの重く大きな存在が、眼前から消えてなくなるなんて、偲や玲子には納得のいかないことだった。彼は失われてしまったのではなく、単に息を引きとったにすぎないとしか考えられないのだった。

啓一郎はそこにそのまま横たわっていて、ただ、呼吸をしていないだけだった。傍らにあって、一部始終を詳さに眼にしていながら、そして覚悟をしていたにもかかわらず、不意に訪れたとしか思えないその死を、彼の母親も妹も信じがたく、二人ともに茫然としていた。

しかし、剛はちがった。ふだんと変わらない様子で話もしていた。それでいて、これから待ち受けている種々の儀式に関して、常日頃の家長然としたところはどこかへかき消え、決して先に立って動こうとはしないのである。

啓一郎の妻と娘は、その死を知らせてもなかなか姿を見せなかった。そして、やがて現われたときには、きちんと黒服を身につけていた。己れの死に際しても、妻に、取るものも取りあえずといった

慌てて方をしてもらえなかった啓一郎は、いま頃、

「身から出た錆《さび》だよ」

と言って苦笑しているかもしれなかった。


新年早々の通夜、葬式はひそやかに行われた。殆ど友もなく、まして会社などの社会的立場も皆無の状況にあった啓一郎ではあった。

そして、三十五日には、偲の姿はそこに見出せなかった。倒れたのだ。啓一郎の死に対する玲子の気持ちなど、感情のほんのとばくちを掠めたようなもの、偲の心はそんなものではないことを示していた。彼女は這ってでも出席したいものを、それが叶わないほどの深い悲しみと、消耗しきった躰になってしまっていたのである。


「どう？　気分は」

玲子は、病院のベッドに横たわる蒼白な偲の表情を直視できない。

「ええ、だいじょうぶ。大切な時に迷惑かけてごめんなさいね」

「それは、無事済んだから」

「ほんとうにありがとう」

「形ですもの。お母さんはここに静かにしていられて、かえってよかったのかもしれない」

「そうね。そう言ってもらえると……」

「他の人のことなど気にすることないわ」

玲子はそう言って、〈一番悲しんでいるのも、兄さんを心底弔ってあげられるのも、ほかならぬお母さんなんですもの〉ということばには、今は触れないほうがいいと呑みこんだ。

「啓ちゃんのこと、詠んでみようとするのだけれど、なかなか……」

しかし、偲は自ら息子のことを口にした。

それにはまだ、なまなましすぎるのではと、俳句をよく知らない玲子はちらと感じた。しかし、偲の受けた強い衝撃と底知れない悲しみは、あとからじわじわと押しよせてくるものとは別に、たったいま、その最中に湧きあがる思いを、直感的に純粋な形で、句の形を借りて閉じこめることが、まずは必須なのかもしれないと思い直してもいた。


啓一郎の葬儀の際、妻子と共に武蔵野の家に泊りこんだ透は、口数少なく黙々と進行に従っていた。彼は、妻やその母とは異なったところで、この義兄の死を悼んでいた。

若き頃、新宿の街中で遭遇し、カフエで話して以来、直接一対一で対することは殆どないままに終った。不幸というのか、こういう人もいるのだなという思いは、冷静なものだった。

〈人はいつか死ぬもの〉、この当然の理を、透は観念ではなく、深いところで真に納得しているふうだった。そう思おうとして思うのではなく、言ってみれば、身の内に自ずと備わっているということなのだろうか。なぜなら彼は、周囲に多くの人の死を見てきたわけでもなく、いや、この歳に到るまで、幸か不幸か誰彼の死顔にさえ殆ど直面したことがなかったのである。祖父母とは共に棲んだことのないうえに、かれらは遠方にあって、その葬儀への参列もままならない状況に置かれていたのだから。

やがて偲は退院し、再び、長年暮らしてきた、大欅の下の武蔵野の家での朝夕が始まった。

〈啓ちゃんがいないんだわ〉

彼女は、長い間、重石のようにのしかかっていた肩の荷がおりて、身が軽くなったと実感するには早過ぎて、ひたすら息子の死の周囲をぐるぐる巡っている日々ではあった。

もう、あれ以上、啓一郎を受け止め続けていたら、偲のほうがやられてしまうのは必須と危惧していた玲子は、〈お兄ちゃんは、自らの死によって、お母さんを救ってくれたんだわ〉と密かに思ってもいた。

遠い昔、いまは暗渠《きょ》と化した夜の小川に蛍を追った、あの、幻のように儚《はか》なく、美しい思い出の共有者を喪った悲しみのなかで。

# 三

折木透は相変わらず出張が多く、啓一郎の死から半年近く経った六月、ルーマニアにその身を置いていた。それより前、いや、すでに三年間も入院生活を送っている彼の父親は、眼は見え、耳は聞こえ、食べることにも支障をきたさないにもかかわらず、自意識というものが失せていた。

かつて大学の教授だったせいか、時折、教室で講義をしている口調で、意味不明のことを滔《とう》々と述べることもあった。しかし、入院当初よくそうしていた、好きな相撲のテレビ観戦も最近はしなくなり、刈られた坊主頭に掌を当てて、グリグリと撫でるしぐさも少なくなっていた。

透と玲子は、毎土曜か日曜に、車でなければ行きにくい郊外の老人病院へ見舞っていたが、父親が次第に弱ってきているのは如実だった。そんな折の透の出張だった。

「もしもの時は頼む」

彼は妻に言いおき、後ろ髪を引かれる思いを絶って出発《た》っていった。

そして、やはり、その「もしもの時」は来てしまったのである。集中治療室に入れられた義父を、玲子は義妹とともに看守った。透の母親は、先年より癌を患い、大手術の後、ずっと静養の身だった。

心臓の鼓動を映し出すグラフの波が、ツツーと平らになり、ついに止まる時を迎えてしまった。

玲子はまず、透の会社へ連絡をとった。しかし、ルーマニアに滞在していることは確かだが、つかまらないという。そのことは会社に委せて、それからは、通夜、葬儀のための段取り、義妹と手分けしての親類、知人への知らせと、彼女に感情に浸っている暇はなかった。

結局、長男である透の不在のまま葬式は行われた。

「あそこに、彼がいると思ってしまったですよ」

参列してくれた透の友人は、祭壇の遺影に向かって進みながら、はっとした、と玲子に告げた。父子の容貌がそう似かよっているというわけではない。が、雰囲気に相通じるものがあるのかもしれなかった。科学畑の人でありながら、生前、よく「書かない詩人」と言われていた茫洋とした義父の面影に、玲子はあらためて思いを馳せていた。

父親の葬儀の済んだ後、漸く帰国した透は、「世話になった」と妻の労をねぎらった。そして続けた。

「その時、突然、背中を押されるようなドキンとしたものを感じたんだ。それで分かったんだよ、たったいま、親父は死んだんだって。あれが知らせだったんだな」

透は、会社からも連絡をつけられないようなルーマニアの片田舎にいた由だった。死に目には会えないことを覚悟しての出張だったので、彼は異国で、独り静かに父親を忍ぶほかはなかったのである。

六月の父親の死、それから五か月後、つまり同じ年の十一月、透の母親の死がにじり寄ってきた。その芯の強さをよく知る者でさえが、どんなに想像してみても及ばないような苦痛に彼女は立ち向かい、闘病してきていた。いく度となく危機に見舞われては、脱してきていたのである。それが、

「こんどこそダメだわ」

彼女は苦しみのさ中ではっきりと言った。そして、そのとおりになってしまったのである。

透は、一年のうちに双親を喪った。しかし、彼は嘆きはしなかった。かつて、玲子の家を訪れるたびに感じていた、不穏のうちにも漂っている家族の結束といったものを、自身の生を受けた家族には、あまり感じていなかったのだ。

玲子の家のように、長年、一個所に動かしようもなく、どっかと根を据えている家族とは異なって、彼の家族が方々転々としてきたせいか、また、彼自身が学生時代からの独居生活に馴れすぎていたせいもあっただろうか。

しかし、玲子は、透の理不尽とも言えるぼやきを、何度も耳にしている。

「親父の病はストレスからだろう。飲みすぎの結果のことで、これは仕方ない。しかし、おふくろは癌なんかじゃなかったんじゃないか。一つの病院にしかかからなかったから誤診ということもある」

こうした諦めきれないことばは、自身気づいていないようだが、彼の、肉親への思いを吐露しているに他ならなかったろう。

短い間に、玲子の兄、透の両親と、三人もの身近な者が逝ってしまった。この変化は、透たちの家庭にも影響を及ぼさずにはおかなかった。

「武蔵野の実家のほうに住むことになっても、かまわない？」

玲子はあらためて透に打診した。

前々から、そうなるだろうことは、暗黙のうちに了解し合っていたはずだが、彼女はやはり、夫の気持ちを思いやらないわけにはいかなかった。

隣街に棲みついていた透の両親が逝ってしまい、一方、玲子の両親は、啓一郎を喪っていっそう老いを募らせていた。

必然に抗う透ではなかった。

「武蔵野もいいだろう」

とあっさり応じてくれた。

あの、古いが広い家でなら、たとえば離れに住んでもいい、同居は充分可能なはずだった。しかし、偲は婉曲《えんきょく》にではあったが、玲子に向けて、

「別々の所のほうがいいのでは……」

と思いがけないことを口にした。

彼女は、娘一家が傍にくるのを望んでいながらも、自分たち夫婦との同居は、よい結果を生まないだろうと思いはかっていた。夫と暮らしてきた長い間の経験から、とても、事なくは治まらないにち

がいないと確信していたのである。

〈案外、冷たいのかしら〉

当初、玲子はこの滋味深い母親に対して、そんな感情を抱いたものだが、現実に、かつて啓一郎の住んでいた家を建て替えて、日々の営みを始めてみると、偲の言ったことばが納得できる気がした。


剛は歳を重ねても、依然として筋肉質のしゃんとした躰を維持していて、畑仕事に夢中になっていた。誰に頼まれたわけでもない。それなら、もう少しゆったりと余裕をもって臨んだらいいのに、といった周囲の者たちの思いなどどこ吹く風、自由気ままが許される立場が、かえって彼の熱中度に拍車をかけていた。

剛のうちで何かが変わったろうか。あの、頑として誰も動かしようもなかった家長としての彼の存在。いや、何も変わったものなどなかった。剛は剛であり、そうあることがほんの少しでも削られたり、崩れたりはしていない。

玲子は父親の横顔をかいまみながら、彼女自身の彼を見る眼のほうが、変化してきていることに気づいていない。恐れ、嫌い、避けるといった負の感情ばかりを抱えた父親への接し方に、わずかに、彼も人の親なのだという思いが加わってきていることに。いや、やはり彼が歳をとって、すでに強いばかりの存在ではなくなっていると感じ始めていただけなのかもしれない。

畑で一心不乱にはたらいている剛の姿は、孤独に見えた。あの近づき難かった鋭い刺だらけの人。

家族中を敵にまわして、独り仁王立ちしていた人。それは、いまでも変わりないのだろう。が、もしやそこに、彼は寂しさをも味わっていたのではないか、という思いが玲子にふっと過った。

〈あの人が寂しかったたなんて！〉

それは、これまで彼女が考えてもみないことであった。

剛は老妻の待つ家路を辿りながら、この径をずいぶん長い間歩いてきたものだと思った。勤めていた頃、そして会社を退いてからも、すでに多くの歳月が流れ去っている。いや、もっともっと若い頃から、そう、子供の頃からの径だったではないか。径の幅は殆ど変わらないのに、その両側の佇まいは大きく異なってしまった。大欅や樫、榎木にせばまれて仄暗かった小径は、いま、それらの木々が伐り払われて、小さな家々が建ち並んでいる。それぞれに趣向をこらした門や玄関は、玩具のそれのように見える。そこから、不意に人の姿が現われたりすると、剛はあらためて、ここには人が棲んでいるのだと驚かされる。馴染めない眺めを目のあたりにしながら、心のうちでは、はるか昔のままの小径を、一歩〳〵踏みしめているのだった。

先へ進むと、変型の四つ辻となり、その辻の右手には天保年間建立と記された小さな地蔵堂があり、左手の大谷石の塀を回り込むと、古びた冠木《かぶき》門がひっそりと佇んでいる。

剛はその脇の小門を潜り、勝手口のドアを開けた。

「お帰りなさい」

厨仕事をしていた偲が声をかけた。

剛は黙って風呂場へ行った。

「外で野良着を脱いでからにしてくださいね」

彼はうるさいなと思う。そして無視する。そのまま脱衣所から洗い場に入り、畑土のついた手足を洗い流した。

風呂場がすぐ汚れてしまうのをいとう妻は、思い返している。

「家の風呂には入れないよ」

生前、啓一郎がよくそう言っては、銭湯へ通っていたことを。

潔癖すぎる息子と、まったく頓着しない夫。二人は、どう考えても親子には思えないくらい水と油であった。あらゆることに正反対だった両人の間で、偲は年がら年中気をもみ続けていた。それが、一方の不在によって解消したはずが、彼女はいまだに気をつかい続けている。

風呂から上がった剛は、食卓の定位置につくと晩酌を楽しむ。彼の楽しみといったらこれくらいのもの。旅行や美食、また人との歓談を好まない彼に、心から自身を放てるのは、やはり酒ぐらいのものだった。

偲は酒の肴《さかな》をとりつくろっていて、いや酒を嗜《たしな》まないどころか、その匂いをかいだだけで酔ってしまう彼女は、酒呑みの口にどういった料理が好まれるのかに疎い。したがって、大体が、その時在るものにちょっと手を加えて、といったぐあいである。

剛は珍しく文句を言わない。これから楽しもうとしている酒に、自らケチをつけてしまってはという思いが、近頃では自ずとはたらくようになっていた。

〈この女は、これまでに自分の出会った人間のなかでは、最も善なるものを持った人間じゃなかろうか〉


彼は妻に対して、密かにそう感じるようになっていた。

「お前は、どうもはっきりしないな。もっと、こう、キリキリっと歯噛みするようなところがあってもいいんじゃないのか」


これまでは、啓一郎に関することを筆頭に、何かにつけ彼女の態度にそんなことばを吐き散らしてきた。しかし、彼は次第に、生きるってことは、必ずしもそういったものでもないなと思いなおしつつあったのだ。自分とは、すべてにおいておよそかけ離れている妻の性《さが》を、長い間に認めざるを得なくなっていたようである。


偲は、夫がそんなことを考えているとはつゆ知らず、

「寒くなってきましたね。畑仕事も、早くきりあげないと、風邪をひいてしまいますよ」

などと、柔らかく言っている。

「それより、お前の心臓のほうはどうなんだ」

「ええ、こうして静かに過ごしていれば、だいじょうぶなんですよ」

偲はいま、夫の穏やかな表情に、自分の心臓が、いつになく平らかに応えてくれている気がした。

「啓一郎の奴が、お前の心臓をずいぶんいけなくしてしまったもんだ」

と剛は呟いた。

〈ええ、それももちろんあるでしょうが、でも、あなたにも原因はあるんですよ〉

偲は、せっかくの和んだ雰囲気を壊したくなかったので、夫から、事あるごとに「しのー!」ときつく呼びつけられ、責め立てられ、そのつど心臓をドキンとさせていたことは、胸におさめ口にはしなかった。


偲は最近、俳句を学び始めていた。句会への出席、句誌への投稿、吟行と、それだけでも、かかりきりになってもおかしくないくらいの時間をとられる。それが、古めかしく、図体ばかり大きな家の家事全般をとり仕切り、夫の暮らしぶりに合わせた時間の配分をし……など、これまでどおりにこなしたうえでのことである。

加えて、彼女は、自身のために時間を割くことに罪の意識をさえ抱いていたので、俳句のことは当初、夫に隠していたのである。それゆえ、夜半まで起きていて、台所の食卓で俳句に勤しんでいた。眠たさと疲れに蒼白な顔になりながらも、それは苦しいだけのものではなく、悦びでもあった。得心のいく句がよめた時には、彼女をとりまくすべての猥雑なものが吹きとんで、じんわりと嬉しさが込みあげてきた。

剛は、偲の俳句のことを知ってからも、「何をやっているのやら」とその無関心さは、妻のしたいようにさせておくといった寛容なものでもなく、ただ、つき放した無理解さそのものだった。

「吟行に行きたい」と偲は言えず、まして、句会の皆のように泊りがけでなどもってのほかのことで、彼女はいつも欠席した。しかし、それでは、その場所を見ずに作句することになる。〈芭蕉だって、行ったその場ですぐ句が完成したわけではなく、後に推敲《すいこう》を重ねていたのだから〉などと彼女は自分を慰めたが、やはり、その場に足を運んでいるにはちがいないことを思った。偲は苦心惨憺《さんたん》、尤もらしい外出の理由を見つけて、一目散に出かけていった。前々から、交通手段もいかにスムーズにいくか調べておいて、目的地に着くと、その辺に腰を下ろして、ほんの三十分、精々小一時間、全霊をかけてそこに浸り、夢中で帰途についた。

忙しさのあまり、長い間、自分とは無縁としてきたものに、ようやく機会を与えられて、偲は感謝していた。そのうえ、句会ごとの無記名投票でいつも選ばれ、全国誌の集まりでも、最高賞を受賞したりして、彼女は、高揚した気分と恥ずかしさの双方をそっと胸に抱えているのだった。

風あそぶ大欅あり籐寝椅子
飴色の穂麦や沖より波頭
八朔の節句や野良着みな干して
起きぬけのむらさき木槿白むくげ　　　偲

# 四

玲子たち一家が、海岸街から武蔵野の地へ引っ越してきてからは、弟の次郎は親元へくる度に、姉の家にも顔を見せるようになった。

彼ら、次郎と龍子の夫婦が経営している会社は、調子よくいっている様子で、その規模を増しつつあった。

「社員旅行でニューカレドニアへ行ったんだよ」

「いいわねえ」

「南国らしい竹製のベッドが気に入ってさ。とうとう船便で送ってもらうことにしたんだけど、それが、こっちの港へ着いてからが大騒動なんだ。大型車を借りて、受け取りに行かなきゃならなかったんだよ」

そんな旅先での出来事を嬉しげに話したりした。

両親の前で、次郎がそうしたことをどこまで話しているのかは、玲子には分からなかったが、それもこれも、順調にいっている証拠と諾《うべな》うばかりだった。そして自分たちの暮らしぶりは、なんと地味でささやかなものだろうと、あらためて思い返されはしたが、ただそれだけのことであった。

「お姉ちゃん、バレエ観にくる？」

「チケット、あるの？」

「うちの会社と、バレエ団の共催で公演することになったんだよ。Ｋバレエ団、知ってるでしょ。日本では最古参のＫ・Ｍバレエダンリー」

「ええ、もちろん」

「別荘の近くに、バレエ団の装置部があってね。知り合ったんだよ」

次郎は意気揚々として言った。


バレエ公演の当日、次郎と、辻が花の着物をまとった龍子は、挨拶のため、スポットライトを浴びて舞台に上がった。

その光景は、彼と彼女にとって、最も華ある時だったろうか。玲子は、どこかがちがう、何かが異なると、心の片隅にひっかかるものを抱えながらも、得意満面の面差しの二人を客席から見つめていた。

次郎のあのような姿は、彼本来のものではない。絵も描けるし、音楽にも造詣が深く、そのうえ文章もなかなかの彼は、ふとした折に、

「暇になったら童話を書きたいね。自分の絵も添えて」

と呟いたことがあったのだ。

当人は、その時かぎりで忘れているかもしれないが、姉には、そういうことこそが弟には相応しいのではないかと、時々、その思いが浮かびあがっては淡く尾を引いていた。

剛と偲の両人とも、実状をよく把握しないながらに次郎の成功を喜んでいた。特に剛は、請われるままに大分資金を融通していたが、一応、利子分だけは持ってくる息子を、彼らしくもなく信用していた。

一方の偲も、この大欅の木の下に鎮もっている自分たちの家に、次郎夫婦がやってきて、疲れきっているのか、寝転がり、大鼾をかいているのを目の前にしても、労わりの眼差しを向けるばかりだったのである。

次郎が、父親からどのくらいの金銭を借りているのか、まして、銀行からどのくらいの融資をうけているのか、玲子にはさっぱり分からなかった。小企業のサラリーマンの収入で一切をきりもりする、質素な暮らしぶりにあっては、思いも及ばないことだった。大体、トヨタとニッサンが一つの会社と思っているような彼女には、あまりに縁遠い話である。

「いくらなんでも、そりゃ、ひどすぎるんじゃないか」

と透をして呆れさせた妻であったが、そんなこととは別に、透も玲子も、次郎の暮らしが、自分たちとかけ離れたところにあるだけでなく、その心情までが、彼らの考える次郎像とは、ますます食いちがったものになっていく思いを拭えないでいた。

「こんど、ビルを建てることになったんだ」

次郎は、日頃の玲子たちの不安に拍車をかけるようなことを、ある日、突然告げた。

「……」

「会社の近くに、いい売り地があってね。手を打ったんだよ。たった一日で」

いかに小さくても、ビルを建てるといえば大金がかかるのは必須だ。それも都心に土地を手に入れてのことである。しかし周囲は、〈そんなに景気がいいものなのか〉と危ぶむより前に、彼らの度胸のよさに圧倒されてしまっていたのである。


しばらくの後、ビルの完成祝いパーティーの招待状が、皆のところに届いた。

病身の偲の代りに、玲子は剛に付き添うようにして出かけていった。大勢の祝い客のつどった建物は、コンクリートを打ちっ放しの、円形に近い三階建てのビルで、半地下は駐車場になっていた。

「屋上に上がってみて」

お客の相手をする合間に次郎は姉を導いた。

「ここで、夏にはビール片手に夕涼みさ」

彼は得意げに顔をほころばせた。

遠く近くホテルやデパートの建物がそびえている。そこに玲子は、きらびやかな夜景を想像し、

〈ほんとうに次郎ちゃんが、こんな所に……〉

と躰ごとフワリと持ち上げられるような、地に足のつかない感覚を覚えていた。

やがて階下に降り、会場の卓についた玲子の隣席の人は、次郎が共催したバレエ団の代表者だった。他に、著名な服飾関係の人たちや俳優や、もちろん、中小の会社経営者もすくなからず出席していた。

「お父さん、疲れない？」

玲子の問いかけに、剛は「ふん、ふん」言っているだけで、息子の成功を喜んでいるのか、そうでもないのか、どちらともつかない表情をしていた。

〈この自分も、少なくない金銭を用立ててやっているんだ。ナーニ、次郎の奴、大したことはないさ〉

彼は息子を信じきっていたわけではない。ただ、長男の啓一郎にまったく信を置かなかったのに比べれば、そこは、やはり異なっていたといえよう。


「ビルを建てたのはいいんだけど、風呂がなくってね」

ある日、祝賀会に出席できなかった母親を訪ねた次郎は、こっそり訴えた。

「お風呂がないなんて……」

偲は、もう気の毒でならないといったふうだ。

「だって、仕事場が主で、ぼくたちの生活する所は三階だけなんだから、風呂場は無理だったんだよ」

「そうなの」

偲は息子にかぎらず、こういったことを耳にすると、自分がなんとかしなければ、いや、しようと直ちに心を決めてしまうところがあった。

次郎は、そんな母親を承知で当てにしていたわけではないが、間もなく、屋上に立派な風呂場が増築された。

次郎と龍子は、結婚当初マンションに住んでいたのだが、その時も、風呂は常時沸いているものにとり替え、またトイレも最新式の設備にとり替えた。二人ともにこう思うと、あっさりとやってのける。そのつどの費用は、やはり偲が手助けしていたのか、それは当事者以外の知るところではなかったのだが。


次郎たちの商売の過程としては、まず、表通りに、ショールームを兼ねた仕事場を借りたことに始まり、やがて、社員たちの使用をも考えた別荘を持ち、そんな景気のよさを背景に、デザインや色彩の勉強と生地などの買付けと称し、ヨーロッパやアメリカへの二人旅も、暇を見つけてはするといったぐあいのものだった。

それにしても、ビルを建てるともなると、そんなに儲けているのかと、誰もが訝《いぶか》るのは当然のことだが、剛も偲もそれを問わない。銀行からの融資では足らず、剛も大きく手助けをしているにもかかわらず。

〈与えたわけではない、貸したのだ。それも利子の義務を負わせて〉

彼は自身に向けて豪語していた。

玲子はその詳細を、いや、貸与したことさえ、ずっと後になるまでよくは知らなかった。もっとも、たとえ知っていたとしても、父親のすることに、一切口出しはご法度だったのだが。妻の偲でさえが、夫のすることに何か意見を言うことは、しなかったのではなく、できなかかのである。

「お姉ちゃん、こんどバーゲンセールをするから来てみたら」

ある日の次郎からの誘いである。

「バーゲンなんかするの？　それならたまにはね」

〈でも、次郎ちゃんのところのものは高価だから、いくらバーゲンと言っても〉のことばはのみこんだ。服を買うぐらいの余裕はないわけではないが、彼女は、かっちりと完成された高級服をパッと購入し、そのまま身につけるといったやり方は性に合わなかった。手を入れるというほどではないが、なにやら彼女なりの工夫を経て、漸く身に馴染ませ自分のものにしていく、そういう過程を経ないと落ち着けないのだ。

それはともかく、他ならぬ弟の会社のことである。姉は出かけていった。ビルのショールームには、軽くて上質な生地を使用し、総じてクラシックな色合いの仕立てのいい服が、ずらりと並べられていた。

「どれも、いいわね」

玲子は、それらの製品の品質のよさをあらためて感じた。そして迷うまでもなく、黒のジョーゼットに近い薄手のツーピースを試着した。トップは襟元がドレープの細身、ボトムはセミロングのフレアスカートだが、広がらず、しっとり躰に添ってくる。

「これに決めたわ」

「これには、この赤い上衣が合うんだけどな」

「そうね。でもそれはちょっと……」

玲子は自分でも気づかず、なんと家計を考える主婦になっていたことか。一方、次郎のほうも、大分商売が上手くなってきていた。いや、色彩感覚のよさが先であろうか。

〈そうよね。次郎ちゃんは美学科を出ているんですもの〉

学問と洋服を売るのとどうつながっているのかと、姉は、すました表情の弟をつい見てしまった。


その次郎は日一日と服飾の世界に入りこんでいっていた。服飾が特に好きというのではない。商売そのものもまた同様である。それなら、なぜそこに腰を据えているのか。そんなことは、彼自身、あらためて考えることもなかった。ただ、忙しい毎日は滞ることなくやってきてしまうので、その一日々々をクリアしていくことが、彼のすべきすべてになっていたのだ。

「だいじょうぶなの、そんなふうで」

営業がスムーズにいかないと、龍子にそう言われた。

「だいじょうぶだよ、委せとけって」

妻に軽く見られたくない気持ちも自ずとはたらき、次郎には、虚勢をはっているところも確かにあった。しかし、学生時代には想像もつかないことだったが、元来、彼は厭味のない明るさの持ち主で、その点、兄や姉よりも母親似とさえ言えただろう。

——お母さん、元気ですか。ぼくはいま、仕事で札幌にきています。北海道は、東京のように空気が濁っていなくて、気分爽快ですよ。お母さんも、ぜひ、こっちのほうへ旅をするといいですね。——

まるで中学生のような絵はがきの便りを、次郎は、方々の出張先から、こまめに偲宛てに投函していた。

〈やはり、あの子には、優しいところがあるんだわ〉

偲はひとり表情をほころばせた。

まだ、大学卒業後いくらも経っていない時期に、結婚してしまった愛する息子を、彼女は、こうした何げない一通の手紙によって、とり戻した気がしていたのである。

「もしもしお姉ちゃん、ぼくだよ。いま、京都にいるんだ。少し時間がとれたんで、折木家の菩提寺へきてみたんだけど、お墓がどうも見つからないんで」

次郎の突然の電話に、玲子は、夫の家の墓の場所をどう教えていいのか、戸惑ってしまった。古寺なので、通路が現代ふうにきっちりとなっていず、説明しにくい。

「ええと、入り口を入ったら、右手のなだらかな坂を少し下り……」

「うんうん、分かるよ。いま、そこにいるんだけど、それから？」

「え？」

「ああ、ケータイかけながら歩いているところだよ」

「まあ、そうだったの」

機器嫌いの玲子は、その類の文明の利器とやらをいっさい持たないのだが、こんな時は、案外役に立つものなのだと、少しは思い返している。

それはともかく、次郎はこんな調子で、臆することなく他人に対しても接していっていた。そうできるのは、彼が、変に世間智を身につけていないせいもあるのかもしれなかったのだが。


「次郎が、利子を返しにきたよ」

剛が偲に告げた。

彼は、息子が自分との約束を守っていることで、その仕事が順調にいっているものと信じ、それ以上深く考えようとしなかった。元金は確保されているものと思いこんでいるところは、彼もまた素人に等しいと言えようか。

長年の会社勤めで、よくよく商売上の金銭のあり方、その駆け引き、動かし方、動いていく流れ、といったことも熟知しているはずだった。また、会社とはいえ、剛個人にも、その大変さがいやというほど振りかかってきたこともあった。そんな経験が、彼をしてなんびとに対しても疑心暗鬼にさせたというわけでもないだろうが、日頃からその傾向が強いにもかかわらず、ふしぎなことに、ある部分だけ、そっくり抜け落ちてしまったかのように、全面的に次郎を信用してしまっていたのである。

そして次郎のほうもまた、厳しいはずの剛を相手に、相当気を引きしめてかかっていたのは最初のうちで、次第に緊張が弛み、なんということもなくやり過ごすようになってしまっていた。そのつどを生まじめな、怠りのないはずの次郎が、彼もまた、どこかがスッポリと欠落していることに、自身気づいていなかった。

「T大のような所を出た人間には、とかくそんな傾向が見られるんだよ。頭の良さが一点に集中してしまって、周りがみえにくいんだな」

透は、妻の弟を批判するつもりはないのだが、話を聞いていて、また直に見てもいて、どうもそんなふうに思えてきてならないのだった。

玲子は夫のことばに反論するつもりはないが、やはり弟である。弁護したくなる。青年期には、互いに自身のことに熱中していて、関心も薄れがちだったが、もっとずっと以前の子供の頃には、次郎は、「お姉ちゃん」「お姉ちゃん」と慕ってくれた坊やだった。

次郎は、啓一郎とは十歳余も歳が離れているので、兄の様々な行状を見てきてはいても、そしてどうして、お兄ちゃんはあんなふうなんだろう〉と思いはしても、自身は直接巻きこまれることなく無関係でいられた。もし、関係があったとしても、母親が、啓一郎のことで時間をとられすぎ、その分、彼へのしわ寄せがなかったとはいえない、といったぐらいのことだったろう。

家庭内のもめごとに、大して影響を受けずに過ごせた次郎は、長じても足を取られず、わが道を行っているようではあった。


「お財布と、大切な書類の入ったサブバッグを、デパートのトイレに置き忘れてきてしまったんですよ。ほんとに、どうなっちゃってるんでしょう！」

龍子は時々、若い夫のことをこんなふうに愚痴った。

聞いている玲子は、それは大変なことにはちがいないが、そういうこととはもっと別のところで、不安なものを次郎に感じていた。それが何なのかは、はっきり掴めなかったのだが。

彼は、玲子たちの家へ顔を見せる度に、景気のいい話ばかりをするが、姉には、そんなに儲かっているとは思えなかったのである。彼女自身を、サラリーマン家庭の平均的な主婦の立場においたとして、たとえば服を買う場合、次郎の会社のように高級な製品を、正規の値で果たして手に入れるかしらと考えてしまうのだ。服飾品を扱う会社や店々は街に溢れている。ごまんとあるそんな中で、どんなに品質やデザインが秀れているからといって、そうそう売れるものではなかろう。そのくらいのことは、門外漢の彼女にも想像がついた。しかし、

「ふーん、そうなの」

玲子の対応といえばそんなふうで、勢いづいている弟を前にして、「でも」と一歩踏みこんで、詳し

く訊きだすことに気遅れを感じてしまっていたようである。

## 五

偲は一日のうちのふっとした時に、どっしりとした応接間の椅子に独り身を預けて休息をとることがあった。厚ぼったいカーテンや、腰高の出窓のせいで薄暗いのだが、その分、他の部屋からは隔絶した感じで落ち着けた。ピアノが眼に触れる。少し前までは、夫の留守を見計らって、鍵盤に指を滑らせたものだ。教職にあった頃、放課後の音楽室で弾いていたのを思いだす。

しかし、たったいまは、それよりも、ピアノの上部の、壁に架かっている絵に視線が止まっていた。絵画といっても、絵の具と種々の材質の布を使ったコラージュのようなもので、海と空と船を表現したのだろうか、抽象的だが惹きつけられる作品である。それは次郎の中学生頃の創作だ。

〈あの子は小学生の頃から絵が上手だった！　文章も、担任によくほめられていたものだったわ。それが、いまはそういったこととはまったく異なる世界にいるけれど、それでいいのかしら〉

偲は次郎の笑顔を思い浮かべ、胸の奥のほうから悦びが湧きあがってくるのと同時に、なにやら灰色っぽい影を息子の背後に認めていた。なんだろうと思うが、つきつめて考えることができない。ただ、どこかに違和感を覚えているだけだ。

「しの！」

剛の呼ぶ声に、偲ははっとして返事が喉に引っかかった。夫の詰問調の声音は、縁先の庭のほうからである。彼女は慌てて立ち上がり、応接間の玄関側ではなく、曲がり廊下に面したもう一つの出入り口のドアを開け、ガラス戸を通して庭へ眼をやった。そこに立っている夫の顔が、逆光に隈取りのある鬼の面のように見えた。

瞬間、偲は強い目眩を覚え、と同時に心臓の動悸が激しくなり、痛みを感じた。彼女はその場にうずくまり、せわしなく呼吸をくり返した。

外にいる剛は、妻の様子にまったく気づいていない。妻がなかなか姿を現さないので、「また、ぐずが！」と捨て台詞を吐くと、庭の木々の茂りの中に消えた。大した用事ではなかったのだ。

偲はうずくまった姿勢から、そのまま床に崩折れた。そして、暫くじっとしていると、動悸は次第に治まり、息苦しさも退いていった。

〈やはり、わたしも……〉

彼女は、心臓病で若くして逝ってしまった、殆どその記憶もない父親を思った。

女学生の頃から、体操の時間などには、額に異常な汗の玉を浮かべていたことがあったし、結婚後は、夫のきつい口調や振舞いに、そのつど心臓は早鐘を打たされてきた。加えて、長年の啓一郎の仕出かす一々に、極度の心労を覚えさせられてきた。そうやって、使い古した心臓が、歳を重ねてなんともないはずがなかったのである。

その後偲は、立ち働いている時に限らず、ベッドに寝んでいる際にも、発作が起こるようになった。

「玲子ちゃん、来て！」

偲は、枕元に置いた親子電話の子機にしがみつき、息も絶えだえに娘を呼びだした。

玲子は、自転車をひっぱり出す間ももどかしいので、足で走りに走った。実家の勝手口から家中へ駆けこみ、うつ伏せになっている母親の肩胛骨《けんこう》の辺りを、両手でぐいぐい押した。

「もっと……」

偲は虫の息で、しかし、この期《ご》に及んでも遠慮がちに訴える。

「こんなに強く押しても痛くないの？」

母親はかすかに頷いている。

娘は、両の掌の親指にあらんかぎりの力をこめた。そうやって二、三十分同じことを続けていると、偲は息を吹き返したかのように言った。

「ああ、楽になった。ありがとう、ありがとう」

再び、いつもの濁りのない声音に戻っている。


しかし、このようなやり方も、度重なるとそれでは済まされなくなった。

偲のかかりつけの医院に付き添っていった玲子は、医者に告げられた。

「もう限界にきているんですよ。入院しなけりゃだめです。とうにそう言っていたんだが」

「でも、家が……お父さんのことが……」

傍で偲はもぞもぞ言っていて、容易には頷きそうもない。

「死んじゃいますよ、このままだと」

もの静かな老医師は、この時ばかりはきっぱりと宣言した。

偲は死を恐れてはいない。それほど怖いものだとも忌避したいものだとも思ってはいない。が、いま、自分が死んでは困ると思っていた。悩まされ続けてきた剛だが、だからといって放ってはおけないし、家のことも気になった。嫁いで数十年、家の主は夫かもしれないが、妻もまた家を治め、細部に至るまでのあらゆることを、しおおせてきたゆえの愛着、あるいは習慣が染みこんでいたのである。しかし、ややあって、

「入院します」

偲の口から転がり出た決断。彼女は、そうしなければとなると潔《いさぎよ》い。

さっそく偲は、医者の紹介で総合病院に入院した。夫のことがやはり心残りだったが、

「お父さんを頼むわ」

玲子にそう言ったきり、あとは、いっさいを成行きに委せ、彼女はもう何も言わなかった。あれほど気がかりだった夫だが、ひとたび離れてみると、案外、心に引きずってくるものは少なく、自分でも思いがけずさっぱりとしていた。

「あれは、いつ帰ってくるのかね」

剛は、玲子の顔をみるたびに、偲の消息をきいた。

いつものとおりの家内にもかかわらず、立てる物音がカランと虚しくひびきわたって感じられる家に、独居する寂しさを彼は初めて感じていた。「どうも、お前ははきはきしないな」と年中叱言を浴びせかけていた相手だったことは、すっかり頭からかき消えていた。

思いのままに、ひたすら突き進んできた自分の半生であり、それは自分だけのものと彼は思っていたが、そして、妻を、そんな彼のふり廻す行為の端っこにいる一人としてしか見ていなかったのだが——。


「心臓が悪いんですもの。退院はそう簡単ではないのよ」

玲子は、多くの時を食堂の椅子に腰かけている剛への食事を持っていったり、洗濯物を届けたりしていたが、いずれの時も恐るおそるであった。何を言われるわけでもないが、その鋭い視線にいすくまれてしまうのだ。

〈あんなにお母さんを冷たくあしらっておいて、いまになって、しのー、しのーと言っても遅いわ。きっと、お返しがきたのよ〉

彼女は、老いた人に労わりの気持ちを抱きながらも、心のどこかにそんな思いが頭をもたげていた。

「わたしたちのところへくる?」

玲子の口から、こんなことばが自然に出たものの、一緒に棲もう、という提案を受け入れる剛ではないこともよく承知していた。たとえ娘であろうと、人に頼ることは彼の矜持が許さない。そのうえ、生まれた時から住み続けている家を離れ住むことなど、彼には考えの外のことでもあったのだ。

しかし、たとえ偲が退院できても、彼女はもう台所に立つことは叶わない。まして夫の世話など不可能、いや、共に時を分かちあうことさえ難しいにちがいない。やっと鼓動を打っているか弱い心臓には、少しの波風も害毒であった。

剛が偲を必要としている。心が妻に傾いている。父親の気弱な面に殆ど接したことのない娘は、母親を思って、なにやら気持ちが和んでこないでもなかった。当の偲はそんなことは知る由もなく、闘病の日々を送っていたが、病院での暮らしにも馴れてくると、家にいた時よりも、むしろ心がゆるやかに、落ち着いた時間を持てるようになってきていた。


やがて三か月が経ち、偲は退院しなければならなくなった。決まりである。

〈心臓の病気は、全治することなどないのだろうし、いつだって危険を伴っているというのに……〉

玲子は、規則の理不尽さを前に、看護婦長や医師に相談もし、方々駆けずり廻った。そしてついに、同じ病院の老人ケア施設に、とりあえず偲のベッドを確保できた。

「お母さん、自分の家へ帰りたいでしょうね」

偲は首を横に振った。

〈それじゃ、わたしたちのところへ〉

玲子は剛に言ったのと同じことを、母にも言いたかった。しかし、父親を実家に独り置いて、それはできない相談である。

当面、娘は、父親のところへ行き、母親のところへ行きと、綱渡り的な日々をくり返すしかなかった。そんな彼女の様子を見かねたのか、剛のために、

「老人介護制度を利用してみたらどうですか」

と近辺の人から、忠言を受けた。

そういう方途もあったのかと、さっそく相談員の訪問を要請した。間もなく、剛の家の応接間には、もちろん当主と、それに玲子、相談員、三者の頭を寄せ合う姿が見受けられた。

「週に一、二度でも配膳を受けると助かりますよ」

「そうですね、それではお願いしましょうか。お父さん、それでいいでしょ」

「ぼく？　ぼくはいいんだ。あれが必要なんだよ」

どうも話が食いちがうなと先刻から感じていた玲子は、剛が、彼自身世話になるなんてことは、これっぽっちも考えておらず、話はすべて、退院後の偲についてのことを指しているのだと分かった。

〈お母さんはだいじょうぶなのよ。なぜって、こちらがいいと思ってすることに文句なんていっさい言わない人なんですもの。問題は、たったいま、独り住まいのお父さん、あなたにあるんですよ〉

玲子はそう言いたかった。しかし、ここに到っても断固として己れを譲らない人に、何を言ってもむだだった。

「ぼくは平気だ！」

そう言いはる剛は、現に日常生活に支障をきたしているというのに、すべてを、これまでどおりできるのだと、強く自身を頼んでゆるがなかった。

「ほとほと困っちゃう、父には」

玲子は、透に向けてついぼやいてしまう。

「うーん、しょうがないだろうね。なにしろお義父さんは、〝そんなことは問題じゃない〟って、ふだんから、なにかにつけて言ってる人だろ。大概のことは、そのとおり問題じゃないんじゃないか」

「あれは口癖なのよ。現に問題があって、困ってしまうことがいっぱいあるんですもの」

「……」

透には、妻が大変なことは分かってはいても、世の中の凡《おおよそ》のことは、そう熱心にならなくっても、なんとかなるものじゃないかと、義父のことばに同感し、好意を抱いているふしさえ見受けられるのだった。


剛の問題とは、たとえば、寝小便をして布団を濡らすので、寒くても電気毛布は使えない。たとえ目覚めても、トイレへ行くのが億劫《おっくう》で、尿瓶《しびん》を使おうとしてその辺へふりまく。そんなふうでも、彼は、自分がまだまだ確固としていると信じて疑わないので、着替えをさせない、家の中をいじらせない。

時々、姉の手助けに顔を出す次郎は、何をどうやっても気に喰わず、不機嫌な表情ばかりの父親に、「もう、放ったらかしておこうか」と苛立った。

そんなある日、剛は決然として、日頃から懇意にしている大工さんを呼び、長廊下の何枚もの雨戸をシャッターに替え、また風呂も、自動式に沸かせる新しいものに取り替えてもらった。しかし、せっかくそうしても、シャッターの上げ下げはそう簡単ではなかったし、風呂も、ボタンを押す場所をまちがえ、容易には扱えない始末だった。

独力で日常生活のすべてをやってのけよう、そう考えてしたことだが、それらをろくに使わないうちに、剛は胸部に水がたまり、ついに入院せざるを得なくなってしまった。

〈こんなはずじゃないんだ！〉

ここに到ってもまだ、彼はこの事態を納得しえない。躰と一体になっているようなこの家を離れる、〈そんなことは誰がなんと言おうと、できない相談だ〉と、全身の力で這いずり廻っている状態にもかかわらず、まだ、そうやっている自身を信じていた。

しかし、肉体にひどい苦痛を覚えているのだから、病気なのは分かっている。この苦痛を取り去ってもらうには入院しか方法がない。剛は漸くそれを承知した。彼は、ほんの少しの間の愛する家からの暇《いとま》のつもりでいた。

「これを」

剛は力をふり絞り、やっとの思いで枕元の風呂敷包みを、娘と息子に託した。重要書類のようである。肌身離さずと言っても過言ではないくらいにしてきたものだが、病院へ持っていくことは、かえって危険と判断する能力を彼はしっかり保持していた。

胸の水を抜き取ってしまうと、剛は急速に楽になって、「もう、家へ帰れるんだ！」と言いつのってきかない。

「まだまだよ。家へ帰っても何もできないでしょう」

「いいや、だいじょうぶなんだ」

「でも、お医者さまの許可がないと……」

「医者なんぞの言うことは、でたらめだ！」

と彼はまるっきり信用していない。

その医者に玲子と次郎は呼ばれ、剛のことを、「病院を出て欲しい」と言われてしまった。

「大声をあげて困るんですよ。他の患者さんたちが」

「そんな」

玲子は絶句した。剛が辺りかまわず怒鳴るなんて、信じられないことでありながらも、一方では、あの人らしいと思わないでもなかった。ふだん、他人を前にしては、さすがに神妙なところがあっても、一線を越えてしまうと、恥も外聞もなくなってしまうことは、年齢のこともふまえると想像できたのである。

家へ帰れば大声は止むだろうが、仰臥した状態ではどうにもならない。結局、剛は個室に入れてもらうことになった。病状よりも、分からず屋のせいである。しかし彼は、自分のように強固な人間が、ベッドに釘付けにされているのは許せない、不可解なことだと思っていた。

〈みんなで寄ってたかって、俺を病人にしてしまっている。それにしても、足先が冷えてしょうがな

いな〉

剛は盛んに気にしつつ、そろりと襲ってきた睡気に抗っていた。

〈周囲を怖がらせていたあの強い人が……〉

病室に入った玲子は、剛の寝顔をちらと見たが、凝視に耐えなかった。ひとたび病んでしまうと、こんなにも弱者になってしまうものなのかと思いつつ、洗ってきた下着類を床頭台の下にしまったり、花瓶の水を替えたり、布団の乱れを直したりしていた。

「来てたのか」

剛の声に、はっとして玲子は面を上げた。

少しも衰えていないその眼光の鋭さに、病人を労わる立場の彼女は、逆にいすくまれてしまった。

「家に帰るんだ！」

「……」

「この部屋から廊下を進んで、階段を下りていけば、玄関に出られるんだろ。お金をくれ、靴下に挟んでおいてくれ」

剛は、すでに起き上がることもかなわなくなっているのに、自分は歩けるのだと確信している様子である。

玲子は言われるとおり、お札をソックスのゴムの個所に挟んだ。それで安心したのだろう、剛の厳しい表情もいくらか和らぎ、そして彼の口から、思いがけないことばが転がり出た。

「あの、ぼくの女友だちは、どうしてる?」

「誰のこと、友だちって」

つきあいの少ないこの人に、まして、気にするような女の人がいたのかしら、あるいは幼な友だちかしら、と、玲子は瞬間とまどった。

「まだ、この病院に入っているんだろ?」

「あ、お母さんのことね」

虚を衝かれた感じである。彼女は答えていた。

「そう、会えるようになるといいわね」


しかし、一度偲を、ここ、剛のところへ連れてこようか、それとも……と思案しているうちに、剛は肺炎を起こし、あっけなく逝ってしまったのである。いや、次郎に預けていた重要書類のことも忘れておらず、「ちゃんと保管しておいてくれ」とまだ言っていたし、「もう、いいよ」と看護の玲子を追いやるような元気さも見せていたのだが。

後になって、「もう、いいよ」と言ったのは、今日はもう帰っていい、という意味ではなく、すべては、もういいのだということだったのかもしれないと、その口調を、玲子はいく度となく思い返していた。

病室で、ピカピカとした純白の死に装束に着替えさせられた剛は、常に鋭い光を放っていた瞳を穏やかに閉ざし、光々しくさえあった。最後まで強烈な生を際立たせていた彼は、扉一枚隔てた向こう側へ一歩踏み入ったとたん、すべてを削ぎ落としたかのように濁りを持たず、美しく荘厳な姿に変貌していた。

剛が口にした「ぼくの女友だち」の偲は、夫の通夜に、病院から直接葬儀場へ連れてこられた。夜の闇にそこだけが光り輝く祭壇の前で、立っているのがやっとの彼女は短く合掌した。連れ合いへの長きにわたる愛憎、そんな感情はまるでなかったかのように、彼女は淡々としていた。

〈あなたは、もういないんですね〉

その幽かな思いのほかには、少しも渦巻くものを抱いていないかのように、殆ど表情を変えないまま偲は病院へと戻っていった。

## 六

「お母さん、退院できることになったのだけど、私たちの家へでもいいでしょ?」

玲子は偲の気持ちを気づかいつつきいた。

「ええ、ありがとう。もう、なーんにもできないんですもの」

「でも、長年棲んでいた自分たちの家へ、帰りたいでしょうね」

「いいえ、そうでもないの」

偲は本心からそう思っていた。いまや、病への不安が何よりも先に立っていて、これからの、いや、きょうの、明日の生をどうやって支えるかが彼女にとって大問題だったのである。

そんなわけで、玲子たちの家の子どもの巣立っていった後の部屋が用意され、偲の暮らしぶりは一変した。二階の突きあたりの洋間で、南にはベランダのついた大ガラス戸、西側にも小窓がついている。見るからに明るい印象で、ベッドや小炬燵を置いても狭い感じがない。

偲は、長年棲んでいたあの薄暗い家を思った。とりわけ、慣れ親しんでいたはずの自分の寝所は、何かにとり囲まれたように、空気さえが重苦しいものだった。単に昔の造りの古い家だったからではない。夫がいて、啓一郎がいて、もっと言えば、家霊のようなものが、常にとりついている家だった。

偲は、明るい気分で娘たちの家の一室におさまった。そして、身を縮めるようにして呟いた。

「透さんに悪いわね」

「そんな。だいじょうぶよ」

玲子の反応は自信なげなものではなかった。

こういう事態に臨んで、決してぐずぐず言うような透ではないと信じていた。もし、そうでなければ、彼の人となりをあまり信用しなくなるだろうと、彼女はつきつめて考えなくても、そういう自分を分かっていた。

透と玲子の夫婦に偲が加わって、三人の暮らしが始まった。

偲は、殆どの時をベッドに横になるか、あるいは自室の炬燵に入って過ごしていた。三度の食事時は、食堂の大卓に行儀よく向かい、箸をつかってきれいに食した。そして、

「ご馳走さまでした。美味しくいただきました」

と毎食後、礼儀正しく同じことを言った。

これは玲子に対する世辞ではなく、彼女は、心からそう思っているのだ。特別の料理ではないが、汁ものが毎回温かいことや、その場に漂う穏やかな雰囲気こそが、彼女にとって平安な、まさにご馳走だったのである。

嫁して六十年余、食事のつど、何事もなしには済まされなかった瀬戸口家の食堂を、偲はひとり思い浮かべ、首を振った。しかし、それもこれも過ぎ去った遠い出来事、思いだしたくもない。いや、思いだしても、彼女はそれほど切実な気持ちにはならなかった。身の周りに起こったさまざまな事々は、大概は幻のようにかすんで、いまは、大小の皿や小鉢に盛られた食べものが、眼の前に並べられている、そのことがすべてだった。

偲はそんなに食欲があるわけではないが、それらの彩のとり合わせを美しいと感じていた。彼女は句作をまったくしなくなっていた。ペンを持って頭をめぐらせ、まとめるということが、自ずと難しくなっていたのだ。しかし、美しいと感じる感性は、健在だったようだ。

三人の暮らしが板についていて、三年を経たその年の七月、そろそろ暑くなってきたので、偲は、例年どおり短期間ケア施設に入った。そして間もなく、そこで風邪を引き、病棟へ移された。医者も看護師も単なる風邪と診断していたが、大事をとってのこと。それが、たった一晩で逝ってしまったのである。

偲は苦しがって、必死にベッドに身を起こそうとした。いつもの軽い心臓発作を起こしていたのだ。したがって、うつ伏せにさせ、ただ背を押し続ければ、やがて苦しさは引いていったはず。それを、皆で寄ってたかって、むりやり上向きに寝かそうとした。そのことが、偲に楽な姿勢をとらせず、彼女はその苦痛に耐えられず、ついに息絶えたのではなかったか。

玲子はその思いに引っかかり、心を騒がせずにはいられなかった。それにもまして、彼女の胸に突き刺さったのは、偲は苦しい息の下で、

「早く……お帰りなさい」

と、とり囲んでいる者たちに言った一言だった。

自分のために、皆の時間を拘束するのを良しとしなかった彼女は、死に瀕しながらも、最後まで周囲への配慮を忘れてはいなかったのである。

これまで、たったいま言ったことを一分後にはまた言う。続けざまにトイレに行ってきたにもかかわらず、数分後にはまた行く、といったひっきりなしの言動は嘘のように、偲の頭の中の回路は整然としていたのだ。生前の母親のうえに起きた日常の種々の事象は、歳相応の当然のことだったのだと

玲子が思い知らされるのに、時間はかからなかった。

偲は、生涯、善意と、その控えめな性情によって、かえって周囲に大きな存在感をもたらしていたようである。家族にとってはもちろんだが、友人、知己をはじめとする多くの人びと、また、彼女の死をあとから知った、生前たった一度出会っただけの人までが、玲子の家へ弔問に訪れてきたことからも、そうと知れた。

ぽっかりとあいた穴を、これからどうやって埋めていくのか、いけるのか。玲子は深く厚い霧中に置かれていて、いまだに、偲の死を認めていないところがあった。もう一度、故人を生へ引き戻して、納得のいく死を逝ってもらいたいという思いを、彼女は密かに抱いていた。

「おふくろの死は、あれは癌じゃなくて、医者の誤診じゃなかったろうか」

日頃、透が口ぐせのように、彼自身の母親のことを、そう述懐するのを耳にしているが、その姑の死の一部始終を見てきている玲子は、その死を納得し得るものとして受け止めていた。すると自分の母親の死も、他からは、当然の成行きとして、あるいは、仕方なかったものとして受容されているのだと思わないわけにはいかない。しかし、やはり偲に関しては、

〈ちがう、助けることができたのだ！〉

と否定している。そして、そう思えば思うほど、彼女の神経はかきむしられ、赤く爛《ただ》れた。

# 第五章　逆光と微光と

## 一

剛の死についで偲までを、三年の間になくした玲子と次郎の姉弟は、まるで孤児のようになってしまった。二人ともに、いい歳の大人のはずが、親の永遠の不在によって、この人たちの子供であったことを、初めて思い知らされたのである。ことに玲子のほうは、自らが子の親でありながら、自身ずっと子供でもあったのだ、と。

一方次郎は、姉と共に、葬儀やその後の財産処分のことなど、協力的であり、むしろ先に立ってやってくれたが、その間、悲しみを表わさずさばさばとしていた。感情を無理に抑えているというふうでもなかった。玲子のように親と身近にあり、朝に夕に顔を合わせ、その暮らしに絡んでいたのとは異なり、同じ東京でも、故郷の地を離れ住んでいたということもあったかもしれない。が、やはり、そのせいばかりと言えないものがあるようだった。

次郎は、相変わらず仕事に熱中していた。仕事を放ってまでは、親の死に深くかかわろうとしなかった。いや、できなかった。それは透も同様だったろう。彼は、父親の死期を予知していても、海外への出張を取り止めようとはしなかったのだから。しかし、そこにはちがいがあった。

透は、どうにもならないことへの諦めと、臨終に立ち会うよりももっと深い悲しみを裡に抱え、独り慟哭したのだった。

次郎にだって悲しみはもちろんある。が、彼は仕事に捕らわれすぎていて、その悲しみは上滑りをしているきらいがあった。透が仕事への虚しさを強く感じつつも、放ってしまうことが不可能だったのとは異なり、次郎のほうは仕事が後生大事だったようでもある。

「もう、こんなに経ってしまったのね。つい、この間のことのような気がしていたけれど」

玲子は、両親の死について、まだまだ引きずっているものが多く、そんなことばが自ずと口をついて出た。

「え？　ぼくは、ずいぶん遠いことだったような気がしているよ」

次郎は、まるっきり逆のことを口にしていた。

空き家になってしまった両親の家には、次郎が住む。そのことは剛の思いでもあり、遺言のようなものとして、家族は聞かされていた。家屋は古すぎるので建て替えるにしても、その場所にである。

そして、剛が愛していた、玲子たちの家に隣接した畑地を売って、相続税に当てるようにということも、それを当然とする故人の意志であった。

しかし、後を一任されていた次郎にその気はなく、父親の血とも肉とも化していた家を壊し、その跡地を売って、相続税を払うということになった。

「畑には、いずれ自分たちの家を建てるよ」

彼はなんということもなく言った。

「そうなの。それもいいのかも……」

玲子には思いがけないことだったが、反対する理由もなかった。ただ、自分たちの生まれ育った家や庭、あの大欅をはじめとする庭木の一本く、一握りの土にさえ匂いの染みついた場所を、他人の手に渡してしまうことに、姉は弟のようにすらりとは領けなかった。彼女には、剛の慨嘆を越えた歯ぎしりが、耳元に聞こえてくるような気がしていた。

一も二もなく、次郎の決めたとおり家を壊すことになった。中身を処分、整理しなければならない。百年近く、手を入れてからでも七十年を経て、積もりに積もった数知れない物々。それらを一人で片づけなければならない玲子は、途方に暮れた。

応接の洋間、いくつかの座敷、茶の間、食堂、台所、離れ、二階の間。玄関だけでも、大戸棚には立錘《りっすい》の余地もなく花台や花瓶類が押しこまれ、靴入れにはぎっしりの履きもの。離れへの渡り廊下にさえ、その片側には戸棚がついていて、中は、いつからとも知れない古色蒼然とした物々が詰まっている。二階への階段の途中にも、天井に付けて造り戸棚があり、得体のしれない物がその戸を開けにくくしている。

いつまでも手を拱《こまね》いているわけにはいかず、玲子はおもむろに食器の一つ、盆の一枚から手をつけ始めた。家全体の雨戸は開けず、その日すべき部屋の窓だけを少し開けて、あるいは電灯を点けて、ひっそりと息をつめ躰を硬くして。

それでも、物そのものは考えずに取捨を即決できる。書物でさえそれは可能だ。しかし、写真や書簡類はそうはいかない。一枚、一通、ことに偲のものは、メモに到るまでが玲子の心を掴み、さらりと向うへ押しやれない。とてつもなく時間がかかる。しかし、その時間こそが、彼女は自覚していないが、母親と共に生きている時なのだった。

片づけ中に、一度だけ次郎が顔を見せたことがあった。

「こんな暗い所で……」

彼は長廊下のシャッターを引き上げ、窓という窓を開け放った。そして、玲子の判断でくくっておいたたくさんの本を、一顧だにせず、次々と玄関からゴミ捨て場へと運びだした。そして、

「解体屋か何かに頼めば、みんな持っていってくれるよ」

と、まだまだいくらでもある物々を見廻し、軽々と言った。まるで、家一軒の中身を、そっくりそのまま処分してもかまわないといったふうである。

「そうね、たいがいの物はそれでいいわ。でも……」

玲子は、弟に訴えても仕方がないと、その先は言わず、片づけの手を休めなかった。

そうやって一日数時間、通いつめて、これ以上どうしようもないというところまで漕ぎつけるのに、十か月、いや一年がかかってしまった。

ほぼ空洞と化した建物を、いよいよ壊す日がきた。

玲子は、あれほど毎日のように通った場所へ足を運ばず、あとを次郎に託した。家屋は五日がかりで壊されたということだったが、その五日間が過ぎても、彼女は見に行こうとしなかった。買い物などの途中、いくらでも立ち寄ることはできたのだが、意識して避けていた。門は？　母屋は？　離れは？　庭は？　すべてが悲鳴をあげたことだろうと、そこに思いがいくと、彼女自身が声をあげてしまうのが分かっていたからである。

しかし、いつまでも「そこへ行きたくない」では事は済まされなかったのだ。

「お姉ちゃん、早く来て。ぼくはもう、ここにいるんだよ」

次郎からの携帯電話での催促だった。それは前もって指定されていた日の朝のことである。

玲子は、歩いては立ち止まりといったふうに、重い足を引きずって近づいていった。

そこは、まったいらな土の広がりと化し、あの家屋も庭も、もちろん大欅も幻のように消え更地《さらち》になっていた。「あ」と小さく声をあげたきり、彼女から血の気が失せていき、現状をよく見ることはもちろん、なにかを考える余裕も持てなかった。

業者など関係者が敷地のあちこちに散らばっていて、すでに測量も始まっていた。

「お姉ちゃん、こっちこっち。ねえ、こんな所に井戸があったんだね」

次郎は、相変わらずの明るい表情と声音で告げた。

玲子には、その井戸水で西瓜やトマトを冷やしたりした思い出が、軽うじて残っているが、使われなくなって久しく、次郎の記憶にはないのだ。

いまとなっては、唯一残されていた井戸。

次郎に促されて、玲子は、暗黒の中にヒラリと光る深い水底を、身を引きつつ覗いた。

〈最後の砦となったこの井戸も埋められて、それで何も彼もが消え去ってしまうのだ……〉

彼女は軽い目眩をじっとやり過ごし、その場に佇んでいた。

## 二

次郎は、彼への遺産の一部となった、剛がのめりこんでいた畑に、仕事の合間にやってきては、お百姓さんの真似事をするようになった。家庭菜園をするにしては、その出立ちは本格的で、父親の残した農具など使わず、真新しい物を買い揃え、立派な長靴をはいて動き廻っていた。

「いずれは畑に家を建てる」と言っていた、そのとおりにするのだろう。畑仕事はそれまでのことだろうと、玲子は少しも疑わず、次郎の姿に、在りし日の父親を重ねたりして、むしろ喜ばしくさえ感じつつ眺めやっていたのだが……。

しかし、実のところ、次郎たちの会社は、経営が危うくなりつつあったのだ。いや、すでに危機に立ち至っていたのである。その借財は、都心近くにビルを建てたことを考えれば、推して知るべしだった。一個人企業でそこまでできる、つまり儲かるはずもないのに、周囲の者たちは、なぜか信用してしまっていたのだ。

「お姉ちゃん、こんどはニューヨークへ行ったよ」

次郎はやってきては、景気のいい話をよくしていたし、また、身につけるものは衣服を扱う商売柄、頷けるとしても、ジャガーに乗り、高級な腕時計をはめ、新しい機器類はすぐさま手に入れる……そういった逐一を目の当たりにさせられては、肝心の会社が傾いているとは、玲子たちの及びもつかないのも無理はなかったろう。

全国の店舗に委託していた、衣服の売れ残りは徐々に増えていった。いや、一時的には売れたとしても、元々、そうそううまくいっていたわけではなかった。現金が着実に入ってきたわけではなかった。にもかかわらず、繁昌していると次郎たちは錯覚していたようだ。

商売というものは、金銭が回って成り立っていくもの。したがって、借金あって当然というのは、まるきり素人の者にとっては解しかねることだったが、透には解かっていた。それでも、どこかがちがうと感じ、しかし彼は、この義弟にもの申すことは控えていたのである。

ある日、例によってひょいと顔を見せた次郎は、透がちょっと席を外した時、

「折木さんは、商売人ではないね」

とこっそり姉に告げた。

シルク関係のことで彼と透は、ほんのちょっとだが接触する機会があったのだ。それは、透の会社を通して外国から生地を仕入れるための、仕事上のやりとりであり、その折の次郎の感想だった。

玲子は少しも驚かず、むしろ頷けるものがあった。透は、会社勤めを生まじめなくらいきちんとしおおせているが、事、商売となると、最も遠いところにいる人のように、日頃から感じていたのだから。

シルクの生地にかぎらず、生糸、繭、その他の輸出入の仕事には、英語、仏語、中国語も必要で、彼はそれらの必要性を充たし、大いに役立っていた。しかし、商売上必須の駆け引き、コツなどにおいては無器用といえるほど不向きだった。ひたすらありのままで、それは、彼という人間そのものと言っても過言ではなかった。

会社勤めをしているからといって、誰もが好んでやっているわけでも、また、向いているというわけでもない。ただ、そんななかでも透は、手を抜くことなく懸命に仕事をしていた。面倒くさがり屋を発揮するのは、私生活においてのみのようだった。じっさい、〈仕事をする以上、一生懸命やらないでは意味がないし、面白くもないではないか〉と彼はそう思っていたのである。

透を指して「商売人ではないね」と、あまりいい意味ではなく言っていた次郎自身は、それでは一

体どうなのだろう。

彼は、両親から遺された畑地と一時的に駐車場となっていた広い土地のすべてを売り払ってしまった。畑地に家を建てるという話など、彼がほんとうにそう思っていたのか疑わしくさえあった。そのうえ、そこまでしても、借金はきれいにならなかった。当然、自社ビルも人手に渡らざるを得なかった。倉庫に詰まっていた夥《おびただ》しい数量の衣服は、捨て値でも整理しきれなかった。まして生地類は、引き取り手がなく、それどころか、ゴミ処理制限で捨てることもままならないくらいだったのだ。

全国の店々に委託していた製品はうやむやにされ、ほとんどが回収できずに了った。何も彼もすっからかんである。

「お姉ちゃん、好きなのを持っていっていいよ」

次郎は、やけっぱちになっているふうでもなく、さらさらと言った。

というのも、玲子の家の近くに、次郎の会社の製品の一部を保管するため、倉庫代りに使っていた場所があったので、姉は、弟のすることのいくらかは、その眼で見ていたのである。

ゴミ捨て場に立てかけられた、芯棒に巻かれた絹、綿、麻、合織、そして、中にはさまざまな柄のものも混じった彩とりどりの美しい生地たち。近隣の、また、通りがかりの人たちは、もの珍しげに眺め、中には興味を抱いて近づき触れる者もいた。

〈誰でもいいから持っていって!〉

玲子は、それらが燃やされずに済むことを希った。自身、何に使うあてもなく、一巻き、二巻き、ずしりと重い生地を、必死になって抱え家へ運んでもきた。しかし、そんなことは気慰みにすぎず、次郎の割合明るい表情とはうらはらに、彼女のほうがむしろ深傷を負っている様子でさえあった。

次郎は、いまは会社のすべてを整理することが仕事となっていて、他のことはいっさい考える余裕がなかった。長年つきあいのあった仕事先への挨拶廻りなどもあり、愛着のある服一着、布一枚に気を廻す余裕はなかったのである。

玲子の心の傷の芯にあるものは、次郎が相続税として、畑地ではなく、実家の建っていた土地を当てたことのようだった。剛が生まれ、育ち、そして、離れがたくいとおしんできた土地である。自分の命同様に大切な、血も汗も体臭すら染みこんでいる土である。

剛は、長男の啓一郎が十代の頃から道を外れていったので、他ならぬ次男に、この土地を継いで欲しいと思っていたのだ。それが、あっさり他人の手に渡され、ほんの少しの痕跡も残さないとは……。もし彼が生存していたら、怒り狂って頓死しかねなかったにちがいない。いや、死んだからこその遺産の措置なわけだが、そのことを知った時点で、二度死ななければならなかっただろう。

〈次郎ちゃんが、お父さんと一緒のお墓に入ったあかつきには、さぞ大変なことになるでしょうね〉

玲子は口にはしかねたが、真実そう思わないではなかった。

土地は、誰の力でもなく、先祖からの引き継ぎで運よくもたらされたもの。したがって、天下の回り持ちでいいのではないか。ただ、剛のその執心ぶりが、生前はうとましくさえあったものだが、死なれてみれば、その心が解らないでもなく、彼女はひとえに、父親の心情の側に立ってしまうのだった。おそらく、次郎が、あまりにあっけらかんとして見えたその反動もあったろう。

次郎の借金は、遺産を売って済まされる額ではなかった。しかし、彼は姉より大分若く、妻の龍子との間に、子を持たなかったせいで枷がなく、二人には、これからも、なんとかやっていく元気さえも残されていた。なんとかやっていくだろう、それは、再びお金儲けをしようとする意味ではなく、商売に懲《こ》りて、静かに暮らしていくことを、周囲の者たちは指していたのだが。


「お姉ちゃん、遊びにおいでよ」

新しい住居に移った次郎から誘いがあった。

そこは、都心に近い小型マンションの最上階、と言っても六階だが、その階全部を占めて部屋がいくつもある、たいそうなところだった。どの部屋の窓からも、遠く近くネオンがきらめき、玲子は一瞬、不夜城のまん中に身を置いているような錯覚に陥ったほどである。

東京とは言え、夜ともなれば人通りも殆どない郊外暮らしに馴染んでいる彼女は、目の覚めるような別世界にとびこんだ気がして、現実感が希薄になっていった。

「お家賃は……」

玲子は、覚めたくない夢を覚まされる思いで口にした。高額である。何も彼もすってんてんになってしまったにもかかわらず、どうして払えるのかふしぎだった。

「だいじょうぶなんだ」

次郎夫婦の表情に曇りはうかがわれなかった。

彼らはいつの間にか、アメリカ人の経営する化粧品や洗剤、水などを扱う会社と係わるようになっていて、しかし、そこからの収入が特にあるわけではなく、それどころか、自分たちがまず、それらの製品を購入しなければならなかった。

持ち出しは明らかである。

肉親がどこに、どんな所に住んでいるのかを知らないままではと、玲子はとりあえず出かけていったわけだが、そのうち、

「お姉ちゃん、これ、とってもいいんだよ。いままで使っていたものはぜーんぶ捨てて、躰にいいものを使わなきゃ」

次郎は、それらの製品を盛んにすすめるようになった。そのうえ、玲子の友人にまで勧誘に行く始末で、彼女は、そのような次郎を応援する気はなく、むしろ、〈どうしてそんなことを！〉と、不快と不安の入り混じった感情を抑えるのが難しかった。しかし、そうは言っても、最小限の助力はせざるを得なかったのだが。

かつて、次郎たちが、北海道から会社を辞めて上京し、熊の彫りものなどを売ってやっていこうとした、その手始めとして、親に買ってもらった状況と似通ったところがあった。そんなやり方で生活ができるはずもなかったのだ。

「すぐ上が屋上なので、借りて、そこへ土を入れて、畑をやっているんだよ」

幼い頃から見馴れてきた弟の楽しげな表情を、ひしゃげさせることは玲子にはできない。

「そういうの、次郎ちゃんは上手なのね」

作物を実らせて、暮らしの足しにするのだと得意気な様子に、姉は、かつての純な少年の姿を重ねようとしていたのかもしれない。

いずれにしても、次郎たちは服飾の世界からは身を引き、再出発となったわけである。お金に追いかけられる、それは損失ばかりでなく、たとえ儲けがあったとしても、しかし、もう、そういう世界からは足を洗ってほしい。いや、そうあるのが当然と透も玲子も思っていた。そして彼らにも、漸く落ち着いた暮らしが訪れてきているものと信じて疑わなかったのである。


「前から話していたお店に、皆で行きましょうか」

玲子の提案に珍しく透も頷いて、ある日、姉弟の二組の夫婦は待ち合わせて出かけていった。そこは、玲子たちの家からバスで三十分ほどのK街にある飲み屋である。飲み屋といって、玲子のほうは殆ど飲めないのだが、初めて夫についていった折、その店の雰囲気に興味を覚えたのである。

二人は気が向くと、途中休み休み、一時間半余の道程を歩いてその街へ行き、銀行や買いものなどの用を足し、その後、そのやきとり屋ののれんを潜る。

焼く煙がもうもうと舞いあがり、漂い、充満し、逃げ口を探しているさ中で、老若男女、また、あらゆる職種の人びとが入り交じり、それぞれが勝手な方向に向かって、思いのままにしゃべり合い、己を解き放てる、そういう場所だった。

油だらけ、煤《すす》だらけ、すすけた壁にはられた広告紙からは、大正モダンか昭和のモボモガが、あるいは、黒髪を鏝《こて》でうねらせた和服姿の女優が、白い歯をちらりと見せて、にっこり微笑みかけてくる。そんな彼ら彼女らに見守られて、熱燗《かん》やら焼酎やらを、チビリチビリ、はた、グイーっとあおる客、客、客。

ひときわ眼を引くのは、かの嘆きの壁ならぬ、板ばりの、仕切りの壁に向かって丸椅子に並んだ人たちだ。ある者は黙々と、ある者は何やらぶつぶつと呟き、またある者は死にそうに蒼い顔色をして……いずれもコップを、猪口を口元に運ぶごとに、鬱積《うっせき》した思いをため息とともに吐きだしている。

他ならぬ透だって、独りで飲みにくる時は、右へ倣《なら》えである。


いまは透・玲子・次郎・龍子の四人。席は満杯。それでも、詰めてもらって、どうやら確保できた。何年ぶりかの歓談の場だった。いや、たっぷり時間をかけての外での会いは、初めてかもしれない。

「龍ちゃん、こっち向いて！」

次郎は、盛んに携帯カメラを駆使して、明るい声を発していた。

やがて店を出ると、近くの広い池の広がる公園をぶらぶらと巡り歩いた後、二組の夫婦は、それぞれの家路へと向かったのだった。

後日、送られてきた写真の中の、玲子が撮った次郎と龍子夫婦のにこやかさ。

「こんなに柔和な表情を！」

近年お目にかかったことがない、いや、このような表情になれる人たちなのだと、透と玲子は、「これなら、だいじょうぶ」と、次郎たちのうえを思い、心安らぐのだった。

三

「お姉ちゃん、たまには一緒に食事しない？」

次郎からの電話があったのは、あの穏やかな表情の写真からの印象が、そろそろ薄れかけようとしている頃のことだった。

両親の葬儀に際しては、相談のため姉弟は頻繁に会って食事までしていたものだ。その頃を思いだして、

「そうね、久しぶりで二人で」

と玲子は都心のレストランへ、いや、そのつもりが、いつのまにか次郎の指定はカフェに変わっていて、そこへ出かけていった。

あれこれと話しているうちに、次郎の口からなにげないふうに出た「お金を貸してほしい」ということばは、玲子にとって、まったく思いがけないことで、まさに青天の霹靂《へきれき》と言えた。

「それなら、ほら、お母さんの遺産の一部を、次郎ちゃんの先々のためにって、ないものと思って、

わたしが通帳預かっているでしょう。それを遣ったらどうかしら。家の近くの信用金庫だし」

「あれは、もう下ろしちゃったよ」

「え、だって、家に寄らなかったじゃないの。通帳持ってないでしょ」

印鑑は次郎の手元にあるので、本人が行きさえすれば、どうにでもなることに気づかなかった玲子は、あっけにとられ、返すことばがなかった。

「とりあえず、少しでいいから」

次郎は喰いさがってきた。

「家賃が滞納になってしまったんだよ」

遺産を全部処分しても、まだ借財の残る身には、不相応な高い家賃だと誰もが思ってもふしぎはなかったのである。

「払える算段のはずが、いま仕事で係わっている社長が病気になってしまって……」

と次郎は、どこか曖昧な理由を言っている。

「ふーん、そうなの」

姉は、弟のことばを鵜呑《うの》みにはできない。と同時に、躰のどこかがぼろぼろと崩れ落ちていく感覚を味わっていた。

「もう、お商売はしないように、って言ったのに、まだ懲《こ》りないのね」

彼女は呟いているうちに、なにやらもの悲しくなって、もう、お父さんもお母さんも、お兄ちゃんまでもいなくなってしまったのだ、と、わけもなく、しきりに思いがそこへいってしまうのだった。

結局、玲子は次郎に申し込まれた、少ない額のほうだけは融通することにした。

「折木さんによろしく」

次郎は別れぎわに、もう一つの大金のほうのことに望みをかけて、明るく片手を挙げた。

「だめだな。次郎さんは商売はしないほうがいいのに……。もう、そんなことをする歳じゃないんだよ。静かに暮らせばいいんだ、それこそ畑でも耕してさ」

次郎は、東京からやや離れてはいるが、土地付きの別荘まがいのものだけは、かろうじて維持していたのである。借金返済に何も彼も手放さなければならなかったのだが、そこだけは、殆ど金銭に換える価値がないせいかどうか、どうやら保つことができたのだ。

透はそのことを指して言ったのである。転居に際しては、始めからそこへ移れば問題も起こらなかっただろうに、再びなにやら仕事をやろうとして、高い家賃にもかかわらず、都心の便利な場所のほうを選んでしまったのだ。

玲子たちに大金などあるわけもなく、たとえあったとして用立てても、次郎にかかっては、たちどころに煙と消えてしまうにちがいなかった。したがって、何の助けにもならないのは自明の理だったのである。

姉は、弟宛てに手紙を認《したた》めた。

……次郎ちゃん、以前あなたは、「歳をとったら童話を書きたいんだ、自分で絵も描いて」と言っていましたね。ほんとうに文章も絵も上手なんですもの、もう、そろそろそういうことに手を染めてもいいのではないかしら。お金のことなど頭から追いだして、この辺で、長年したいと希んでいたことをすべきでは……。

わたしたちはもちろんですが、次郎ちゃんだって先はそんなにないんですよ。ここに到って、まだお金のことに終始するのは、つまらないと思いませんか。せっかくこの世に生まれてきたというのに……。

玲子は、いくら書きつらねても、次郎の心に通じないのではないかと、もどかしい思いが湧きあがってきてならなかった。そうかといって、ペンを置いてしまう気にもならず、眼の前にふらついている弟の顔や姿を、しっかり掴もうと、思わず指先に力を入れているのだった。

両親の愛して止まなかった家屋敷を継がず、また、彼自身の相続分とはいえ、土地もすべて、借金の返済のために喪ってしまった。ただの家や土地ではない。父親の生まれ育った所であり、啓一郎や玲子や次郎自身の生地でもある。

「次郎の奴は、なんてことをしてくれたんだ!」

怒りに身を捩っている剛の姿が、玲子にほうふつとしてくる。同じように偲の姿も浮かぶのだが、こちらのほうは少しちがった。

「仕方ないわ。永久に続くものなんてないんですもの。それより、次郎ちゃんは、仕事中の旅先から、よく絵はがきや電話をくれたわね。〝お母さん、元気にしていますか。ぐあいはどうですか〟って。あなたは、とっても素直ないい子だった。これからは、よく生きてちょうだいね」

そう言って、にこやかに微笑んでいる、生前のままの偲でありながら、それはやはり、天上の人の表情でもあった。

玲子の次郎に対する感情は、そんな父のものでもあり、かつ、母のものでもある。しかし、彼女の思いはそこに止まらず、手紙には書きこそしなかったが、〈何もしないでいることが、あなたの仕事なのではないかしら〉と、そこまでつきつめた考えに到っていた。そして、次郎が、姉のそんな思いをたとえ知ったとしても、〈何を馬鹿なことを!〉と一笑に付してしまうだろうことも、予想し得ていたのである。

## 四

――ごぶさたしています。いろいろと迷惑をかけましたが、こんど、お姉ちゃんも一度来てくれたことのある三浦半島のあの家に、結局、居を定めました。場所は同じなのですが、所番地が少々変更になりましたので、お知らせしておきます——。

次郎への金銭貸与のことがあってから、どのくらいの時を経ていたろうか。玲子は、弟からのこんな便りを突然受け取った。それまでの間、双方ともに沈黙をまもっていたのである。

「もっと安い所を探して、転居したいと思っているんですよ」

次郎の妻の龍子がそう言っていたのを、玲子は覚えているが、まだ都心にこだわっているということは、そうでないといけない理由が……何らかの仕事を、商売をするつもりでいることを示していた。

しかし結局、かつては社員の慰安などにもつかっていた、そして、いまは隠れ処《が》のような存在になっている、所有物としては唯一残されたあの家に、引っ込むことにしたのだ。

始めからそうすればよかったのだろうが、都心の自社ビルで、長年仕事をしてきた次郎夫婦にしてみれば、一気に、すっぱりと変えることはできなかったのだろう。環境の激変に耐えられない感情を引きずっていたのかもしれない。

〈よかった！　これで漸く落ち着くことができるのでは……〉と玲子は、姉心を越えて、知らず親の心情にさえなっていた。そして、

〈さて、あの海辺寄りの家で、次郎ちゃんはこれから何をするのかしら〉とさまざまに思いをめぐらせてもいた。

ふつうの建て物だったが、社員たちが何人きても泊れる余裕があったし、そう言えば、新しい布団が何組も押入れに積まれていたし、庭もけっこう広かった。

あの時、父と母と、兄の妻と娘、そして玲子の珍しい五人連れだった。龍子は料理の腕をふるい、筍とふきの煮つけなどを大鍋でつくってくれた。

両親にとっても、最初で最後の息子の家への訪問となったのである。


次郎からの転居の知らせがきてからしばらくの後、

「お墓参りに行くので、寄ろうと思うんだけど、お姉ちゃん、家に居る？」

次郎の声が、突然受話器からとびこんできた。

「え？　ああ、いるわよ。どうぞ、どうぞ」

玲子は、意味もなく慌てた受け応えをしている自身がおかしかった。


やがて現われた次郎は、これまでになく老いて見えた。いつも若々しかった彼も、やはり年齢には勝てないということだろうか。

玲子は、自身のうえを思えば当然のことながら、幽かな衝撃を覚えた。と言って、次郎は頭髪がやや薄くなり、少し、痩せたぐらいのものだったのだ。その証拠に、そうやって対しているうちに、幼い頃からの彼の面ざしと、さして変わらないと感じられさえし始めたのだから。商売から離れた日々によって、大分とは言えないまでも、いくらかはすっきりしたのだろう。

「いま、どんな毎日を送っているの？」

「どんなって、ちょっと精神を鍛えるために、週一度は東京のある会へ参加しているし、向うでは、環境のために水にかかわっているんだよ」

精神も水も、玲子には分かったようで分からなくもあったが、しかし、あまり追及しないようにと彼女は抑えていた。いや、追及したくなかったのだ。触れたくないと言ったほうが当たっていたかもしれない。


「実は畑もやっているんだ。知り合った近くの人が広い土地を持っていて、使っていいって言ってくれたんで」

「畑？　それはいいわ、健康にもいいし」

「うん、ラッキーなんだ。その人はひとり者でね。何かと言っては家へやってきて、一緒に食事をしたりするようになってね」

「次郎ちゃんは、お料理、上手ですものね」

玲子は、弟が高校生か大学生だった頃、

「お姉ちゃん、ちょっと、これ食べてみて。美味しいと思うんだけど」と日頃の彼に似合わず、頻《しき》りに自分にすすめていたのを思い出していた。

「龍子も、料理がなかなかのものなんだよ」

「そうだったわね。だって、社員たちの夜食など、一手に引き受けていたんでしょう？」

「そうなんだよ。いまだって、彼女の手製を食べたくって、遠いところをやってくる者もけっこういるんだから」

「それじゃ、二人ともに、ってわけね」

「まあ、な。それで喧嘩になることもあるんだよ。どっちが作るかって、ぶつかってしまうのさ」

「なんて羨ましい！　わが家とは丸反対。どちらも熱心になれなくって」

「龍ちゃんは糖尿病の気があるんだ。それで、効く料理をつくってあげようって、いろいろ工夫してみてるんだが……」

「まあ！　お母さんが聞いたら泣くわよ。そんなに奥さんのために考えてあげるなんて」

玲子は、父が母のために、料理はもちろん、何かをしてあげたことなんて滅多になかったどころか、その暴君のために、母の生涯は捧げられたのだとあらためて思わざるを得なかった。

次郎は、月に一度の割合で墓参りにきて、そのつど玲子の家に寄るのが習慣になりつつあった。彼は、自分で作った農作物や、海が近い故に手に入る、魚類をつかった料理を作るようになっていた。原材料は安価だが、そこにていねいさや根気を加えて、様々な料理を作るのが楽しくてしょうがない。そうなると、それは食べるためだけのものではなく、創意工夫をこらしたある種の芸術作品、いや、出来あがったものにもまして、そこに到る過程は、創作活動と言えたろう。創作と言えば、童謡を書くことはどうなったのか分からないが、ごく最近、陶芸もやり始めたようだ。

「お姉ちゃん、こんなパン作ったよ。朝四時起きでね」

「え、パンドカンパーニュ、これ、次郎ちゃんが作ったの、ほんとうに？」

「ま、ちょっと食べてみて」

「あ、これ、わたしの欲しいと思っていたものよ」

「そうだろう、好きなんじゃないかって」

「それにしても、よく作れるわね」

「別に。全粒粉を使って、そこに、胡桃やナッツを入れてね」

「この人、パンにうるさいんですよ。なかなか好みのものが、店に見つからなくって」

長年の妻の嗜《し》好を熟知している透が、そばから口を添えた。


玲子は、彼女のためにパンを作ってきてくれる次郎なんて、あの商売に七転八倒していた頃、どうして想像できただろう。漸く姉弟の間柄が、穏やかなものに落ち着いていくように感じられた。次郎は理想を追って懸命であったにはちがいないが、結果として、無軌道を否めず、大失敗に終った仕事が、このパン一個に引き替えられるようにさえ思えてきたのだ。

# 五

「今夜はなんだか変。もう寝むわ」

常々宵っぱりの玲子にしては珍しくそう言って、重怠い躰を不承々々ベッドへ引きずっていった。彼女はここのところ、いや、この半年か一年、ずっと腰や脚の調子がよくなく、しかし、常時ではなく何も感じない時もあり、ふつうに動いてはいたのだ。

足腰以外にも、玲子は近年病みがちだった。外出中、突然歩けない程の痛みにおそわれた膝関節症、胸をバットで殴られたような痛みに始まった逆流性食道炎、襖をつき破って倒れかかった発作性目眩、その名のとおり帯状の疱疹に責めたてられたヘルペス、そして、腎臓の膿疱は若い頃からあったのかもしれないが、トイレが近いくらいのことで済んでいたが、次第に大きくなりつつあった。それに、左上半身が重く息苦しくなる僧房弁閉鎖不全症。そのうえに、頭痛、不眠は二、三十年来の躰であった。と言うと、まるで病気の宝庫だが、彼女は日頃、よく歩きさえしていたのである。

そんな玲子がまたまた病に捉えられた。早く寝んだ翌朝の起きがけ、足腰のあまりの痛さに、タクシーにころがりこんで、かかりつけの病院へ。X線を撮り、痛み止めの注射は施されたが、しかし、痛いままに帰された。そして、痛みをおしてトイレへ行くほかは、自室のベッドにはりついているより他に方法がなかった。

翌日、ＭＲＩを撮りに再び病院へ。その結果は、脊椎管狭窄症か変型性脊椎症の疑いと医者からははっきりとしたことは聞けなかった。そして、手術以外にはいつ治るとも分からないと言う。腰痛でずっと同じ医者に診てもらっていながら、こういう結果になってしまったのだ。ひとまず帰宅せざるを得なかったのだが、その夜も夜、救急車の世話になるほどの激痛に見舞われたのである。歩くことも立つことも、いや横になっていることさえできない、まさに身の置きどころのないありさまだった。いつもの病院は急患を受け入れていず、運ばれた別の病院で、とりあえずブロック注射をうち、しかし、入院はできず、泣く泣く帰された。

それからは家で寝たっきり。手術を選ばなかったのだから、薬以外には、自然治癒を待つしかないということになった。

玲子は、救急車で運ばれた病院へ、あらためて診察を受けに行きたかったが、痛みのさなかに待合室で待つことを考えると、実行できなかった。

起き上がれない妻のために、家事全般に苦手の透だったが、考えの及ぶかぎりのことはしていた。まずは食べもの、と言うより、すべきことはそれに尽きた。朝食はトーストとコーヒー（ペットボトルに入れて）、昼は玉子かけご飯、夜は彼自身が食べたいものを主体に。それは刺身などの調理しないですむものが殆どだったが。

あとは、薬を飲むための水を切らしてはならないということぐらいだった。その水も、玲子はトイレへ行く苦しさを思うと、最小の量しか口にしなかった。

「悪いけど、タオルを濡らしてきて」

玲子は顔を拭いたかった。

透はすぐそうしてくれたが、彼は、次の朝はもう忘れていた。言わなければ気づかないようである。

一日はどのようにして過ぎていったのだろう。

「じゃ、寝るからね」

夜の早い透は、そう言って二階の自室へ引きあげてしまう。するとニッチもサッチもいかない玲子は、水一杯、自身では持ってこられない。しかし、これ以上どうかしてしまうということもないはずである。しかし、夜の闇は彼女を不安にさせる。考えごとをさけるため、彼女は、とりあえずテレビをつけようとしても、リモコンが手近にないと、もうどうしようもない。

体温計、メモ用紙、ボールペン、手帳、手鏡、時計、ブラシ、眼鏡、飲む時刻が一律ではない種々の薬……枕元の盆にはあらゆる物が所狭しとのっている。それらの中から、玲子は手さぐりで、目的のものを取りだす。

そうやって、あれこれをひととおり手にしてしまうと、あとはもう寝むしかなかった。


何の変化も見出せない日々を送り、気づくと三週間が経っていた。玲子は見る見る痩せてきていたようだが、本人も、また透も、そのことに気づく余裕がまったくないままに過ごしていたのだ。

玲子の発病を知った友の一人が、

「そんなにじっと寝てばかりでは、躰がダメになってしまうわよ」と忠告してくれた。筋肉が減って、

体力が失くなってしまうというのだ。その友の夫が同じ病にかかり、すでに二年も経っているが、未だにリハビリをしているという。そう聞いて、玲子は自身の病状の見当が少しついた。

透は個人医を探してくれたが、マッサージがいいのか、電気治療がいいのか、それとも注射や鍼《はり》が……と二人には判断しかねた。

大体、玲子は出かけていくことができない。たとえ行けても、たとえば、そこは階段をのぼらなければならない場所などと考えると、発病後、ベッドから玄関先へ、門からタクシーへ、そして、病院での待ち時間と一連のことが思い返され、その苦痛が頭をもたげ、思いがくじけた。

「あそこでマッサージもしてくれるそうだよ」

次郎が来宅の折、立ち寄って訊ねてくれたすぐ近くの接骨院。玲子たちももちろん知ってはいたが、骨を折ったような場合に世話になるところと思いこんでいたのである。

さっそく連絡をとってみると、すぐ来診してくれるという。そして、次のように付け加えた。

「門を開けて！　玄関も開けておいて！」

その接骨医は白衣のまま、カバンを抱えてすっとんできた。

「あらら、こりゃダメだ。筋肉がすっかり失くなっちゃってる！」

そう大仰に、騒がしく言いたて、「四つん這いになって」と命じるなり、玲子の腰部に冷たい湿布を当て、包帯でぐるぐる巻きにした。

「うわっ、冷たい！　きつい！」

「なに言ってるんだ、神経質だなぁ」

接骨医は乱暴に言い放ち、処置がすむと、やってきた時と同様、風の如く去っていった。

そして、翌日も同様に来診してくれた。

「明日から、うちのほうへ歩いてきなさい」

「え、外へ出るのですか」

「あたり前だ。目と鼻の先じゃないか。動かないとダメだ」

玲子は言われるとおりにせざるを得なかった。ただし、パジャマに上衣を羽織り、痺れ、腫れているる足先に、なんとかサンダルをひっかけ、透に掴まるようにして。


「なんだ、なんだ、独りでこられないのか！」

入り口のドアを押したとたん、受付けの女性より先に、奥にいた接骨医は、顔を合わせていないにもかかわらず、玲子と分かって言った。

施療室には、五つの細長いベッドが、それぞれをカーテンで仕切られて並んでいる。そこで患者は、腰や脚などの患部に十分ほど電気をかけられた後、ほんの四、五分間のマッサージを受ける。あとは、壁に沿って電局のついた小椅子に腰かけて、玲子の場合、膝と足の甲に電気を通じさせた。それも、自分でスイッチを回し、電流の加減を調節するのである。

翌日から、玲子は杖にすがり夢中になって独りで出かけた。

「ついていったほうが早いのにな」

透はそう言いつつ、ものかげから妻を見守っていた。

以来、毎日々々玲子の医院通いが続いて、一か月が経った頃、

「それだけじゃ。やはり、ちゃんとした病院で診てもらったほうが」

と、先の同じ友が言ってくれた。

そのとおりと玲子も考えていたのだ、もう、出かけていくことも可能だろうからと。そして、救急車で運ばれた病院へ、最初の病院からMRI写真を借りだし、持っていった。


「あんた、背骨、曲がっているじゃない」

整形外科医は、元々そうなのだといった口振りである。

前の病院の主治医からは一言もそんなことは言われなかった。写真判定しかしないのに、そのことに気づかないなんていうことがあるのだろうか、という思いが、玲子の頭を掠めたが、口にはせず、

「腰はもちろんですが、腿や膝が痛くて！」と訴えていた。

「そりゃ、あたりまえだろう」

「足の指先がはれて、痺れて……」

「そんなのは外反母趾のせいじゃないの」

と、まさにこう言えばああ言うといったふうである。第一、椅子に腰かけたまま、玲子の足先に視線を投げるだけで、患部に触れようともしない。

目白押しの患者を次々と迎え入れているのだから無理もないとは思うが、玲子は頼みの綱を掴み損ねた思いだった。それでも、薬の処方箋を見て、いくらか安堵した。つまり、躰全体の血の滞りを入ムーズにするためのと、別に手足など末端への血流をよくする薬が出されていて、それらは自分の症状に合っているとうなずけたからである。加えて、リハビリのことを口にすると、医者は直にその手配をしてくれもしたのだ。

玲子は、帰りがけに階上のリハビリセンターに行って、ていねいな治療を受けることができた。

こうして週一度のリハビリと、接骨医院通いとが本格的に始まった。すでに発病以来三か月目に入っていた。

「え、まだ寝てるの？」

墓参りの帰途、姉のところへ立ち寄るのが習わしになりつつあった次郎が、呆れたように言った。

「まだって、坐っていることとなんて、とても」

「そうかなあ、ぼくだって痛いけどよく動いているよ」

次郎もまた、玲子とは名称は異なるが、相似た病を持っていたのである。

「姉弟して同じ病気にかかるなんて！」

と龍子は言ったそうだが、その彼女自身の糖尿病は、彼女の弟と同病と耳にしていた玲子は同じ親から受けついだ体質を思い、こんなところで計らずも、姉弟の証というものを感じていたのだった。

玲子は、発病後、半年を経て、きちんとした靴はまだはけないが、少しは長い距離を歩けるようになっていた。

「初めての時はフッラフラだったんですよ、躰がこう傾いて。ずいぶんまっすぐ歩けるようになりましたね」

病院のリハビリ担当の青年が言った。春先に病んで、夏をやり過ごし、秋口に入る頃のことである。同じ年に、半年おいて相継いで逝った透の両親の共の法事が、十月初旬、京都の折木家の菩提寺でいとなまれることになっていて、玲子は、発病の時からそのことが頭にあった。透は長男である。しかし、裏を返せば、その頃を、自身の病の治癒の目途《めど》としていたのかもしれない。

玲子は不安ながらも、車中長く腰かけていることに配慮し、また、長く歩くことを控えれば、透に同道できる気がしていた。

そして、それはついに叶った。

「お義父さん、お義母さん、そちらでは平安にしていらっしゃいますか」

この禅寺全体の前の官長で、かつ、この庵の主でもあった故・老僧の揮毫《きごう》による〝平安〟と刻まれた墓石に向かって、玲子は掌を合わせつつ呟いていた。そして、義父母の、それぞれの死に到る病の過酷だったことを思い、その苦痛が、自分の皮膚を通してさらによみがえってくるのだった。

ずっと以前、そう、折木家の墓に初めて参った頃の、現在の庵主の姿を玲子は思い浮かべていた。

立派な体躯の、肌の艶々した純朴そうな青年僧であった。彼はいつも前の庵主の陰で控えめにしていたが、境内や墓地の掃除をはじめとして、そこここにひろがる種々の苔の手入れや砂利に渦紋を描くことまで、寺男と共に汗を拭いつつ、けんめいにしおおせていた。その健康そのものと見受けられていた若々しい僧が、いつの間にか、時には病むこともある躰になっていたのだ。それはそうだろう。先年、前の庵主が亡くなり、彼が後を継いで庵主になっていたのだから、時は経っていたのである。

## 六

ある日、透と玲子は、彼女の生家の周囲をとり囲んでいた大谷石の塀に代って、パイプの柵になった側を歩いていた。南側の角を曲がりこみ、しばらく立ち止まってはまた歩き始めていた。何十年も前、若き透が、もの寂しい駅舎から、北へ北へとひたすら歩いて、ここに到った武蔵野の地。

そして彼が、柊の垣根の隙間からそっと覗いた内側には、いま、あの大きな古い邸は跡形もなく、その代りに、オレンジ色の壁のモダンな建物が、まるで外国にきたかと紛うように、周囲の風景と不均合ににょっきりと出現していた。いや、咲き盛る薔薇や西洋生まれの花々は、その新しい家に相応しくはあった。

ここを通る時、玲子は相変わらず、胸に少しの傷みを伴って、それでも、以前のように避けたいというほどではなく、あの行きどころのなかった疼《うず》きは薄れていた。そしていま、過ぎ去った遠い昔を思いだすこともないらしい透の傍らで、彼女は彼の歩調に合わせ、脚を進めていた。歳を重ねたせいか、あるいは、やはりかつて在った家の霊のようなものに、知らず引きずられてか、彼女の歩みは滞りがちではあったが。

二人の散歩コースは、いくとおりかあった。

その日は、欅や樫の大樹に埋もれた大きな農家の傍らを過ぎ、梅林や竹林を横に、瀬戸口家の菩提寺へ。そこから、より北に位置する尉殿《じょうどの》神社へという道筋を辿った。

かつての杉の木立におおわれて仄暗かった寺の長い参道は、杉が伐り払われた後に、両側に建ち並んだ家々にとっての通路となり、したがって、山門は閉ざされ、また、寺の敷地のぐるりを巡っていた小川は暗渠《きょ》と化して久しい。

透と玲子は、流れを窒息させられたコンクリートの上を、東側の表通りに面して移された表門へと、ことば少なにそっと踏みしめつつ、廻っていった。

瀬戸口家の墓前で掌を合わせている人の姿をみとめ、玲子は声をあげた。

「あら、麻由ちゃん！」

亡き啓一郎の娘だった。美しく成人したこの姪は、別の地で、母親とともにけなげに暮らしている。

彼女は、自分たち母子のよい夫でも父親でもなかった、それどころか憎んでさえいた故人の立場や人となりを、少しずつ理解できるようになっていた。

「父さん！」

そう呼びかけられて、啓一郎は、それがくせの「フフーン」といった苦笑いの表情で、わが娘を眩しく見守っているだろう。彼は、死して初めて幸せな気分になれたにちがいない。

「わたし、樹木が好きなの。植木職人になりたくって、目下、修業中なんです」

麻由は、寂しげな表情のうちにも、みずみずしい若さをかがよわせて告げた。

「そうなの。それじゃ日焼けに気をつけなければ……」

玲子は、姪の、父親ゆずりの色白な肌に視線をやり、冗談めかして言ったが、その時彼女のうちを過ったものは、

〈瀬戸口家のあの喪われた庭は、場所は変わっても、いつの日か、他ならぬこの麻由の手によって復活を遂げるかもしれない〉という願いにも似た思いだった。

そしてそこには、長い歳月のすべてを詳らかに見てきた、あの天を衝く大欅が、その枝葉をゆったりと風にそよがせて、すっくと立ち尽くしているのだった。

形見とて何を残さん武蔵野の
欅に勝る面影はなし

読み人知らず

# あとがき

屋久島に棲みつき、屋久島の土に還った、知人の詩人・哲学者の山尾三省さんは、〝自分の木〟というのを定めていると聞いていましたが、筆者の場合なら、さしずめ何の木でしょうか。どの木といった選り好みはありませんが、強いて言えば、棲んでいる周囲のそこかしこに聳え立つ欅ということになるのでしょう。

天を衝く、そして、ガッチリと地に腰を据えた一本の大樹を見上げる。いつまでも凝視《みつ》める。やがて、その太い幹に掌を当ててみる。素っ気ないほどカラリと乾いていて、しかし、内側には水がサラサラと流れている。いえ、清浄な血液さえ流れているのでは、と感じさせる。

樹は、途轍もなく長い間、人間の営みを、その愛憎劇を見続けてきて、そのつど、「おお、よしよし」と幼な子をあやすかのように慰撫してくれていたのでは、といまさらに思うのです。

実のところ、『カラマーゾフの兄弟』の武蔵野版のようなものを試みるつもりでした。が、その妄想的でもある想いは早々と姿を消し、物語は、いつしか別の色彩を帯びていきました。

武蔵野！　そして、けやき！　その匂い、それが筆者の故郷だったからでしょうか。

本書出版にあたり、郁朋社社長の佐藤聡氏、装丁の根本比奈子さん、他の方々に大変ご親切をいただきました。

半井　澄子

# 大欅《おおけやき》のある家《いえ》で

2013年6月9日　第1刷発行

著　者 ── 半井《なからい》 澄子《すみこ》

発行者 ── 佐藤 聡

発行所 ── 株式会社 郁朋社《いくほうしゃ》

〒101-0061　東京都千代田区三崎町2-20-4
電　話　03（3234）8923（代表）
FAX　03（3234）3948
振　替　00160-5-100328

印刷・製本 ── 壮光舎印刷株式会社

落丁、乱丁本はお取り替え致します。

郁朋社ホームページアドレス　http://www.ikuhousha.com
この本に関するご意見・ご感想をメールでお寄せいただく際は、
comment@ikuhousha.com までお願い致します。

 ISBN978-4-87302-541-4 C0093